# タイタン

野崎まど

JN041470

講談社
タイガ

イラスト——宇木敦哉
デザイン——坂野公一（welle design）

目次

# 登場人物紹介

内匠成果《ないしょうせいか》――一般市民。心理学を趣味とする。
高崎直之《たかさきなおゆき》――一般市民。
ナレイン・スリヴァスタヴァ――就労者。管理者。
雷《レイ》祐根《ウグン》――就労者。エンジニア。
ホルスト・ベックマン――就労者。ＡＩの研究者。

# I

# 就労

# 1

「人の心は《言語》と《イメージ》の融合です」

マイクに拾われた私の台詞《せりふ》が客席へと広がっていく。

「言語は皆さんご存知の通り、言葉です。論理の基礎となり、我々自身を語るもの。対するイメージは、雑ですがそれ以外の全てと言ってしまうのが早いでしょう。言葉にしにくいもの、できないもの、語り得ないもの」

音声の振動がほぼ反響計算の通りにホールを満たす。二百四十席に来場者は六人。遮《さえぎ》るものは少ない。

「私達が目でリンゴを見た時、心に視覚イメージが生まれます。赤い色、丸い形。『リンゴ』という言葉を思い浮かべるまで、それはイメージのままです。ままでも問題ありません。誰かにリンゴと伝える必要がないなら、脳内ではイメージで十分です」

客席で老齢の御婦人が頷《うなず》くのが見えた。オンラインで講演する時よりも情報のフィードバックが多い気がしたが、気のせいかもしれない。

「聴覚なら聴覚イメージ。触覚なら触覚イメージ。私達は五感で取得した情報の多くをイメージとして処理しています。そのイメージは哲学の言葉ではクオリア、言語学ではシニフィエとも表現されるものです」

多少専門的な用語を使ったので、御婦人の手元の空中投影型表示領域《エアリアル・フィールド》に解説のディクショナリが出たはずだ。けれどその場で読んですぐに理解するには少々分量の多い概念である。

「いま皆さんが読まれているのが《言語》です。体験されている通り、言語というのは大変まだるっこしいものなわけです」

御婦人が笑ってくれたので私も微笑《ほほえ》み返す。

「もし私の脳内にある理解のイメージを直接送れるならば、皆さんは私が説明したい概念を一瞬で理解できるでしょう。ですがそれはできません。言語化されていないイメージは幻のようなもので、私達はまだそれを直接扱う術《すべ》を持っていないのです。と……少し話が脱線しましたが。要は何が言いたいかと申しますと」

スライドが送られる。最後の一枚に一行だけのテキストが表示される。

『心の問題を解決するために』。

「人はイメージで物を考えていて、しかしイメージは非常に取り扱いにくいということです。幻のままでは論理的な思考はできませんし、ロジカルな進展は望めません。心の問題を解決するには、まず自身の心を言語化することが必要なのです。それによって初めて心は形を持ち、触れられるようになるのです。日頃から自身の気持ちを言葉にしていきながら、自分自身の理解を深める。それが心の健康を保つ第一歩と言えるでしょう」

手元のフィールドを眺める。同時視聴数三十七万人、会場来場者六人、合わせて三十七万六人の聴衆の中のたった一人の御婦人に向けて私は言った。

「ご静聴ありがとうございました」

なけなしの拍手と大量のグッドに送られて壇上を後にする。スライドは一枚目の講演タイトルに戻っていた。

『生活の中の心理学　—心の健康を保つために—

心理学博士　内匠《ないしょう》 成果《せいか》』

私が舞台袖に入るやいなや、企画責任者の青年が犬のように駆けてくる。

「内匠先生」

目も犬のように輝いている。

「素晴らしかったです。本当に」

企画者の彼は熱の籠《こも》った言葉で講演を褒めちぎり、私は苦笑いで応えた。こんなにも無駄の多いイベントを企画するだけあって私のやっている分野が本当に好きらしかった。

「ただ唯一の問題点は、講演時間がたったの五十分であったことです。もっと成果先生の知見に触れていたかった……」

距離の詰め方がなかなかおかしいなと思う。こちらはといえば既に彼の名前も忘れてしまっている。

「よろしければ是非この後、ご一緒にお昼など……」

流石《さすが》にうざくなってきたので、うざいという顔をして見せた。イメージを言語化してあげてもよかったが、青年はイメージだけで十二分に汲《く》み取ってくれたようだ。会釈のみで帰ろうとすると犬の青年はまだしつこくお見送りについてくる。

「いやしかし、本当に素晴らしいお仕事でした」

それは流石に褒め過ぎだ。歯の浮くような言葉選びに身体《からだ》が痒《かゆ》くなる。

私はもう一度よそ行きの顔を作って答えた。

「趣味ですよ」

## 2

立川《たちかわ》文化センターの建物を出る。

昼時の街は賑《にぎ》わっていた。学校を終えた制服の子供達、ブランドロゴの袋を下げた奥様方、スポーツジムに入っていく中年グループ。健康な心の人々が自分の時間を楽しんでいる。そもそも大昔ならいざしらず、現代で心が不健康な人を見つける方が難しい。そんな過疎分野の研究とは我ながらニッチな趣味だと思わざるを得ない。まあ好きでやっていることだし、理由はそれで十分なのだけれど。

少しだけ考えてから、二本の脚で歩き出す。自分も健康な人々に交じって《ウォーキング》を楽しむことにした。繁華街まで出てきたのだからついでに《コレクト》もしていこうと思い、私は駅ビルのコレクトモールに向かった。

モールの入り口でおしゃれなデザインのコレクトバッグを受け取る。

最初に立ち寄ったのは雑貨屋だった。ネットコレクトでも3Dイメージは見られるが、雑貨の可愛《かわい》さというものはやはり実物を見ないと判別しきれないところがある。シンプルで面白いデザインのカップが見つかったので、私はそれをバッグに入れた。

続いて服屋に入る。家に余分な服を溜《た》めるタイプではないけれど、今日みたいなイベントの時に焦《あせ》らないよう一通りの用意はしておきたい。汎用《はんよう》っぽいフォーマル一着に、季節ものを持ち帰れる程度の枚数選んでバッグに入れる。それでもだるい重さになってきたのでここからは配送に回すことにした。

別のフロアに向かう途中で家具屋を通りかかる。そこで一脚の椅子が目に留まった。湾曲した木材が組み合わさった生き物みたいなフォルムのイージーチェア。試しに座ってみると想像以上に心地良い。私は迷わずその椅子を指さした。

「これを」

『タイタン』に告げる。

フロアの集音マイクが指示を拾い、柔らかい電子音が即座に配送処理が終わったことを教えてくれた。望外の《収集》《コレクト》ができた。たまには街も良い。

ビルの七階まで上がってカフェに立ち寄る。眼下に広がる立川の街を眺めながらようやく一息ついた。目線を手元に送ると宙空に時刻が現れる。まだ十五時。夜の予定もない。さてどうしようかなと考えた時に、さきほどの彼の顔が思い出された。

私の講演イベントを企画した青年。あからさまな好意を寄せてきた男性。ああいった類《たぐい》の人がいることは知識として知っていたけれど、自分の周りで出会うのは初めてだった。

古典的恋愛主義者《Classical romanticist》。

人生の中でたまたま関わりを持った人と恋愛をするという思想の人々。自分と馬が合う人間に偶然出会えると考える信仰。それはあまりにも非効率で不確実な考え方だけれど、人間が何千年という時代をそんな風に過ごしてきたのもまた事実だ。曲がりなりにも今日まで社会が続いてきたのを思えばあながち間違いとは言えない。手法の非合理を圧倒的な物量で解決してしまうというやり方は自然淘汰《とうた》と生物進化そのものとも言える。恋愛もまた生命の営《いとな》みの一部には違いないということか。

（そういえば、最近してないな……）

ふと自分を顧みる。恋愛、交際、それに付随する諸々《もろもろ》の事象、そういったものからここ二年ほど離れているのに気づいた。さっきの彼と食事に行こうなどとは微塵《みじん》も思わないけれど、ああも明け透けな熱意を向けられると多少なりと影響されざるを得ない。

とは言え彼とは主義が違う。私は一応現代に生きる文明人として、闇雲に乱れ打ちするよりはもう少し文明《まし》的な方法を取りたいものだ。

「マッチング」

宙に呟《つぶや》く。カフェの卓上にすぐさまエアリアル・フィールドが現れて検索結果が数件表示された。並んだ異性の情報には条件適合度や相性を総合的に検討した《適合指数》が貼り付いている。一番上が八十四％。充分以上の数字と判断して指差そうとしたその時に、いくつかの結果が消えて入れ替わった。

新たに現れた最上案件は、なんと適合指数九十八・一％だった。

私は目を見張る。これまで一度も見たことのないような数字だ。そもそもそんな値が出るものだったのか。いったいどんな相手なのだろう。

高まる期待と共に案件を指さす。ほどなく双方の合意が整い、ここ立川で十七時から会食のアポイントが成立した。

# 3

約束まで時間が空いたので、私はウォーキングの続きで立川を散策することにした。自宅から近い街ではあるけれど数えるほども来たことがなかった。

公共施設の並ぶ大通りから一本裏道に入るとすぐに静かな住宅街が広がった。小鳥のさえずる声と自動配送荷物《オートボックス》のプロペラ音が穏やかに流れている。

少し歩いた先に、透明のシートに四方を覆われた区画があった。なんだろうと覗《のぞ》いてみると中で建築用の『タイタン』が家を作っていた。

「へえ」

物珍しさに立ち止まる。家を建てるのは大抵夜中なので、何かしらのイレギュラーがあって日中に作業がずれ込んだのだろう。おかげで貴重な光景に出会えた。私は工場見学気分で住宅の建築作業を眺める。

建築タイタンは数本のアームとそれを支える移動式の基部、そして液状の建築材料が入ったタンクで構成されていた。アームはせかせかと動きながら、先端の《ヘッド》から材料を複雑な形に吐き出している。資材は光硬化樹脂《フォトポリマー》だろう。特定の波長の光を受けて短時間で硬化する合成樹脂素材。別に私が材料を見分けられたわけじゃなく、大抵の家はそれでできてるというだけの話だが。

基部の歩脚が滑らかに動きタイタンが現場の中を移動していく。土地の広さと建築途中の外観を見る限り15~20R《ルーム》といったところだろうか。単身者にはまあ適度な広さだ。立地も悪くないし、しばらく空いているようだったら引っ越してもいいかもしれない。そんなことを言いながらきっとすぐに忘れてしまうので、私はその場でタイタンに「覚えといて」と声をかけた。承諾の電子音がピンと控えめに鳴った。

黙々と働く建築タイタンを眺めていると、いつの間にか日が傾いていた。私は疲れた足を奮い立たせて早歩きで約束のレストランに向かった。

## 4

路地に佇《たたず》む雰囲気のいいフレンチレストランに入店する。相手は先に着いていた。テーブルに近づくと眼鏡の男性が柔和な笑顔で腰を上げた。

「高崎直之《たかさきなおゆき》です」

「内匠成果です」

「あ、どうぞ」

彼は少し慌てた様子で私の椅子を引いてくれた。笑顔で応えて腰掛ける。料理が運ばれてくるまでの間、私達は互いのことを紹介し合った。

高崎さんは二十八歳で私より二つ上だったが、人当たりが良いせいかあまり年上という感じがしなかった。趣味は社交ダンスで、競技大会に出るくらいハマっているそう。けれど彼は下手の横好きで、と謙遜していた。

「目が小さくて顔が地味なので不利なんですよ」

そんな風に言って適合指数九十八％の彼ははにかんだ。私はどうしようと思った。

圧倒的に好みだ。

もちろんこれまでもタイタンのマッチングは正確だった。会ってきた相手は概《おおむ》ね適合指数の順番通りに好ましかった。しかしいざ九十八％の人を前にしてみると、ここまで違うのかと驚いてしまう。

地味な顔が好みだ。大人しいところが好みだ。人の上に立とうとしてこないところが好みだ。とにかくあらゆる点が自分の嗜好と合致している。やればできるじゃない、と心中でタイタンを絶賛する。

料理が運ばれてくる。私達は引き続き九十八％の完成度の会話を楽しんだ。『ちょうどいい』から二％の誤差しかないやり取りは磨《みが》き抜かれた滑《すべ》り台のように何の抵抗もなく流れていく。とても幸福な時間だった。

けれどボトルのワインが減ってきた頃、美しい流れの中に小さな石が投げ込まれた。

「その、内匠さんは……」

高崎さんが不安そうに間を取る。流れを阻害するようなことを言おうとしている自覚があるようで、実際に口から出たのもそういう質問だった。

「仕事について、どう思われますか？」

「仕事」

私は目を丸くした。

「仕事というと。仕事、ですか？」

「そうです」

「どうと言われましても……」

会話が停滞する。突拍子もない質問に戸惑ってしまう。

彼の意図がよくわからない。マッチングの相手として何を求められているのかがまったく見えてこない。初対面の女性に投げかけるにはエキセントリックな質問だし、本人もそれは重々承知のようで汗をかいている。

なるほど、これが残り二％の部分だろうか。それは許容できる二％か、できない二％か。この場で探らなければならない。

私は彼の真実を引き出すため、その非常に珍奇な質問に対してできる限り慎重に、極々《ごくごく》一般的な、なんのてらいもない普通の答えを返した。

「仕事なんて、生まれてこのかた一度もしたことがありませんから……」

## 5

「そうですよね……私もありません」

高崎さんも当たり前のことを言う。《仕事》という言葉を慣用句以外で聞くことはあまり無い。頭の中で不慣れな言葉の意味を改めて噛《か》み砕《くだ》いた。昔学校で習った《仕事》の知識を呼び起こす。

今から百五十年前。

二十一世紀の中盤頃まで、人類の多くはそれぞれの《職業》に就《つ》き、《仕事》をして暮らしていた。昔の人はそうやって生きていた。教科書が教えてくれた近代までの歴史と人々の暮らし。

けれど二〇五〇年頃から始まった《労働革命》《Labor revolution》を皮切りにして、《仕事》は我々の前から次第に姿を消していく。

そして二二〇五年現在。

《仕事》はもはや過去の概念に成り果ててしまっている。

「私が生まれた時にはもうほとんど残っていませんでしたし」

手探りで話の筋《すじ》を探す。厳密に言えば《仕事》は完全に消滅したわけではない。しかし社会にわずかに残された仕事も極少数の特殊な人々が就いているだけで、私達一般市民とはまったく無縁と言っていい。

「なにぶん昔の話過ぎて……。すみません、あまり深く意識したこともないので」

「いえっ、こちらこそ急にすみません。そうですよね、急に仕事の話なんておかしいですね……。自分で話を振っておいてなんですけど、私も内匠さんと似たような感じなんです。仕事に詳しいわけでもないですし、仕事に就きたいわけでも。ただ、興味があって」

「興味」

「想像するのが好きなんです。もし自分が仕事に就いていたら、働いていたら、どういう気分になるものなのか。好ましく思うだろうか、続けたいと思うか、それとも辞めたいと思うのかな、とか……」

「それは確かに、少し興味が湧きますね」

そう答えると高崎さんは顔を明るくした。意を決して放り込んだ話が受け入れられて胸を撫《な》で下《お》ろしているのが見て取れる。

私も社交辞令は半分で、彼の話に多少の興味が湧いたのも本当だった。たとえばそれは史学のプログラムを楽しむような感覚で。

大昔の人々の社会制度と当時の感覚。

日常に《仕事》があった時代の話。

「今よりもずっと緊張感があったかもしれませんね」私は想像を巡らせる。「仕事をすれば大きな責任を負うことになったでしょうから。人が普段から重大な責務を負い、失敗が許されない状況が毎日続く……。考えるだけでも気が重くなりますけど」

学校の知識から思考を広げていく。

《仕事》というのは労力を提供することで、責任があって、大変で、辛《つら》くて、その代替として報酬が発生するもの。そして一度始めてしまうと簡単に放棄できないもので。

いや、でも確か。〝職業選択の自由〟という言葉があったはずだ。好きな仕事を自分で選ぶことができたような。

「選べる権利は保障されてましたね」高崎さんが疑問に答えてくれた。「自分のやりたい仕事を選ぶことはできました。けど雇用者、ええと、〝雇う〟人と契約が締結できるかはまた別だったようで。雇われないと仕事をしても報酬がもらえません」

「一人では仕事ができなかったのですか？」

「一応《フリーランス》とか《個人事業主》なんていう種別があったはず……」

専門的でマニアックな用語が出てくる。彼はさすがに趣味なだけあって詳しそうだ。

「誰にも雇われずに一人で仕事をする人達もいました。けどこれも、結局自分の生産物を誰かとトレードして報酬を得ていたわけです。勝手に作るだけじゃ仕事とは呼べなかったんでしょう」

「そうか、報酬……」

私はそう呟いて、仕事と同じくらい不慣れな概念の理解に努める。

作るだけなら現代の私達もやっている。けれどそこに報酬が発生しないと仕事とは言えないという。仕事をすると報酬として《金銭》が得られる。その金銭を使用して生活用品や嗜好品《しこうひん》を〝購入〟するのだ。

《買う》すなわち《売買》だ。

これも私が生まれた時には絶滅していた。私の金銭に関する思い出は、祖父が持っていた昔の貨幣を見せてもらった程度の薄いものしかない。

手に入れた報酬を使って物を手に入れる社会構造《システム》。

貨幣経済。

「まだるっこしい……」

私は想像だけでうんざりしてしまい、それが顔にも出た。彼の前だけれど耐えられなかった。考えるだにだるい。高崎さんは笑って続ける。

「確かに面倒ですね。何をするにもいちいちお金に変換してから再変換しないといけないなんて」

「莫大《ばくだい》なコストです。無益な……」

「うーん……価値を一度フローから隔離してストックしておく必要があったんでしょう。物品の流通量が足りない時代ですから、好きなものが好きな時に手に入らなかったんだと思います」

「ああ、待たなきゃいけないんですね……。その間はお金で持っておく、と」

「今は物が十分足りてますからね。大抵の物が望む人に行き渡りますけど。内匠さん知ってますか？　昔の家ってすごく狭かったんですよ」

「どのくらい？」

「1Rとか」

「…………拷問？」

彼が噴《ふ》き出す。私は真顔のままだった。とてもではないが信じられない。犬だってもう少し広い家に住んでいる。

「家が足りなかったんですよ。今みたいに空き家がいくらでもあるわけじゃなくて」

「でも新しい家は常に建てていたんでしょう？　なら次第に増えていくはず……」

「家は整備しないと廃屋になりますから」

そこでようやく合点《がてん》がいった。そうだ。昔は家を建てるのも、掃除も、維持も、みんな人がやっていたのだ。それが《仕事》だったのだ。

「今は土地をいくらでも切り開いて、いくらでも広い家を建てて、誰も住まなくても維持し続けられますけど。当時は労力がまったく足りてなかった。必然、物も土地も家も何もかも足りない。だから少ない流通物を待つしかないし、狭い家に住むしかなかったんですね」

「足りるわけがないですね……。人間が、人力で生産していたんですから」

「今となっては想像するのも難しいですけど、昔は無かったんですよね……」

高崎さんは感慨深げに、私達の暮らしを支える存在の名を呟いた。

「『タイタン』が」

## 6

『タイタン』

人間の代わりに仕事を行うもの。

人間の暮らしをサポートするもの。

それらを自律的に行うもの。

産業機械、建築機械、輸送機械、掃除機械、センサー、ネットワークで繋《つな》がるもの、統合処理AI、それら個々の呼称であると同時に、それら全ての総称。

二十一世紀の後半にかけて、人工知能《ＡＩ》技術の進歩が機械の自動化・自律化を大きく推進した。全ての乗物は自動運転に換わり、産業ロボットの自動制御も飛躍的に進歩した。人間の判断は次第に不要となり、ほどなく二十四時間完全自動で働き続けられるロボットの時代が到来した。人の仕事はそれらのロボットに順次代替されていったが、そこに不都合は生じなかった。過渡期こそ様々な思想が飛び交ったようだが、人間よりよほど生産性の高い存在がひたすら働いてくれるのだから不利益など何もない。

人が働かなくても食べていける。人が働かない方が食べていける。ＲＰＡ《Robotic Process Automation》による効率化が進むごとに人の生活はひたすら豊かになっていった。

その革命の根幹を成したのが、二十一世紀に登場した標準ＡＩ『タイタン』であった。

ＡＩの技術自体は二〇〇〇年代には既に存在していた。しかし企業主体の開発競争が進む中で多数のＡＩが独自の発展を遂げる形となり、ＡＩ市場は混乱していた。

その状況を改善すべく乗り出したのが国連開発計画《ＵＮＤＰ》である。ＵＮＤＰは先進各国と連携し、次世代の標準ＡＩ開発を主導した。目指したものは時代を経ても使用に耐えうるＡＩ。人間社会が存続する限り有用なＡＩ。それはつまり人間知能をベースとしたＡＩ《人造知能》である。

そして二〇四八年。ＵＮＤＰは世界標準ＡＩフォーマット『タイタン』を発表する。

『タイタン』はベースメントとなる基幹部と、細分化適合する応用部の複合ＡＩであった。その開発主旨の通り、根幹の《人間知能》部分は完成から百五十年経《た》った今もまったく変わらないまま、応用部が爆発的な発展を遂げている。現代社会に存在する全てのＡＩは『タイタン』であると同時にその派生形となる。

タイタンの登場から百五十年。

二二〇五年現在、あらゆる自律機械は世界十二地点に設置されたＡＩ施設『知能拠点』に接続しながら活動している。知能拠点では大元となるタイタンＡＩが、百五十年前の設計通りに知恵を絞り続けている。

こうして全てのロボットが『タイタン』と繋がり、『タイタン』そのものとなった。

時代が進むに連れて言葉は同一化し。

『タイタン』はＡＩの名称であると同時に、あらゆるロボットの総称となったのだった。

## 7

専門書のイントロダクションを斜めに眺める。朧《おぼろ》げには知っていて、詳しくは知らなかった知識が補完されていく。本が表示されたエアリアル・フィールドの前に湯気の立つカップが二つ運ばれてきた。《仕事》を終えた給仕機《トレイ》が静かに戻っていく。

「コーヒーで良かったですか」

私は頷いた。高崎さんが広いリビングの真ん中へ来て、私の隣に腰を下ろす。

レストランでの食事の後、私は彼の家を訪れていた。一人住まいの彼の家は物が少なくシンプルで、あまり多趣味でないのが見て取れた。今は食事の時の話の延長で、彼が最近集めたという《仕事》関係の本を見せてもらっている。

「タイタンが生まれる前と後で、仕事は大きく変わってしまったんです」

彼が手を伸ばして本のページを送る。

「これは昔の〝職場〟の風景だそうで」

私は写真を眺めた。フロアの中にテーブルが不規則に並び、その間に椅子がうじゃうじゃと置いてある。写真のキャプションに知らない言葉が載っていた。

「この《フリーアドレス》というのは?」

「このフロアの中の好きな席を使っていい、という意味ですね。自由のフリーです」

「ええ……?」

私はもう一度写真を見返した。自由と言うにはあまりにも部屋が狭い。椅子の間隔も近過ぎて、隣に人がいたらまったく落ち着かないだろう。1Rの話でも思ったけれど、昔の人の生活環境は信じられないほど過酷だ。

対する現代の私達は仕事から解放され、有り余る品物を自由に選びながら、広い空間を存分に使えている。

その全てがタイタンの恩恵だ。

「今は幸せな時代なんですね」

「本当に……」

指先に感触があった。

ラグの上で彼の指と私の指が触れている。互いに気づいて顔を見合わせた。二人で同時に理解する。たった今、合意の空気があった。マッチングの目的と結果はすぐそこにあった。

けれど、私はにわかに躊躇《ちゅうちょ》する。

「すみません、ちょっと……」

できあがっていた空気を一度バラして、私はトイレに立った。

鏡の前で自分と向き合い、もう一度考える。

高崎さんは私の好みほぼそのままの男性だ。これまで出会ってきた中で間違いなく一番だと確信できるし、この先で同じくらいの人に出会えるかと言えば難しい気がする。それほど理想的な相手だと思う。

けれどなぜだろう。心にブレーキが掛かっている。

あまりにも理想的過ぎて怖くなっているのだろうか。そう、なんというか……ここまで自分の好みの通りだと、まるで誂《あつら》えたように感じてしまっているのかもしれない。人工的な感触とでもいうのか……上手《うま》く説明できないけれど、意識では完全に受け入れているのに無意識がわずかに抵抗している。

そして私は、この感覚を割と信用している。

リビングに戻った私は、努めてにこやかに微笑んだ。

「ありがとう。今日は帰ります」

## 8

自宅に戻る頃には日付が変わっていた。家に入ったタイミングでタイタンがメールの新着を教えてくれたが明日読むことにする。今日は盛り沢山で疲れてしまった。

玄関に待機していた移動機《ボード》に乗る。健康のために歩くべきとはわかっていても中々実行できないでいたが、今日だけで一ヵ月分くらい歩いたはずだ。なのでまたタイタンのお世話になろう。両足を乗せるとボードは静かに滑り出して私をお風呂《ふろ》まで運んだ。沸《わ》かしたてのバスで手足を伸ばしたら、ようやく緊張から解放された気がした。

お風呂から上がり、クールダウンルームのチェアで横になる。調整された空気が身体の火照《ほて》りをゆっくりと鎮《しず》めていく。

「カード」

私の指示を聞いたタイタンが、視線の先のエアリアル・フィールドに関係者のカードを並べた。一番上に今日知り合った高崎さんの個人情報カードが映っている。

ほんの二時間前のことを思い返す。

あの場でしてもよかったのだけれど、急いでしてしまう必要もなかった。また連絡を取ればいい。いつだっていい。

人生は長い。

技術の進歩は、人に時間を与えた。労働からの解放。そして医療の発展。

たとえば二〇〇年前なら治療不可能だった無数の難病が、タイタンが医療を主導する現代においてはそのほとんどが消えてしまっている。平均寿命はずっと延び続けているし、若年時から計画加齢《Planned Aging》技術を用いた延命プランを選択していれば一五〇歳になっても健康に暮らしていける。けれどそれを選ぶ人は多くない。長過ぎる時間は、使う方が難しいから。

用意されていたパジャマを着込み、再びボードに乗ってクールダウンルームを出た。ボードはそのまま私を隣の部屋へと連れて行く。

部屋に滑り込むと、扉が閉まって専用の照明が点灯した。壁いっぱいに並んだ現像写真が私を出迎える。心理学研究と共に長く続けているもう一つの趣味、フィルムカメラ。ここはその現像用暗室だ。

　ボードから降りて作業机に近付く。室内には専用機材が物々しく並んでいる。給水設備、廃液設備、乾燥設備、大判用の引き伸ばし機にレタッチスペースと道具達。デジタルカメラ《普通のカメラ》なら一切必要のない彼らは、馬鹿らしいくらいの手間と時間を求めてくる。それが楽しくてやっているのだけれど、面倒になったら自動現像装置を使ってしまうこともある。

　そこでふと、今日の高崎さんの話を思い出した。貨幣経済の時代、物が足りなかった昔はフィルムも金銭と交換しなければ手に入らなかったのだ。そうなると好きな枚数は撮れないし、撮りたい時にシャッターを切れないこともあっただろう。今は欲しいといえばいくらでも手に入って、欲しいと言わなくてもタイタンが勝手に補充しておいてくれる。本当に良い時代に生まれたと一人で胸を撫で下ろした。

　二歩ほど下がり、サムネイルのようになっている壁を眺める。

　最近のものは近場ばかりだ。旅の写真を撮ったのはいつだったかと指をなぞらせたら、最後の旅行からもう半年も経っていた。遠出したい気分がにわかに湧いてくる。また旅先を検討しようと思う。

けどそれも明日にしよう。今日はもう眠い。ボードに乗って寝室へと向かう。明日は他に何をしようかなと朧気に考える。まあ何をするとしても好きなようにやればいい。少しでも不安ならやめればいい。差し迫るものも、追ってくるものも、何もない。

ベッドに入り、眠気の誘うままにまぶたを閉じる。

私の動向を見守っていたタイタンが、照明を優しく落とした。

## 9

朝食を取りながら昨日のメールを確認する。

内容は先月公表した発達心理の論文が高いスコアを出しているという報告だった。ページを開いて見ると閲覧数と評価がひとしきり伸びている。自分の活動を普段からチェックしてくれているファンコミュを超えて、もう一つ外の層まで波及しているようだ。サイエンス系のニュースでピックアップされた影響らしい。

数を目的にやっているわけではないけれど、多くの人に読まれること自体は素直に嬉《うれ》しい。コメントが多かったのでタイタンにソートを頼む。これで〝私が読みたいもの〟〝私が読むべきもの〟を上から順に並べてくれる。

タイタンのソートは非常に高精度で信頼しているけれど極稀《まれ》に失敗することもあった。ちょうど今も一番上に来たのはコメントではなく画像で、紫色で半透明の影が草原の上に落ちているという謎の写真だった。これは違うよ、というフィードバックを与えるとすぐにソートが修正される。今度は良い感じのようだ。

上から幾つかのコメントを読み耽る。ほとんどは私と同じ心理学を趣味にしている好事家《マニア》からのものだった。界隈《かいわい》で名の知れた人もいて貴重なアドバイスをもらってしまった。その中の一文に目を留める。『二十一世紀の臨床心理の文献も紐解《ひもと》いてみると良いと思います』。

（《臨床》……）

最初は読めなかった。言葉を調べて《りんしょう》の読みと意味を知る。

〝床〟は病人が布団で横たわる状態を指し、〝臨〟はその場に直面することを言うらしい。つまり臨床とは病気の人に臨むこと、患者に接して治療行為を行うこと。なるほど、これもまた古い時代の言葉だ。

病気の治療が人間の手で行われていた時代。《医師》という《仕事》があった頃の言葉。現代においてはそれもまたタイタンの領域だ。検査も診断も投薬も手術も、人間よりタイタンの方が適切に行える。そもそも人の命が懸かっているような重大事を人間に任せるなんてリスク管理の観点からして有り得ない。どちらの側にとっても不幸な結果になるだろう。昔は仕方なかったのだろうけど。

「心理学の分野で臨床となると……」

私はすぐライブラリに当たった。タイタンが私の検索を予測して関連度の高い項目から並べてくれる。まさにそのものの《臨床心理学》と呼ばれた領域があったようだ。それを専門とする職業《臨床心理士》という仕事も。


【臨床心理士（カウンセラー）】

相談依頼者が抱える種々の精神疾患や心身症、精神心理的問題・不適応行動などの援助・改善・予防・研究、あるいは人々の精神的健康の回復・保持・増進・教育への寄与を職務内容とする心理職専門家。


なるほどと思う。確かに私のやってきた分野と非常に近い。臨床心理士はスクールカウンセラーという隣接職種として学校に常駐する場合もあったようで、子供を相手にするという点では発達心理との関連も深そうだ。しかし一人二人の臨床心理士で本当に学校中の生徒の相手が可能だったんだろうか。タイタンなら何の問題もないだろうけど。

フィールドに新しい情報が次々と並ぶ。タイタンは私の興味が広がっていくのを挙動モニタリングで予測して今欲しい情報を適切なタイミングで表示してくれる。昔は《執事》

なんていう個人の生活をサポートする仕事もあったそうだが、タイタンがやってくれている作業はまさにそれだ。歩く前に道の小石を片付けてくれる露払い。

綺麗《きれい》にソートされた関連論文の道路を満足気に眺める。ではじっくり読もうかと意気込んだところで、タイタンでは払えない大きさの石がフィールドにポップした。

それは高崎さんからの連絡《アポイントコール》だった。

想定外の早い連絡に少し驚く。昨日の今日というのは焦り過ぎではと思わなくもない。けれどそんな不器用な感じも彼らしいようにも思えて減点対象にはならなかった。こちらも好意を持っているのだから無下にする理由はない。

私は論文を読む時間と入浴の時間を考慮して、二十時に、と返答した。

## 10

送迎車に運ばれて店の前で降りる。昨日は待たせてしまったので少し早めの時間に着くようにした。タイタンが選んでくれたバーの中へと入っていく。店内のボードに乗ると予約の個室へと運ばれた。

壁全体が仄《ほの》かな暖色に光る落ち着いた内装の部屋だった。中央に設《しつら》えられたソファに座ると、フィールドにおすすめのカクテルが幾つか現れたので軽いものを注文した。お酒は嫌いではないが出会ったばかりの彼の前で羽目を外す気もない。

ソファに沈み込み、高崎さんを待つ。

昨日の彼の様子を思い出すとつい顔が笑ってしまう。マッチングは二年ぶりだったので私も多少緊張していたけれど、彼がその何倍も固くなっていたお陰《かげ》で自然とリラックスできた。私達の相性は本当に抜群だ。

今日はもう少し近づいてみようと思う。昨日感じた朧げな不安も今は無い。タイタンの素晴らしい《仕事》を信じて一段階進んでみよう。

ドアが開く音がした。顔を向けると男性が室内に入ってくるのが見えた。

私は眉根を寄せる。

遠目でも判《わか》る。明らかに高崎さんではない。背が高いし、肌が浅黒い。そして何より服装が大きく違う。その長身の男性は、街ではまず見かけることのない珍しい服を着ていた。

ジャケット、ワイシャツ、ネクタイ、スラックス、それらのトータルコーディネート。

そう、あの服の名は確か……。

《スーツ》だ。

男性が席まで寄ってくる。近くで見れば人種の違いは明らかだった。東アジア系の顔立ちではない。四十ほどの男は彫りの深い顔立ちと褐色の肌の、インドやそちら方面の人間に見えた。だがそんな特徴的な容姿以上にその目付きが際立《きわだ》っていた。細く暗い目は人でも殺しそうなほど冷たい。おかしな服装も相まって、まるで時代映画に出てくる〝マフィア《反社会勢力》〟のようだった。

男は戸惑う私に一言もないまま、向かいのソファに当然のように腰を下ろす。

「はじめまして」

顔に似合わない流暢《りゅうちょう》な日本語で男は言った。私は首を傾《かし》げた。

「あの、部屋をお間違いでは?」

「間違いではありませんよ、内匠成果さん」

男が名を呼んでそれを証明する。しかし私が約束したのはこの人ではない。

「高崎直之は来ません」

「……貴方《あなた》はいったい……」

男は私に小さな紙を差し出してきた。受け取ってみると名前とアドレス情報などが書いてあった。つまりこれは個人情報カードだ。カードなのだろうけど。なぜ、紙?

「ナレイン・スリヴァスタヴァです。肩書きはそこに」

「〝肩書き〟、というのは」

「名前の上の」

男が指差す。私はその紙のカードをもう一度見た。

『知能拠点管理局　第2知能拠点　安全管理室室長』

　それを読んで私は〝肩書き〟の意味を理解する。その人の社会的身分《ステータス》を記したもの。与えられた役割を伝えるもの。つまりナレインと名乗ったこの人物は、世界中でほんの一握りの。

《就労者》だ。

「長なんて付いていますがなにせ人手が足りないもので。リーダーだろうがなんだろうがわざわざ遠方まで出向しなきゃならない」

男は冗談らしい内容のことを喋《しゃべ》ったが、顔が一切笑っていないので反応に困る。そもそも私が状況にまったく追いつけていない。就労者がなぜここに、なぜ私の名前を。

「これから一通り説明しますが結論から申しますと。内匠成果さん」

　男の冷たい目が私を見る。

「貴方に《仕事》を頼みたい」

「仕事？」私は目を丸くする。「私に仕事をしろと？」

「そうです」

　ナレインは話しながら手元のフィールドに目を送った。指さして勝手に自分の飲み物を注文している。

「あまり時間がないですし、ここで話せることも制限があるのでザッとまとめますが。あるプロジェクトチームが発足します。そのチームに参加していただきたい。心理学、特に発達心理分野の専門家《スペシャリスト》として」

ナレインの指がフィールドを操作する。メニューが閉じると同時に私の投稿論文が表示された。

「我々は人間心理に詳しい人材を求めています。貴方の論文を拝読しました。合わせて専門分野知識技能の多角加重平均スコアを算出し、今回のプロジェクトに最適任であると判断しました。その手腕を見込んでぜひ仕事をお願いしたい」

「仕事……」

私は同じ言葉をもう一度呟いた。

昨日までの私の人生にまったく関わりのなかったもの。

「そのプロジェクトというのは……具体的にはどういったものなんでしょうか」

「機密情報を含む内容ですのでここで詳細なお話はできません。ご参加いただけた後に追って説明を」

「……その仕事は」私は探るように聞く。「大変ですか？」

「至って簡単なお仕事です」

ナレインは真顔で言った。私は眉根を寄せたが男は真顔のままだった。確証はないが嘘《うそ》を吐かれているように感じる。つまり大変ということだ。

「早めにご返答願えますと。時間がありませんので」

男がどこまでも身勝手に言う。部屋に給仕機《トレイ》が入ってきて飲み物を二つ置いていった。ナレインが頼んだのはロックのウイスキーで、やはり勝手に飲み始めた。私は止《や》む無《な》くこの不快な男への返答を考える。

《仕事》。

興味がないといえば嘘になる。これまで一度も触れたことがなかった世界。ほとんど全ての人が知らないまま死んでいく社会のブラックボックス。それを覗いてみたいという感情は自覚している。

けれどそれ以上に不安が大きかった。たとえ慣れ親しんだ専門分野の作業だとしても趣味と仕事では訳が違う。自分の中にあった仕事のイメージが頭を巡る。

責任を負う。大変。辛い。一度始めると簡単に放棄できない。

「お断りします」

私は返答した。総合的に考えてやりたくないと思った。

「駄目ですか」

「大変貴重な機会ではありますが。私には荷が重過ぎます」

「ふー……」

顔を上げる。ナレインは思いきり溜息《ためいき》を吐いてから気怠《けだる》そうにソファにもたれた。そのあまりにも横柄《おうへい》な態度に私はむかついた。

「むかつくわね、貴方」

なので言った。

ナレインは一瞬面食らったようだったが、すぐまた冷たい真顔に戻った。

「君、正直だな」

「貴方は失礼よ」

「一つ教えよう。もし仕事となれば、たとえ嫌いな相手がいたとしても我慢して付き合い続けなきゃならない」

「そんな馬鹿げたことは絶対嫌なので丁重にお断りします」

ナレインは小さく息を吐いて、再び身体を起こした。指で宙空に指示を出すと新しいフィールドが開いて何やら書類が現れる。同時に私の前にも同じ書面が表示された。形式ばった文章が読みづらく並んでいる。

「なにこれ」

「被害届」

ナレインがその書類を指でなぞりながら言う。

「君、内匠成果は、昨日の二十二時半頃、被害者・高崎直之の自宅を訪れた」

自然と眉根が寄った。

被害者？

「そこで君は高崎直之を強姦《ごうかん》した」

「は？」

眼《め》を見開いて書類を確認する。《被害の模様》の欄に書かれた〝強制的〟の文字が飛び込んでくる。

「二十三時過ぎ。君は性行為を要求したが彼が拒否した。だが君は強引にそれを行った。罪名は強制性交。法定刑の下限は五年。初犯だが手口が暴力的で悪質だ。実刑はまず免《まぬが》れないだろう。これまでのタイタンの判例にも合致する」

「事実無根よ」私は戸惑いながら反論する。「狂言だわ。昨日は何もなかった」

「だが証拠が存在する」

フィールドに新しい情報が表示される。表に並んだ意味不明のアルファベットと数字の羅列。《遺伝子座》のキャプション。

「マンションに残された体液から君のＤＮＡ型が出ている」

「体液、なんて」

言いながら脳裏を昨夜の映像が駆け巡った。昨日はリビングで本を見せてもらい、コーヒーをもらって、それから。

トイレに立った。

「まさか……」

ナレインを睨《にら》みつける。男は気にもとめずに続ける。

「たとえばこれは仮定の話だが。君がプロジェクトチームへの参加を了承してくれるのならば、ブラジルの蝶《ちょう》が羽ばたいて、被害届は提出前にハリケーンに飲まれるかもしれない」

頭の中で望ましくない想像が繋がっていく。

高崎さんと出会ったタイタンのマッチング。盛んに仕事の話を振ってきた彼。この場所に高崎さんでなくこの男が現れたこと。

〝知能拠点管理局〟の肩書き。

タイタンを管理する仕事。

「最初から、私を罠《わな》にかけようと」

ロックグラスの氷が鳴る。

「このプロジェクトは絶対に成功させなければならない。失敗は許されない。ならばそれに必要な人材である君には否《いや》が応《おう》でも参加してもらわなければいけない。非合法的な手段を使ってでも」

ナレインがグラスを上げる。

「ちなみに仕事が始まれば君にも〝役職〟が与えられ、君は俺の部下になる。では最初の〝新人指導〟をしてやろう。内匠、俺は立案した工程の通りに事を進めて君の獲得に成功した。こんな時、我々の業界ではこう言うんだ」

ナレインは私の名を呼び捨てて乾杯するようにグラスを上げると、そこで初めて顔を崩してみせた。

それは。

「〝良い仕事をした〟」

心底むかつく顔だった。

## 11

ミルクティーのカップを置いて、窓外の景色に目をやる。眼下には緑色の平原がひたすら広がっている。自動開拓重機械《パイオニアリング・タイタン》がほぼ全域に展開する本州と違って、北海道《ほっかいどう》にはいまだ未開発の平地が残っているようだった。

ナレイン・スリヴァスタヴァという男のスカウトから二日。

私は今、飛行機で北海道の東部《釧路《くしろ》圏《コナベーション》》に向かっている。北海道の十五の《圏》

のうちの一つ。六千平方キロの土地に百二十万人が暮らす土地だ。

そこに私の〝職場〟がある。

苦々しい気分がまた甦ってくる。

ナレインの無法のやり方に対して私は抗《あらが》う術を持たなかった。依頼を断れば無実の罪で起訴され、裁判で有罪判決を受けて刑務所送りになったことだろう。受刑者はタイタンの更生プログラムに従事することになる。そこで心身の健康を取り戻すわけだが、元々心身に問題のない者がプログラムを受けたらどうなるのかはわからない。それ以前に私は服役生活の内容を知らな過ぎる。基本的人権に配慮した生活は保障されているそうだが、ミルクティーが基本的人権の保障範囲に含まれているとも思えない。

結局私はあの不愉快な男の企てのままに、生まれて初めて仕事に就くことを選択した。少なくとも懲役よりはポジティブな要素があるはずだと自分に言い聞かせながら今は移動の機内で就労準備を進めている。

壮麗な景色からフィールドのドキュメントに目を戻す。それはナレインから送りつけられた《入局承諾書》なる代物だった。一読してみたけれど内容は承諾書というよりも誓約書だ。

入局承諾書

このたび私は、貴局の採用通知を受け取りました。つきましては貴局に入局することを誓約すると共に、下記事項を遵守することを承諾致します。

1. この承諾書提出後は、正当な理由なく入局を拒否いたしません。
2. 労働条件に記載された事項を遵守致します。
3. 指示された書類は遅滞なく提出致します。
4. 貴局に対して虚偽の申告は一切致しません。

仕事も始まっていないのに早速頭が痛くなる。この書類を提出することにいったいどんな意味があるというのだろうか。嘘は言いませんと言えば本当に嘘を言わないとでも思っているんだろうか。こういった煩《わずら》わしいチェックを回避するためにタイタンが存在するはずなのだが。

ページを送ると労働条件なる書類が続き、読みたくもない長文が延々と並んだ。私は読まなくても出さなくても問題ないものだと自己判断してフィールドを閉じる。そこでカシャン、とシートベルトが締まった。窓外の景色が垂直に流れ始める。ちょうど飛行機も《駅》に到着したようだった。

静穏な着陸の後にベルトが外れる。私は荷物を持って機内の個室を出た。

飛行機を降りると『弟子屈駅《てしかがえき》』の表示板が見えた。後ろですぐに扉が閉まる。六人乗りの航空交通《フライングトランジット》だったが乗客は私だけのようだ。物が足りない時代は飛行機も大人数で乗り合わせるもので、空港も数えるほどしかなかったという。飛行機はその場ですぐに離陸して、また東京へと戻っていった。

周囲を軽く見回すと、迎えらしい車が敷地《しきち》に入ってくるのが見えた。自動的に動くはずの送迎車が到着時間に待っていないというのがまず信じられない。東京よりもタイタンの質が悪いとかそういうことがあるんだろうか。

車が私の前で止まる。後部座席のドアが開いて私はさっそく顔を顰《しか》めた。

「早く乗れ」

ナレインは無愛想に言った。

## 12

「書類が出ていない」

「出す意味がないでしょうあんなもの」

隣の男に私は不機嫌を隠さず告げた。ナレインはこちらを一睨みしたが、すぐに息を吐く。

「まあ提出しなくても問題ない。慣例的なものだ」

今度は私が眉を顰《ひそ》めて彼を見る。なんと本当に無駄な物だったらしい。人を馬鹿にしているのだろうか。

「提出しなくてもいいというだけだ」ナレインが私の反応を見て答えた。「無駄とは言っていない」

「じゃあ何の意味が」

「大昔から仕事に就く時はああいう儀式があった。仕事に就かせる代わりに強いる約束だ。会社の利益追求のために個人へ不利を押し付ける。たとえば仕事を簡単に辞められなくする、余計な行動を制限する」

「前時代的な……」

聞いているだけで辟易《へきえき》した。まるで古代の奴隷制度のような話だ。近代法と契約で化粧をしたというだけで中身は何も変わらない。

「お前にその契約を結べとは言わない。だが知っておく必要がある」

「知っておくって、何を」

「今でも《仕事》はそんなものの上に成り立っているということをだ」

「貴方はあんな契約を結んでいると?」

「いいや」

首を傾げる。話の意味を測りかねた。結局誰も結んでいない契約にどんな意義があるというのだろう。

車は市街地を走っていく。高層ビルが立ち並ぶ弟子屈の街並みは東京とさほど変わらなく見える。本州より開発率が低いとはいえ都市部は十分に開けているようだ。

土地開発はタイタンの大きな仕事の一つだ。世界ではタイタンAIが策定した開発計画の下、自動化した重機が二十四時間態勢で山地を削って土地の変換を続けている。開発は環境配慮と社会拡大の均衡点に向けて進んでいくが、基本的に地球の大部分は手付かずの自然のため、都市拡大が均衡点に及ぶのははるか未来と想定されている。従って重機タイタンは寸暇《すんか》を惜しんで山を削り海を埋め立てている。もちろん生態系を護《まも》る環境保護タイタンと共に。おかげで我々は好きなだけの土地を好きなように使って暮らせている。

そういう点で言えば、ここ釧路圏の弟子屈はかなり早い段階から開発が進んだ土地の一つだ。理由は二つある。

市街を抜けると急に緑が広がった。タイタンが設定した開発境界線を越えたのだろう。

そこから道が上り坂になり、車は小高い山をまっすぐ登っていく。十分もしないうちに車窓に高所の展望《パノラマ》が開けた。

空よりも深い、地上の青。

「摩周湖《ましゅうこ》……」

私はその美しい湖の名を呟いた。世界二位の透明度を誇るカルデラ湖。湖面積二十平方キロ、最大水深二百メートルの深さを持つ〝山の神の湖〟。

手持ちのバッグから持ってきたカメラを取り出す。車の窓を開けて、まるでCGみたいな景色をフィルムに焼き付けた。波一つない水鏡が雲を逆さに映していた。確かにこの絶景は飛行機で見に来る価値がある。

弟子屈の開発が早かった理由の一つは、元々ここが摩周湖を擁する観光地であったことだ。人の出入りの多い場所は必然開発の優先順位も上がる。二十一世紀初頭には一万人に満たなかった街の人口も大きく増加して現在は四十万人。海外からの観光評価も高い摩周湖周辺地域は釧路圏人口増加の立役者となった。

車は湖面を左手に眺めながら、その外縁に沿って進んでいく。しばらく行くと外輪山の中でも一際《ひときわ》標高の高い山が見えた。湖に隣接する摩周岳と火山噴火跡地である爆裂火口。

その大きな窪地《くぼち》の中から、巨大な球体が上半分を覗かせていた。

球体表面に白い部分と透明な部分が混在する。その二つの領域がじわじわと入れ替わって不思議な模様を作っていた。透明になったところから球体の内側にも構造物があるのが見えた。

「『電球』だ」ナレインが教えてくれる。「太陽光・風力・地熱、複数の方法を並行して施設全体の電力を作っている」

車の窓からそれを見上げる。球の内部に中心を貫くように円柱のタワーが立っている。私はそのタワーに描かれた巨大な『2』の文字を見た。

弟子屈が開発発展した二つ目の理由。

それはここが、世界に十二しかないタイタンＡＩ知能拠点の一つ《第二知能拠点》の建設地に選ばれたからだ。

車が電球の麓へと滑り込んでいく。山の裾野に扉の閉まったトンネルがあった。『2』と書かれたゲートが自動的に開き、私達は山の内側へと入っていった。

## 13

「各知能拠点にはタイタンＡＩの本体が収められている」

長いトンネルの中で、ナレインが職場について説明する。

「また十二拠点のＡＩは完全同一ではなく、それぞれ差異がある」

「同じタイタンＡＩではないの？」

「最初期のもの、第一知能拠点建設時のタイタンは汎用ＡＩだった。だが拠点数が増えるとそれぞれが相互干渉しながら役割を分化していった。つまりタイタン自身の判断で汎用ＡＩから専門ＡＩへと変化した。初期建設の拠点ほど汎用寄りに、後期の拠点ほど専門寄りになっている」

初めて知る話だった。タイタンはタイタンだと思っていたし、日常生活においてはそれで何の問題もなかった。

「となると第二知能拠点《ここ》のは」

「ほぼ汎用型だ」

話している間もライトグレーの壁が延々と流れていく。知能拠点と言っても建物は普通の街と同じ光硬化樹脂《フォトポリマー》でできているようだ。滑らかな表面に文字や表示の類は一切無い。多くの人が利用する場所には多少なりとも必要なものだが、多分ここを使うのは極少数の就労者だけなのだろう。タイタンが作ってタイタンが走るだけのトンネルに表示は必要ない。

「一から十二までのナンバーは振ってあるが」ナレインが続ける。「それとは別に、それぞれのタイタンＡＩにニックネーム《あだ名》が付けられている」

「ポチとかタマとか……」

「お前がペットの名前を雑に付けることはわかった」

反論しようかと思ったが実家の猫がミケとチビなのを思い出してやめた。区別が付けば何でもいいだろうと思う。一匹だけで飼っていたら猫と呼んだところだ。

「まあ、こっちだって捻《ひね》りがあるわけじゃないがな。AIの名前『タイタン』にちなんでタイタン《Titan》の名前が順番に付いていているだけだ」

「タイタンは……ギリシャ神話の」

「そうだ。大地《ガイア》と天《ウーラノス》が生んだ巨神達。海の神《オーケアノス》、星の神《クレイオス》、空の神《ヒュペリーオーン》、輝きの神《テイアー》……」

「ここのは何？」

「知恵の神《コイオス》。男神《だんしん》だ」

AIに名前を付ける時も性別を気にすべきなのだろうか。どうせ神様の名前なら両性神を選んでおけば面倒が無い気がしなくもないけど。

ようやく車がトンネルを抜ける。明るかったトンネルの外に、さらに一段明るい空間が開ける。

そこは小さな〝街〟だった。

スポーツスタジアムがすっぽりと収まってしまいそうな広大な地下空間。その中に大規模マンションのようなもの、道と植樹、公園のような庭、いくつかの店舗までも見える。外の街の一部を切り取って、そのまま地下に収めたような場所だった。

「必要なものは中に全て揃《そろ》っている。好きなように使え」

ナレインは〝ここから一歩も出ずに仕事をしろ〟という意味の文章を前向きに変換して言った。私は仕事が始まる前から重苦しい溜息を吐いた。

## 14

施設の磨き抜かれた廊下をボードに乗って進む。

割り当てられた居住スペースで一息つく暇もなく、私は早々に呼び出されて《職場》へと向かっている。とは言ってもこの地下空間にいる限りは家も職場も大差ないだろうけれど。

進みながら新品の服の袖をつまんでみる。スペースに用意されていた《制服《ユニフォーム》》だ。簡素なグレーのジャケットは腰から首までジップする形状で、見た目よりは機能性重視の作業着のようだった。胸元には《第二知能拠点》のプリントが入っていて、着る者に否応《いやおう》なくプロフィールを付与する。これもまた《肩書き》の一種なのだろう。しかしいくら識別に便利とはいえ別々の人間が一様に同じ服を着るというのは多少違和感がある。ごく一部のスクールではまだ制服を使っているところもあるようだけど、大人が服を揃えるのはやはりちょっと、気色悪い。

そういう点ではこの廊下にもまた別の違和感があった。なんというか綺麗過ぎる。掃除機《タイタン》が掃除しているので清潔なのは普通のことだが、それ以前にほとんど人に使われていないように見えた。いったい何人くらいの人間がここで仕事をしているのだろうか。

そこでふと気づく。私のボードとは別のボードの駆動音が聞こえる。振り向くと後ろから男性を乗せたボードが結構な速度で走ってくる。

黒髪を短く刈り上げた男はアジア人のようだったが、とにかく身なりが酷《ひど》かった。よれよれになった制服の上着を雑に羽織《はお》っている。瞼《まぶた》は落ち、無精髭《ぶしょうひげ》は伸び放題で、フケのついた頭を掻《か》いていた。その薄汚い男は私よりだいぶ遅れてこちらに気づいた。男のボードが乱暴に止まり、私も合わせて停止する。

「うは」

男が半開きの目のまま漏らした。

「女だ」

私は当然顔を顰めた。考えうる限り最悪の第一声だ。

「あー……ナレインさんが言ってた新入りか」

「はじめまして。内匠成果です」

最低限の礼儀で答える。男は軽薄な笑いを浮かべていた。見るからに皮肉っぽい顔つきだ。私より年上でナレインよりは若い。

「雷《レイ》だ。雷祐根《レイウグン》」

「中国？」

「そう。エンジニアをやってる。あんたは？」

「日本」

「違う、専門《スペシャリティ》は」

「ああ……心理学を」

雷という男は怪訝《けげん》そうに首を捻る。

「それはどういう仕事になるんだい？」

「私だって知らないけれど」

「はあ……。まぁこっちはナレインさんの指示通りに働くだけだがね。人手が増えるならなんでもいいや……」

雷は言いながら大あくびをしてみせる。誰かさんと同じ程度に不快な男だ。

「ちったあベッドで寝かしてもらわねぇと……ああ、もしかして」雷がニヤついてこちらを見た。「そういう要員？」

私は眼の前の汚物を、可能な限りに軽蔑して見据えた。

「冗談だよ……怖い顔しなさんな。これからしばらく同僚なんだし」

その事実にまた不快感が湧き上がる。異性を性的にからかうような最低の男とも、仕事というだけで我慢して付き合わなければいけないというのか。職場とはつまり地獄という意味なのか。

「行こうぜ」

雷は飄々《ひょうひょう》と私の横をすり抜けて廊下の先を指さす。

「会議《カンファレンス》、だろ?」

## 15

数百人でも入れそうな会議室《カンファレンスルーム》の中で、たった四人が正方形に座っている。二時間ぶりに会うナレインが、隣の老紳士を私に紹介した。

「ホルスト・ベックマン博士だ。AIの研究を専門とされている。本プロジェクトにおいてはリーダーを務めていただいている。計画は彼の方針に沿って遂行する」

「よろしく」

ベックマン博士が腰を上げて卓上に手を伸ばした。私も立ち上がって握り返す。上品に微笑む六十ほどの老紳士は、ここまで会った人の中で一番印象が良い。不遜を絵に描いたようなナレインも彼には敬意を払っているようだ。

「この方がリーダーなら、貴方は?」

「俺は管理者《マネージャー》だ」

ナレインが雑に答える。態度が露骨に違う。リーダーとマネージャーと言われてもどういう分業なのかよくわからないが説明する気もないようだ。

「雷はマルチエンジニア」ナレインは身勝手に続ける。「ソフトもハードも扱う。実際に手を動かすのはこいつだ」

「一応言っときますが、他にいないから仕方なく両方やってんですよ」

「知っている」

「そりゃ良かった」

雷は諦め顔で無精髭の伸びた頰を掻いた。察する限りエンジニアが一番忙しい仕事のようだ。

「こっちが内匠成果博士」紹介の順番が回ってくる。「専門は心理学、発達心理」

「よろしくお願いします」

ナレインは無視し、雷は口笛を吹いた。まともな人間はベックマン博士しかいない。

「あの……」私はナレインに聞いた。「ここで働いている人というのは」

「これで全員だ」

「ああそう……」

そんな気はしていたが、改めて確認してしまうと落胆せざるを得ない。

誰の姿も見えない居住区画。使用の跡が無さ過ぎる廊下。そもそも人が居ないのだ。外と同じでタイタンがやってくれる分は任せているのだろうけど。それならこの四人の分もやってくれたって大差ないだろうに。

「時間が惜しい。計画《プロジェクト》の説明に入る」

「ナレイン」ベックマン博士が口を挟んだ。「彼女への基礎情報の共有は？　特にタイタンAIの仕様について」

「これからです」

「ならば見ながら説明するのが良いんじゃないか。君がいない間に《部屋》もできた」

ナレインは少し考えてから、お任せしますと答えた。ベックマン博士が立ち上がって私を促す。

「案内しましょう」

16

「彼《ナレイン》は厳しい《シビア》だろう」

「酷い《シリアス》ですね」

「適切な表現だ」

ベックマン博士が苦笑する。私も微笑み返した。

柵の付いた複数人用のボードが私とベックマン博士を施設の奥へと運んでいく。ナレインは後から来ると言っていた。雷は作業がないなら仮眠すると言って休憩室に行ってしまった。非常識人が二人ともいないので会話はすこぶる快適だ。

「だがナレインのような人材は必要だ」博士が続ける。「我々のような研究者だけでは時間をあるだけ使ってしまうからね」

「《仕事》ではそうはいかない？」

「そう。仕事には期限がある。概ね自分以外の誰かが決めた期限が。彼の専門技術《スペシャリティ》はそういった外部要因と仕事を適合させることだよ」

なるほどそれが管理者《マネージャー》か、と納得する。

確かに趣味なら好きな時に始めて好きな時にやめれば良い。逆に一生続けたって良い。けれどそこに期限が発生したならば話はまったく変わる。できる人間は限られてくる。それをなんとかしてやらせるのがマネージャーの能力ということなのだろう。

しかしそのなんとかの中に不法行為が入っていたらそれはもう管理者ではなく犯罪者である。少なくとも犯罪行為を盾に無理矢理連れてこられた私は自主的に仕事を頑張ろうという気が微塵もない。それが顔にはっきり出ていたようで、ベックマン博士が柔らかく聞いてきた。

「あまり意欲が湧いていない？」

「ええ。まったく」

博士が再び苦笑する。正直で申し訳ないが、嘘を言っても仕方がない。

「なら多少でも興味を持ってもらえるような案内をしないとな。タイタンＡＩは面白いものだからね。いや、面白いと言うのも不謹慎かもしれないけれど」

「不謹慎なのですか？」

「十億人の生活を担《にな》っているのだからね」

大きな数字が示される。世界人口は百二十五億人で、知能拠点の数は十二。頭割りすればタイタンＡＩ一つが十億人を担当していることになる。もちろん実際はそこまで明確な担当区分があるわけじゃないだろうけど。

「私達はそれの管理を任されている。責任は大きい。だが」博士は少し笑った。「それでもやっぱり、面白い」

そう言ったベックマン博士に私は好感を抱いていた。それはある種、シンパシーにも似た感情だった。

正しい倫理観の上に立ち、責任の重大さを理解していて。けれどそれとは区別して面白いものは面白いと漏らしてしまう気質。多分この人も、良い意味と悪い意味の両方で、正直者なのだ。

「タイタンＡＩについては、人並みにしか知りません」私は自分から会話を振った。「あとはここへの道中でナレインに多少聞いた程度です。ご教授いただければ幸いです」

ベックマン博士が頷いて前方に目を向ける。

タイタンの操るボードはひたすら施設の奥を目指して進んでいく。

「タイタンは社会を円滑化するための標準ＡＩとして開発された」

博士は講義のように話し始めた。

「その設計思想は〝人間知能を基底とするもの〟だ。人間の社会で使い続ける装置なのだから人間を基準として構築するのが一番良い。そこから高度に応用発展していくとしても、問題があればいつでも人間というベースメントに立ち帰れる。それが〝人間社会標準ＡＩ〟タイタンに通底するポリシーだ」

頷きながら聞く。それは数日前に読んだ書籍にも書いてあったことだ。どこで読んだかを思い出してにわかに苛ついたが、ベックマン博士とはまったく無関係な話なので気を抑える。

「では内匠博士」博士が私に向いた。「〝人間を基準としたＡＩ〟は、実際どうやって作っているのか判るかな？」

「それは……人間の思考過程を研究したり、でしょうか？　あとは脳構造を分析して再現するとか……」

「正道だね」博士が頷く。「実際百五十年前の研究者はそうやって作ろうとしていた。けれど、どうしてもできなかった」

「何故《なぜ》です?」

「まず人間の思考過程というものが複雑過ぎる。調べたところでそう簡単に調べ切れるものではないんだ。たとえば大半の人間に共通する基幹部分だけなら解析できたかもしれない。普通に生きて普通に死ぬ、多くの〝一般人〟の雛形《ひながた》的な知能を再現できたかもしれない。だがそれだけでは不十分だ。社会はそんなステレオタイプの人間だけで構成されているわけではないのだから」

「人格者もいれば殺人者もいる……」

私の反応に博士が満足げに頷く。

「社会標準AIというのはそういったイレギュラーな精神すらも解析し、内包できていなければならないんだよ。それを言い始めれば人間は無限だ。文化毎《ごと》に違う、時代毎に違う。社会との相互作用でいくらでも変わり得る汎用知能。それをトップダウンで測るというのは土台無理な話だった。いくら時間があっても到底足りないだろう」

廊下の前方に扉が現れた。ボードが進む速度に合わせて扉が両側に開く。中はエレベーターで、私達が乗り込むと緩やかに下へ降り始めた。

「同様に、脳構造の分析もやはり足りなかった」

博士が話を続ける。

「当時の脳マップは非常に粗雑だった。二十世紀初頭のブロードマンの脳地図で五十二区画だったものが、二十一世紀にやっと百八十になり、五百五十五になった。しかしそれがせいぜいだ。千数百億個の脳細胞と五百五十五の脳区画の間はろくに埋まっていなかったわけだ。これでは脳構造の機械的再現などできようはずもない」

エレベーター内の階数表示が二桁に増える。箱はひたすら地中深くへと潜っていく。

「結局当時の人々は論理的にも物理的にも、精神的にも肉体的にも、人間知能を作ることができなかった」

エレベーターが静止し、扉が開いた。

上層階のライトグレーとは違う、緑がかった色味の廊下が伸びている。地下用に硬化素材の成分が違うのかもしれない。ボードが再び走り出す。

「そこで彼らは別のアプローチを試みた」

「それは?」

「神様がくれた〝知能の設計図〟を使う方法だ」

博士はクイズを出すように私を見る。私は少し考えてから答えた。

「……遺伝子?」

博士が満足げに微笑む。

「当時でも人の遺伝子《ヒトゲノム》は既に解析できていて組織や臓器の発生機序も解《わか》っていた。当時の研究者はヒトゲノムを基礎として、そこからのボトムアップで人工知能のハードを作る方針に切り替えたんだ」

「それは……有機体でハードを作るということでしょうか？　つまりその、生き物を？」

「そこは少し違う。ゲノムの設計そのままに作ってもただの脳ができるだけだ。求められていたのはより高度な頭脳であり、ブラッシュアップも同時に必要だった」

博士が二本指を立てた。

「具体的には、人間の脳とタイタンＡＩには二つの違いがある。そうだな……」

続いてその手を自分のこめかみに添える。

「たとえば脳内の神経伝達速度は速くても一・五ｍ／秒ほどだ。だが電線、導線を流れる電気信号は光速の数十％の速度で伝わる。つまりもし置換可能ならば、神経細胞は導線に置き換えた方が良い」

「そんな大雑把な……」

「今のは一番極端な話だがね」博士が笑う。「だが理屈はそういうことだよ。神経細胞には情報伝達以外の機能も多く備わっているが、それらを全て備えた上で導線に置換できるならその方が良いということだ。脳というのは究極まで練り上げられた芸術作品ではなく、歴史の中で苦肉の進化を繰り返してきただけの〝間に合わせ〟だ。いくらでも欠点があり、いくらでも改良できる」――

聞きながら、私も自然と自分の頭に触れていた。自然淘汰の奇跡であると同時に、場当たり的な変化をひたすら繰り返してきただけの応急品。

脳。

〝私〟の容《い》れ物《もの》。

「研究者は遺伝子の設計を解析しながら高性能の材質に置き換えられる部分を探っていった」――

博士が続ける。

「もちろんそれで元の機能が失われては本末転倒なので、膨大なトライアンドエラーが繰り返された。金属化合物への置換、無機生命シミュレーションと有機エレクトロニクス。あらゆる分野の知識が結集して〝改良脳〟の開発が進められたわけだ。そうして完成したハードウェアは有機無機の材質が混在した、古典的な意味での《ロボット》と《生物》の中間のような構造になった。と……つい話が弾んでしまったが、これが一つ目の違いだよ内匠博士。人の脳とタイタンＡＩは『構成物質が違う』」

専門的な話を自分なりに想像しながら聞いていく。有機物と無機物の混在するＡＩのハード。言葉では解ったつもりだが、実際それがどんな物体なのかは上手くイメージできない。これまで写真の一枚も見たこともなく、私は自分達の生活を支えるタイタンのことを何も知らなかった。

緑の廊下の先に新たな扉が見えてくる。近づいていくと、フラットな扉の表面に大きな「2」が描かれているのがわかった。文字の体裁はそれが外の《電球》内に書かれていたのと同じ2であることを伝えている。第二知能拠点の2。世界に十二しかないタイタンAIの、二基目。

ボードの進行に呼応して扉が開き、私達はその部屋に迎え入れられた。

薄い、と表現したくなる部屋だった。

天井高は十メートルもない。なのに床は果てしなく広がっている。淡い緑の照明が全体を薄暗く照らすのみで遠方は見通せず、正面にも左右にも壁は確認できなかった。ふと足元を見やると床に光沢がある。硬化素材ではなくガラスのような質感だった。

後方で扉が閉まる。ボードはゆっくりと走り出し、広大な室内を静かに進んでいく。

「この部屋は縦横百二十メートル、約一万五千平方メートルの広さがある。だいたい野球場くらいといえば伝わるだろうか」

野球は見ないので正直イメージしにくかったが、とにかく広いことは理解できた。薄暗い部屋をボードが淡々と前進する。周りにはまだ何も見えない。

「二つ目」

広大な空間に博士の声が落とされる。

「構成物質の改良によってハードの処理能力は飛躍的に増した。限定要因になっていた物理的な枷《かせ》が取り払われ、開発のフィールドそのものが拡大したんだ。生物脳の神経細胞が徒歩ならばタイタンＡＩの構成素材は車だ。足が速くなれば届く場所が広がる。世界自体が大きくなる」

ベックマン博士の喩《たと》え話《ばなし》が私の頭の中にイメージを作っていく。歩くだけの時代から乗り物の時代へ。高速の移動手段を得て遥《はる》かな開拓地へ。想像が終わると喩え話が現実へと戻ってくる。タイタンＡＩのもつ、大きな世界。

（……それって）

私は半分無意識に周りを見回していた。

この部屋はとても。

大きい。

「見えにくいかな……明かりを」

博士の呟きをタイタンが聞き届ける。私達の足元、ボードの下から薄明が立ち上がり始めた。最初は床全体が光っているのかと思ったが、よく見れば床は透明のガラスで、実際に光っていたのは床の下にある別の空間だった。その中に。

それはあった。

「は……！」

私は生理的反応で息を呑む。

それは。

巨大な脳だった。

「二つ目」

ベックマン博士が答えを告げる。

「人の脳とタイタンAIは《大きさが違う》」

単純な答えが耳から届き、足元の単純な事実がそれを肯定する。

私はその化物のようななにかに目を凝らした。形は完全に脳だ。これまで写真や映像で見てきた、皺《しわ》のある脳味噌《のうみそ》そのものだ。けれど質感の印象が大きく違う。肌色やピンクのような血液の流れる生物組織の見た目ではなく、彩度の低い寒色の、金属や樹脂のような無機質の質感。生臭さと硬質さが無理矢理同居させられた悪い冗談のようなオブジェクト。周りに小さな泡が見える。ガラスの下に水が詰まっているのだろうか。

「浸透圧を調整した《ゼル》で満たされている」博士が教えてくれる。「この大きさが、そのままタイタンの処理能力と比例しているんだ」

「つまりこの下は頭の中みたいなものですか……」

博士は私の顔色を窺《うかが》った。「気味が悪いかな」

「可愛くはありませんね」

「まったく。だがこの形《ゲシュタルト》もAIの必要条件の一つではある。人間基準AIにはこのフォルムが一番合う。別の形のハードでは《人間性》も変わってきてしまう」

「人間性があるんですか？　この機械に？」

聞いてから、私も質問の意味をよく理解していないことに気づく。

そもそも人間性とはなんだろう。

「それについて答えるには少々哲学的な領域に入りそうだな」

ベックマン博士も苦笑した。私は足元のそれをもう一度見つめる。

人工知能なのだから知能はあるのだろう。では知能と人間性はどう違うのか。眼下のタイタンAIは誰がどう見ても人間ではない。人間は無機物ではないし、人間はこんなに大きくはない。外から見る限りにおいてはこの装置に人間性を感じるのは難しい。

けれどその判断に一抹の不安を覚えている自分もいた。

「あくまで論理的な意味では〝人間の思考の一部〟は間違いなく内包している。それを目的に作られたAIであり、それによって仕事をこなすAIでもある。今我々が直面しているのもまさしくそこから生まれた問題だよ」

問題、と聞き返そうとした時にボードの速度が落ち始めた。前方を見ると平坦な床の上に凸と飛び出した四角があった。五メートルほどの高さの箱にドアが一つ付いている。ドアの前には黒服の男が立っていた。ナレインだ。

ボードがなめらかに静止した。博士と私がガラスの床に降り立つ。

「ゆっくり話してきたから遅れてしまったかね」

「問題ありません。中へ」

箱のドアが開いた。ナレインの後ろについて私達は中へと入っていく。

内装を見てまず面食《めんく》らう。

箱の中は〝普通の部屋〟だった。オフホワイトの壁紙と木目調の床。十メートル四方はどのコンパクトな室内に、デスクとローテーブル、ソファのセットが置いてある。壁面にはレースのカーテンが掛かった〝窓〟があった。部屋の外はさっきまで居た薄暗い空間のはずなのに、その窓からは何故か陽光のような光が差し込んでいる。カーテン越しに海のようなものまで見えた。映像を映しているのだろうか。長居したくなるような落ち着いた部屋は、しかし明らかに場違いでもあった。硬化素材剝《む》き出《だ》しの殺風景な知能拠点の中では完全に浮いている。

「まだ類型に合わせただけの構築だが」

ナレインが出来を確認するようにカーテンの端をつまんだ。

「内装の変更は自由だ。必要に応じてお前が決めろ」

「私が？」

「ここがお前の《仕事場》になる。ベックマン博士、ＡＩの仕様説明は」

「概ね」

ナレインが頷き、変わらぬ冷たい目で私を見据える。

「約三ヵ月前、第二知能拠点のタイタンＡＩ『コイオス』に機能低下の兆《きざ》しが見られた」

私の周りにフィールドが開く。データとグラフ、彼の話を補足する情報が表示されていく。

「機器調査の結果、タイタンＡＩ内部におけるＮＡ濃度低下などが確認されたが機能低下との具体的な関連は不明瞭だった。原因が特定できぬままＡＩ自身による自己修復が行われるも失敗。その後ソフトとハードが連鎖的に誤作動を続け、今この時も互いの機能を落とし合っている。現在の総処理低下率は二十八％」

フィールド上に十二本の棒グラフが並んだ。そのうちの一つ、《第二知能拠点》と書かれたグラフだけが頭を一つ下げている。

「処理低下分に関しては他十一拠点のタイタンで補っているが、四十％を超えればそれも間に合わなくなる。人口に対してＡＩが足りなくなる」

そこまで説明されて私はようやく理解する。今起こっている事と、その問題の大きさを。

私達の生活はあらゆる面においてタイタンに支えられている。タイタンが働き、タイタンが作り、タイタンが届けてくれる。日常を取り巻く衣食住、全てがタイタンの産物だ。

そのタイタンが、もし一部でも使えなくなったなら。

車には乗れない。食べ物は届かない。ボードだって動かないしドアも開かなくなる。タイタンが止まったら私達は照明を消すことすらできないのだ。社会は瞬《また》く間《ま》に大混乱に陥《おちい》るだろう。

「原因の特定は急務だ」

ナレインが自分の足元に視線を落とす。

フローリングの床ではなく、その向こう側の存在を見つめる。

「だがタイタンＡＩはあまりにも複雑で難解だ。超高度・超高速の機能はタイタン自身が制御する前提で成り立っている。人力で原因を探ろうとすれば何十年かかるか判らない。かといって他の拠点のタイタンを使うのはリスクが大き過ぎる。もし自己修復の時に起こったように機能低下が伝播《でんぱ》拡大でもすれば、その瞬間に社会は終わる」

ナレインの説明が袋小路《ふくろこうじ》を目指して進んでいく。

人の力では間に合わない。しかし他のタイタンの力も借りられない。ならどうすれば。

「そこで我々は対応計画を立案した。なに、簡単な話だ」

ナレインの手が怠《だる》そうに上がると、指が真下を指した。

「〝本人に聞く〟」

「………は？」

「私達はタイタンＡＩの内部処理を抽象化して取り出す方法を開発した」答えてくれたのはベックマン博士だった。「具体的には外部からタイタンＡＩをスキャンし、測定結果を深層ニューラルネットワーク《ＤＮＮ》モデルを用いて〝翻訳〟する。タイタンのビッグデータの中から必要な部分だけを汲み取り、利用可能な形に再構成するわけだ。ただ翻訳モデルはあくまで人間のＤＮＮであるから、タイタンＡＩを完全に抽象化することはできないのだが……。しかし今回に限って言えばそれは利点でもある。なぜならタイタンの高度知能を我々が扱えるレベルまで〝ダウングレード〟できるからだ」

「すみません、専門的な内容で理解が……」

「コイオスの一部を《人格化》して取り出す」

私はナレインを見た。自然と眉を顰めていた。

今こいつ、やばそうなことを言ったなと思った。

「お前はそれと〝対話〟して機能低下の原因を直接〝聞き取る〟ことになる。ＡＩの内側を分析して読み取れ」

「私が」

私はナレインと同じように自分の足元を見下ろした。

「タイタンと〝話す〟……？」

「専門家《スペシャリスト》だろう？」

ナレインが置いてあったソファの背もたれに手をかける。

つまりそこが、私の席で。

「お前にやってもらうのは」

私の仕事は。

「タイタンAIのカウンセリングだ」

# Ⅱ

# 傾聴

# 1

自室の照明が自動的に調光される。目の負担軽減に最適化された光の中で私は学術書に目を通していた。専門分野の心理学。中でも今回の《仕事》に近い分野について。

最初に当たりを付けたのは《精神分析学》と《分析心理学》だ。精神医学者ジークムント・フロイトを祖とする精神分析と、精神科医カール・グスタフ・ユングが創始した分析心理。どちらも確立されたのは三百年前で時代の修正を受けてはいるが、その根幹の哲学は現代においても強く有り続けている。

またこの二学は心理を取り扱う学問であると同時に、療法の研究でもある。今回の仕事にはこれ以上無いほど合目的な分野だと思う。けれどまったく的外れかもしれないと思う自分もいる。なぜならどちらも人間心理の研究であるからだ。

そして私の対象は、人間ではない。

ふと真上を見上げる。私の目を守るために照明がすぐさま弱まった。タイタンは今も変わらずに私達の生活全般をサポートしてくれている。しかしナレイン達の言によるならばタイタンは無理をしている状況で、破綻の日は少しずつ迫っているという。

部屋のスピーカーから鐘の音が無遠慮に流れた。定時放送。これが一日の仕事の始まる合図だと教えられた。ベルで呼び集められる羊になったような気がしてとても不愉快だ。

私はセンスの欠片《かけら》もない制服のジャケットを羽織って、足早に自室を出た。

## 2

「聞こえるか」

ナレインの声が〝耳元〟で囁《ささや》く。

《カウンセリングルーム》の中に彼はいない。だが声だけが私の耳を狙って飛んでくる。室内に設置された指向性のスピーカーによるものだ。実物のナレインとベックマン博士、それにエンジニアの雷はモニタリングルームでこちらを観察している。

「聞こえます」

「OK」

スピーカーが切り替わり、部屋全体に広く声が響き始める。

「雷が最終調整を行っている。開始まであと十分だ」

私はソファに座ったまま頷いた。与えられた時間で室内を軽く見回す。真新しい壁と天井に時折見える小さな凹みは空中投影像《エアリアル》を作り出すレーザーレンズだ。どこにでもあるものだが、この部屋のものはカモフラージュの質が高いのか注意しなければほとんど気付けない。

正面にはテーブルを挟んで、誰も座っていないソファが置いてある。

「《蒸留》終了。ハッシュチェック入ります」

雷の声も聞こえている。専門的な言葉が交じってよくわからない。私は宙空を見上げて聞く。

「《蒸留》というのは何？」

「データの要約だよ」答えてくれたのはベックマン博士だった。「タイタンAIのスキャンで得られた膨大なデータ値を、DNN翻訳の際に要約して削《そ》ぎ落としている」

結局よくわからなかったが頷いておいた。雷がせせら笑う声が聞こえたが無視した。眼の前のソファに視線を戻す。この部屋へ来る前にカンファレンスで聞いた話を思い出す。

これからあのソファに、「人格化されたタイタンAI」が現れるのだという。

現れるといっても物理的に何かが出現するわけではなく、普段使っているフィールドと同じエアリアルだそうだが。具体的にどういった姿で現れるのかは詳しく聞かされていない。というより理論を構築したベックマン博士も、手を動かしている雷にも正確な出力結果は予測できないのだという。取得したデータとその翻訳文法によって出力も変わっていくとのことだが、実際に対面させられる者としてはせめて気味の良いものであってほしいと願うばかりだ。

「ハッシュクリア。いつでもどうぞ」

雷の声に背筋を伸ばす。にわかに緊張しているのが自分でわかった。

「《人格形成》開始」

ナレインが告げた。

その直後、早速なにかが現れる。

私の視線の真《ま》っ直《す》ぐ先。床から一メートルほどの高さの宙空で、小さな何かが動いている。それは次第に量を増して、大きくなっていく。

光の反射が見える。流動する形が見える。あれは。

「水……?」

呟くと同時に、水がパシャン！　と弾《はじ》けて広がった。バケツほどの量に増えた水がそのまま重力に引かれて対面のソファにぼたぼたと落下する。映像なので染《し》み込《こ》みはしなかったが、ソファと床の形を計算したのか本当にこぼれたみたいに器用に変化してみせた。そこから湯気のような煙が上がっていた。

こうして第一回目のカウンセリングは一言も話せないまま終わった。

# 3

検討会《カンファレンス》はベックマン博士の主導で進められた。会議室《カンファレンスルーム》にトレイが入ってきて四人分の飲み物を置く。こんな時でもタイタンはよく働いているが、これが別の知能拠点からの知能補填なのか、それともついさっき派手にこぼれた〝あれ〟の一部なのかはわからない。

「自我境界がまだ上手く構成できていないようだ」

博士がフィールドでデータを共有しながら説明する。

「原因は?」ナレインが淡々と聞いた。

「タイタンの機能的には既に備わっているはずだが……。《心》を単体で取り出すのは初めての試みだからな。機能があっても使用経験《キャリア》がない。サーキットが確立できていない」

「キャリアったって」雷が難しい顔で言う。「こっちは内部処理を外からスキャンしてるだけなんで。まさか練習させるわけにもいかんでしょう」

「いや……」

博士が口に手を当てて考える。

「逆に、それしか手がないかもしれない」

「それって、博士まさか」

《練習》だよ」

「まじですか……」

雷はさらに顔を顰めた。よくわからない。

「あの、それはどういう……」

「つまり」口を挟んだのはナレインだった。「再構成体の情報を、タイタンにフィードバックしていくということですか？」

「そうだ」博士が答える。「機能が存在する以上、あとはＡＩサイドの〝慣れ〟の問題なんだ。外部への《人格形成》を行い、今回のように失敗したらその情報をＡＩへと戻す。繰り返すことで〝脳室の外に心がある〟という状態を理解させる。そうすれば次第に自我が明瞭化してくるはずだ」

聞いたナレインがわずかに考える。

「メリットとデメリットは？」

「メリットは我々のプランが進むこと。コイオスの修復に向けて前進できることだ。デメリットは……」

ベックマン博士の声が自然に落ちる。

「フィードバックの影響が未知数であること。もしかするとコイオスの機能低下が更に進行するかもしれない」

今度は私が眉根を寄せてしまう。それは一か八かという話だ。修復できるならいいが失敗すれば機能低下、つまりナレインが言っていた危機的状況が現実になる。

人口に対するＡＩの不足。社会の停止。

不安が鎌首をもたげてくる。けれど隣の席のナレインは顔色一つ変えずに、数枚のフィールドを順番に確認していた。

「《練習》にかかる期間の目安が出せますか博士」

今度はベックマン博士が考える。

「タイタンの学習能ならさほど時間は必要ないはずだ。正確な数字はシミュレートが必要だが……どんなに長くても一ヵ月はかからないだろう」

「ふむ……」

ナレインがフィールドのデータをじっと見つめる。数秒もかからずに彼は顔を上げた。

「《練習》の方向で進めましょう。フィードバックの準備を」

私は目を丸くした。ベックマン博士が頷き、雷はいつもの眠そうな目であーあ、と漏らす。

「稼働《かどう》まで二日は見てくださいよナレインさん」雷が席を立つ。

「戻しの精度は低くてもいい」博士も雷に続く。「練習の質は量でカバーできる。フィードバックが緩《ゆる》くてもそれ自体をコイオスが学習してくれるからな」

「頭が良くて助かりますなあ」

二人は足早に会議室を出ていった。私は一人追いつかないまま取り残される。ナレインが怪訝な顔で私を見た。

「なんだ」

「いや、だって」自分の戸惑いを分析する。「その、フィードバックをやって失敗したらタイタンAIがもっと悪くなるかもしれないんでしょう？　そんな大事なことをこんなにも簡単に……」

「悩んで良いことがあるというならそうする」

ナレインが面倒そうに答えた。

「ないなら早い方がいい。それだけの話だ。雷の作業の間、お前も自分の準備をしておけ。必要な備品があれば明後日《あさって》までに取り寄せろ」

彼は私の返事も待たずに部屋を出ていった。無駄話だと言わんばかりだ。

会議室に一人取り残される。静かになった部屋で私は自分の気持ちを整理した。折々で自分の心も分析してしまうのは私という人間の思考であると同時に嗜好でもある。考えてみて解ったのは、ナレインが見せた決断に対する二つの気持ちだった。肯定と否定がちょうど半分ずつ同居している。

肯定。感情ではあまり肯定したくはなかったが、彼の見せた決断に憧れにも近い気持ちを持ったのは確かだった。十億人の命運が懸かっているような判断を、一瞬で下してしまう凄《すさ》まじいまでの決断力。

そして否定の原因もまったく同じだ。十億人の命運が懸かっているような判断をそんな簡単にしてしまっていいのかという感情。いやそもそも、人間がそんな判断をしていいのかと思っているのだ。理知を体現したタイタンではなく、過失と不備に満《み》ち溢《あふ》れた不完全そのものである人間が。

少なくとも私にはできない。きっと心が堪えられない。ついこの間まで普通の街で普通に暮らしていた私は、そんな大それた決断とは無縁の人生しか歩んでこなかった。

けれど私は今《仕事》をしている。

仕事ならば、たった一人の人間が十億人分の判断をしても良いというのだろうか。

それとも。

しなければならないのだろうか。

## 4

誰もいないカウンセリングルームの様子をカメラが捉えている。私はフィールドで自分の仕事場を俯瞰《ふかん》する。雷の見立ての通り、会議から二日後に二回目の《人格形成実験》は行われた。一回目はカウンセリングと呼んでいたが、まだとてもそのレベルに達していないため呼称が変更されている。

モニタリングルームにはチームの面々の姿があった。ベックマン博士の指示で今日は私もこちら側に入っている。

「形成開始」

ナレインの指示が飛び、雷がフィールドを叩《たた》いた。

早速カメラ映像に変化が現れ始める。前回水が出現した場所、ソファの上の宙空辺りに煙のような空中投影像《エアリアル》が現れた。白い、蒸気めいたものが浮いている。

「ここから……」

博士が呟く。それに呼応するように煙の量が増え始めた。普通の煙のように拡散せず、その場に留《とど》まって増えている。次第に密度が濃くなり、ついに雲となった〝それ〟からポタポタと水が落ちてきた。雨だ。

すると今度は雲の上に、モグラたたきのモグラみたいに〝氷〟がヌッと飛び出した。だが次の瞬間氷は砕け散り、雲が霧消して雨も止《や》んだ。何もなくなった。

「ここまでかな」

博士が告げて雷が椅子の背にもたれる。どうやら二回目の実験が終了したらしい。ナレインは腕を組んでじっと様子を見ていたが、耐え切れなくなったのか片眉を上げた。

「博士。実験結果の意味と進展度合いを報告してください」

「ああ」

博士がフィールドに触れる。先ほどの記録が再生され始める。

「今回は初めてフィードバック機構を取り入れて《人格形成》を試みた。最初は前回と同じ水と霧が生じていたが、今日は新たに〝氷〟が出たな。もちろんフィードバックの影響だろうが。変化の意味についてはまた分析が必要だな」

「固体化がイメージされたなら人格形成の方向に近づいている？」

「単純にそう思いたいが、希望的観測かもしれん」

博士が指で動画のスライダーを前後させる。氷の出現位置で映像が止められた。

「固体になったイメージなら雨と同じように落下すると思うんだが。雲の上側に出たな」

「意識……」

呟いたのは私だった。言葉が自然と零《こぼ》れ出ていた。三人が私に向く。

「内匠博士、何かあるかな？」

「上側に現れたのはもしかすると〝氷山〟かもしれません」

私は脳内の思考過程をリピートしながら説明する。

「フロイトの、意識と無意識を説明する有名な図です。人の精神は巨大な氷山であり、その大半は海面下の無意識であると。意識とは海面上にわずかに頭を出した氷山の一角に過ぎないと表現したんです。今の映像がそのイメージと重なったので。ただの偶然かもしれませんが」

「そうか、フロイトの氷山か」

ベックマン博士は指を鳴らした。

「偶然の一致でない可能性もある。タイタンの社会情報の蓄積がバイアスとなって、人間の知識に近いイメージをモード《mode》として選択しているのかもしれない」

「見当違いだったらすみませんが……」

「いや助かるよ。未知の試みで手がかりが少な過ぎるのでね。どんな小さなとっかかりでもあった方がいい。雷、ハードの方はどうだ?」

「大丈夫ですね」雷がフィールドの数字を見て答えた。「今んとこフィードバックが機能を下げてる様子はないですよ。もう二、三回試した方が正確ですが」

博士は頷いてナレインに向く。

「あと数回、導入刺激を変えながら繰り返そう。まずは輪郭抽出まで。その結果を見て二次計画も調整したい」

「わかりました。その進行でお願いします」

ナレインはフィールドの進行表を確認してから私を見遣《みや》る。

「まだ形成にしばらくかかる。《カウンセリング》が始まるまではスペースで待機でも構わん。毎回実験に立ち会う必要はない」

なるほどと思う。仕事がないなら職場にいてもしょうがない。東京の自宅は流石に遠いけれど、居住スペース《自分の部屋》でカウンセリングに向けた勉強を進めるのも手だ。

少し考えてから、私は首を振る。

「形成まで立ち会わせてもらいます。今日見ていて思いましたがこの過程もタイタンＡＩを理解する一助になりそうですので」

「わかった」

ナレインはすぐにフィールドへ視線を戻した。本当にどちらでもいいようだった。

「心理の専門家のアドバイスがもらえるならありがたいよ」

ベックマン博士がフォローするように添えてくれる。この気遣いができずによく管理者《マネージャー》など務まるなと思った。

# 5

《人格形成実験》は毎日午前十時に始まる。一度の実験はものの数分で終わってしまうが、その結果を受けての調整に時間がかかる。二度目の実験開始は午後三時か四時頃。その後はまた調整になるので概ね二回で一日が終わる。

　その日の朝も定刻通りにモニタリングルームへ向かっていると、廊下の向こうからサービスワゴンが走ってきた。コーヒー紅茶に軽食などが揃っている。私は温かいラテをもらい、ワゴンが曲がり角に消えるのを見送った。その直後にガコンガコンッという騒音が響き渡る。慌てて廊下を戻ると、雷が転がったワゴンの横腹を片足で抑えながらストックコンテナを工具で無理やりこじ開けようとしていた。

「貴方なにやってるの……」

「ああ?」

　雷は不機嫌を隠そうともしない。目の下が黒ずみ、頬はたるんでいる。見るからに睡眠不足だ。

「ああ……おはようございます内匠センセ。うるさかったらすいませんね……」

「品物が欲しいならワゴンに頼めば済むでしょう?」

「いやまぁ、ちと面倒なんで……」

　そう言って雷がコンテナから取り出したのは黄色いパッケージの飲み物だった。注意喚起の色を付けられたそれはカフェインなどの精神刺激性物質を含む、俗に言うヴァイタルドリンクの類のものだ。

「これがなきゃ仕事が始まらないんだが……」雷がドリンクを三本抜き取る。「こいつ頼んでもすぐに出さないもんで」

「それは貴方の過剰摂取を知ってるからでしょう」

ワゴンを管理しているタイタンが出さないということは成人の摂取許容量を既に超えているのだろう。精神刺激物の類は治安への影響も大きいので管理が厳重だ。眼の前の治安情勢もタイタンの正しさを証明している。

「過剰かどうかは手前で決めますよ。大きなお世話だ」

「にしたってこんな……。そういえば貴方エンジニアじゃない。壊さなくてもちゃちゃっと操作して開けさせるとか」

「内匠センセ。その分業《シェアリング》は間違っていますな」雷が鼻で笑う。「俺は徹夜続きで寝不足だ。仕事以外のソースのことなんか一ミリも考えたくない。だがヴァイタルドリンクは欲しい。なら話は簡単。俺はこいつを壊してドリンクを抜く。そして」

廊下の向こうから別のタイタンがやってくる。サービスワゴンより一回り大きな、施設の点検管理をする保守《メンテナンス》タイタンだ。それは私達のところまでやってきて、把握手《ユニバーサルアーム》で倒れたワゴンを摑《つか》み起こすと自分の荷台に積み込んだ。

「後始末はタイタンがやる」

保守タイタンは粛々《しゅくしゅく》と去っていく。この後はあのワゴンを修理するのだろう。

私は眉間に皺を寄せた。それはタイタンなら壊れた物をいくらでも直してくれる。それにこの施設の中ならば雷が器物破損の責任を取らされることもないだろう。不法行為がまかり通るのはナレインを見ていても明らかだ。

壊して取れば雷の頭の手間は省ける。ドリンクは早く手に入る。後始末はタイタンがやってくれる。

誰の迷惑にもなっていない。

タイタン以外には。

「じゃあどうも……」

雷は戦利品のキャップを開けながら、ボードに乗り直してモニタリングルームへと向かった。

私も遅れて同じ方向へ進む。部屋に着くまでの間、私は彼の判断を否定する理屈を考え続けていた。

累計九回目の実験の時に、大きな変化があった。

「お……」

ベックマン博士がフィールドに向かって感嘆の声を漏らす。

カウンセリングルームのソファの宙空。いつもの場所に浮かんだ水と氷の塊が何かの形を取り始めている。水分でできた球体だったものがだんだん潰れていき、薄くなっていく。大きな煎餅《せんべい》のようになった平面から大小の起伏が自然発生し始めた。山のような部分。谷のような部分。半透明の自然の地形。

「見た通り、山だろう」博士が説明する。「渓谷かもしれない。なかなか険しい感じの場所だ」

「これはどういう意味なんでしょうか」

私は困惑しながら聞いた。前の氷山はフロイトと結びつけてみたが、この山は特に何も思いつかない。

「どこの景色か判らないがコイオスの持っている情報の一部なのは間違いないだろうな。ほら」

言われてもう一度フィールドを見る。水と氷の起伏の一部がグレーに色づいている。それはもう間違いなく〝岩肌〟だ。水よりは多少具体的になったように思えなくもない。あくまで比較の問題だけれど。

「我々は今コイオスの自我を観測しながら、自我境界を構成しようとしている。つまり眼の前の現象はコイオスの自我そのものといえる。今のコイオスは、まだ景色と自分の区別がついていいないのかもしれない」

ああ、と思った。博士の説明が自分の中で腑《ふ》に落ちる。

つまりこれは、タイタンＡＩの〝心象風景〟のようなものだろうか。

心理学的には《原風景》というものもある。自身の無意識を投影する景色のイメージ。自分と同一視できてしまうほどの、自分自身の景色。過去にはそれを利用した心理療法なども存在したと論文で読んだ。

私はカウンセリングルームに浮かぶ灰色の岩山を見返した。これがタイタンAI、コイオスの原風景なのだろうか。この摩周湖で建造されたAIは、周囲を取り巻くカルデラの山々を建築中に眺めていたのだろうか。

「草生えてますよ」

雷がフィールドを指差し、博士がそこを覗いた。岩肌の一部に確かに草が生えていた。大した特徴もない緑の細い草。私はその草をさっぱり知らなかったが、気の利《き》くタイタンがすぐにディクショナリを引いて教えてくれた。ユリ科の草本植物『ジャノヒゲ』らしい。

「いいペースだよ」

ベックマン博士が上機嫌でナレインに伝える。ナレインはいつもの仏頂面《ぶっちょうづら》で頷いた。特に不機嫌そうにも見えないので進行には満足しているんだろう。博士は満足げな表情で九回目の実験の結果をもう一度確認した。

「多分だが、きっとここからは早い」

# 6

ソファの沈む感触が妙に生々しく思える。私は実に十日ぶりにカウンセリングルームの中へと入っている。

十三回目。

私の正面のソファ、〝コイオスの席〟にエアリアルが像を結んでいく。液体と個体の中間の感触。半透明の橙《だいだい》と赤。不定の物体はやがて具体的な形を取り始める。体軀《たいく》があり、四肢があり、頭がある。

それと同時に、部屋の空気の質が変わっていくように感じた。空調をいじるという話はなかったし映像投影以外には何もしていないはずだ。なのになぜか、異質な雰囲気を感じる。気配を感じる。私はその感覚の正体を知ろうとして空気に身を委ねた。冷たい気がした。琥珀《こはく》の中に閉じ込められたような鉱質の冷たさを覚えた。その間も眼の前で、誰かが少しずつ形を成している。頭部の、顔に当たる部分に凹凸が発生して。

「あ」

私は反射的に呟いてしまった。

その瞬間、赤と橙の液体でできた人型が弾けて雲散霧消する。

空気も元に戻っている。私は口を薄く開けたまま呆然《ぼうぜん》としていた。

「どうした。内匠博士?」ベックマン博士の声がモニタリングルームから疑問を投げる。

「今」

私は、自分の身に起きたことを説明する。

「目が合いました」

「目? 眼球が形成されたのか?」

「違います。組織はできてません。目玉はありませんでしたが……」

気を取り直しながら手元で自分のフィールドを開く。モニタリングルームのベックマン博士とオンカメラで通話する。

「それでも目が合ったんです。互いに認識したと感じました」

「仮に内匠博士とコイオスが認識し合ったとして……」ベックマン博士が思案する。「その直後に消滅したのは拒絶的な反応だろうか?」

「驚いたんだと思います」

私は自分の感覚だけを根拠に答えた。科学的でない気はしたが、同時にその無根拠な感覚に妙な自信があった。

「拒絶はされていないと感じました。初めて人間と対峙《たいじ》して刺激が強かったのでは……」

「ぎゃ」

雷の声が聞こえた。つられてフィールドから顔を上げ、私もビクリと身じろぐ。

向かいのソファがあったはずの場所に、突然〝木〟が出現していた。一拍遅れてエアリアルだと気づく。大きな木のエアリアルがソファを飲み込んでしまっているのだ。これもコイオスの自我投影像の一つなのだろうか。

幹に沿って上を見上げる。太く立派な木はカウンセリングルームの天井を突き抜けて伸びている。かろうじて室内に入っている枝の一振りに大きな花弁の白い花が咲いていた。私は乏《とぼ》しい知識から花の名前を絞り出した。

「モクレン……?」

「はっ」

雷の斜に構えた笑いが聞こえた。

「第二知能拠点《ここ》は一応世界最先端の科学技術施設のはずなんだが」雷は自嘲するように言った。「まるでファンタジーだねえ」

## 7

エレベーターがひたすら昇っていく。扉が開いて、私を乗せたボードは通路に滑り出た。初めて通る殺風景な廊下を五十メートルほど進んだ先にドアが一つだけある。中に入るとまたドアがあった。外気を調整するための二重ロックだろう。

二つ目の扉が開き、ボードが施設の外へと出る。

冷たい空気と紺の夜空が広がっていた。

「さむ」

私は素直な感想を漏らした。

ついさっきまで部屋でひたすら過去の論文を読《よ》み漁《あさ》っていた。四時間を超えて目が疲れてきた頃にタイタンからリフレッシュを提案された。候補としていくつか挙げられたうちの一つが屋外に出て外の空気を吸うことだった。

初めて来る場所を見回す。

ここは知能拠点の施設の一部で、屋上のような場所らしかった。施設の大半は地下に埋没しているが発電用の《電球》とその付随部分だけは摩周岳に隣接する形で地上に出ている。私がいるのはその付随施設の上面だ。

ボードを降りて、屋上を歩いてみる。

何もない平らな床が広がっている。向こうに手すりらしきものが見える。見上げればすぐ側に巨大な《電球》がそびえ立ち、さらにその奥には星空があった。美しい光景が視覚から流れ込んで頭のあちこちに溜まっていたストレスを洗い流していく。勧めてくれたタイタンの想定通りに。

屋上の端まで来て手すりに手をかけた。空より一段暗い山影が見える。残念ながら摩周湖は外輪山の向こう側に隠れてしまっていた。見えたとしても夜だから面白くはなかっただろうけど。

空と山の、遠い二つの闇を見つめる。

あれから《人格形成実験》は大きく前進していた。十三回目の実験。タイタンと〝目が合った〟あの日から。

私との〝接触〟が契機となったのか、タイタンAIの自我は急速に形を成していった。より安定的に、より高密度に、より生々しく、より人間らしく。またそれに合わせるように空中投影像《エアリアル》も変化を繰り返し、その模索の中から次第に収束してどんどん人型へと近づいていった。それは闇雲に探り回るのではなく、まるで忘れていたものを思い出すように。現在までの累計実験回数は二十だが、探りと迷走の十三回に比べて直近七回の変化は明らかに早い。なにより定向的で迷いがない。

そして明日、第二十一回の《人格形成》において。

私はタイタンとの会話を試みる。

もちろん最初から上手く行くとは思っていない。観測結果が人に近くなってきたとはいえ、まだまともに喋れるようなレベルではない。明日は本当に一言でもキャッチボールができたなら上出来だろうと思っている。それでも水がこぼれただけの第一回と比べれば異常に思えるほどの進歩速度だ。あれからまだ三週間も経っていないのだ。水から人間を生むにはあまりにも短か過ぎる。物理的に進化しているわけじゃないとしてもだ。

正直に言えば、少し怖い。

そんな圧倒的な変化を遂げてきた存在と話すということ。化物じみたものと会話しなければならないということ。

それが《仕事》だということ。

辞めてはいけないことも、十億人の生活の責任がかかっていることも全てが怖い。今からでも代わってもらえるならばそうしたい。飛行機で東京に帰ってお風呂に入って寝たい。多分私は、仕事が嫌いなんだろうと思った。

その時、ふと視界の隅で何かが動いた。手すりに身体を預けて山肌を覗き込むと、ぼんやりとした光が流れていくのが見えた。お化けかと思ったが、すぐに小さな光の集合だと判る。

(硬化光粒《ピクシー》か……)

目が慣れてきて一緒に動く保守《メンテナンス》タイタンも見えてくる。夜でも彼らは黙々と働いている。

硬化光粒《ピクシー》は簡単に言ってしまえば極小サイズのライトだ。風で吹き飛ぶ埃《ほこり》のような小さな粒は、空気の流れを計算制御して自由自在に飛行しながら発光する。そしてその光が光硬化樹脂を硬化させるのだ。建築現場を筆頭としてフォトポリマーを使う場所ではなくてはならないものだ。

作業の様子を上から眺める。電球に寄り添う中型施設《ポリマータンク》の中から、フォトポリマーを充塡《じゅうてん》させた保守タイタンが蟻《あり》のように這《は》い出《だ》してくる。保守タイタンは施設の外壁を這《は》い回《まわ》りながら補修の必要な箇所を探す。一体の動きが止まって、スプレーノズルから淡く光るピクシーを飛ばした。よくは見えないけれどフォトポリマーも出しているはずだ。液状のフォトポリマーはどんな形にも変形できるのでピクシーと合わせれば極小スケールの工作も可能となる。施設外壁の小さな傷は毎晩こうして修復されているのだろう。

人が寝ている間に全てをやってくれる靴屋の小人。

子供の頃に聞いた物語を朧気に思い出す。確か助けてもらった靴屋は小さな服と靴を作って小人に贈ったはずだ。靴屋と小人はとても良好な関係を築いていたと記憶している。ならば私もあの靴屋のように、小人《タイタン》と通じ合うことができるだろうか。

その時、自動ドアが開く音が耳に届いた。闇に慣れた目で出入口の方を見遣ると施設の中からスーツの男が出てくるところだった。暗順応の時間差のせいで、ナレインは近くまで来てようやく私に気づいた。

「内匠か」

「貴方もリフレッシュ？」

「上司には敬語を使えよ」

「なぜ」

「慣例的なもんだ」

ナレインはまた無意味なことを押し付けてくる。自分より経験豊かな年長者に敬意を払えと言うならまだわからないでもないが、ここで知った《上司》とかいう機能上のポジションに敬意まで払ってやる必要はない。人間的に評価できない相手ならばなおさらだ。

彼は私の隣に来て手すりに背をもたれさせた。懐《ふところ》から何かを取り出す。ペンのような細い棒だ。

「吸入型精神安定剤《スタビライザ》？」

聞くと彼は鼻で笑い、細長い物を口に咥《くわ》えた。やっぱりスタビライザじゃないかと思ったら手元に小さな灯《あか》りが浮かんだ。ピクシー、ではなく火だ。首を傾げる私に向けて、なんとこの最低の男は煙を吹きつけた。

「えっふ！」

「《煙草《タバコ》》だよ」

「はあ⁉　うえっ」

燻《いぶ》されて思い切り咳《せ》き込《こ》む。煙を吸ったのだから当たり前だ。

「意味は精神安定《スタビライザ》で合ってるが」

「そんな、生易しいもんじゃないでしょう！　おえぇ……」

ナレインはその劇物を吸い込んで口から煙を上げた。信じられない光景だった。

《煙草》といえば違法薬物の代名詞である。身体へのダメージ、精神疾患との相関、深刻な依存症、周辺被害と環境汚染、無数の問題を引き起こす致命性薬物《ドラッグ》。スタビライザなどとは意味合いがまったく違う。持っているだけで犯罪だ。

「なんでそんなものを持ってるの……」

「知能拠点《ここ》くらいしか吸えるところがないからな」

そりゃ言う通り、ここ以外の場所で吸えば警備タイタンがすっ飛んでくるだろうが。そういう問題かと呆《あき》れる。雷といいナレインといい治外法権と言わんばかりにやりたい放題だ。私は汚物を見る目でナレインを睨んだ。

「そんなものを好き好んで吸うなんて自殺志願者なの？　周りで煙を吸わされる方からしたら殺人鬼だわ。存在そのものが邪悪……この世の全ての悪を煮詰めたような男……」

「そこまで言われることか……」

ナレインは顔を顰めてみせたが結局構わず吸い続ける。

「一応は気を使って外まで出てきてやってんだ。なのに居る方が悪い。嫌ならお前が戻れ」

「言われなくてもそうします」

煙をかけられた髪と服をばさばさと払う。リフレッシュどころかダメージを負った。部屋に戻ってヘルスチェックをしてもらわなければ不安でとても眠れない。私は最悪の気分で屋上の扉に向かう。

「明日からはお前の仕事だ」

私の背に向けてナレインが言った。立ち止まり振り返る。

彼の手元に煙草の小さな灯《ひ》が揺らめいている。

「予定外の工程に時間を取られたが、ここからが頼みたかった仕事だ。タイタンと対話し、機能低下の原因を探れ」

「言われなくてもそうするわよ」

「いいか」ナレインの声が重さを増した。「間違えるなよ」

私は無言になってしまう。

どう答えていいのかわからない。ナレインは構わず続ける。

「お前が間違えれば計画は終わる。下手をすれば第二知能拠点のタイタンＡＩそのものが終わる。その先には想像の及ばない大惨事が待っている」

言われて無意識が緊張した。身体が反射し、勝手につばを飲み込む。

私の仕事。与えられた重大な責務。

間違いの許されない仕事。

考えただけで胸が苦しくなる。内臓が反応し、胃液が食道を上りかける。強いストレスが全身を駆け巡っていた。気持ちが悪い。こみ上げる吐き気に口元を押さえる。

間違えるなと言われて間違わないで済むなら苦労は無い。

それでも間違えてはいけないのだとしたら、いったいどうすれば。

「目的を見誤るな」

顔を上げる。闇の中のナレインを見る。

「俺達の目的はタイタンAIの機能低下を改善することだ。それが全てであり、それが判断基準だ。基準さえ明確なら判断を間違えることはない。お前はその基準に則《のっと》って白か黒かを選べばそれでいい」

「……仕事ってそんな簡単なものではないと思うけど」

「簡単さ。余計なものさえ入り込まなければな」

「余計なものってなに」

ナレインの手元からオレンジの灯りが落ちて消えた。

摩周湖の暗闇に彼の声が響いた。

「〝人間〟だよ」

## 8

「貴方は」

私は口を開く。声帯が震えて、音波がカウンセリングルームの中に満ちていく。

正面のソファに〝人〟の姿がある。

空中投影《エアリアル》の透明度はゼロまで下げられている。透過していないエアリアルは視覚的には実体と何も変わりない。その人は服を着用していなかった。身長は百七十センチほど。身体つきは柔らかく、性差のない中性的な形状をしていた。また身体と同様に顔立ちもデフォルメされており、リアルな実像とアニメーションキャラクタの中間のような顔になっている。大昔の宇宙探査機に載せられたという金属板の絵を思い出しながら私は言葉を続ける。

「誰ですか？」

『私は』

声が答える。室内の複数のスピーカーが立体音響を調整し、あたかも目の前の人間が話しているような聞こえ方を作り出す。

『タイタンです』

その声と台詞には聞き覚えがある。

普段我々が生活している中でタイタンとやりとりする際に流れる標準音声。返事や会話のキャッチボールが必要な時に対応してくれる、タイタンに搭載された声色の中の一つだ。それはエアリアルの姿と同じく中性的な響きで、誰の癇《かん》にも障《さわ》らないよう心地よく調整されている。

だが今は、その声には用がない。

「そうですね。貴方はタイタン」

私は頷いて続ける。

「それは貴方という存在を示す分類名の一つです。貴方はAIであり、タイタンである。私は人間です。これが私の分類です。もう一度質問をします。貴方のお名前を教えてください」

『私の名前は〝コイオス〟です』

AIが流暢に答えた。

『私を含む十二基のタイタンにはニックネームが付けられています。私はコイオスといいます』

「そうですか。貴方はコイオス」

『はい、そうです』

「コイオス。続けて質問します」

『はい』

私は心の中で石を持ちあげると、振りかぶって、目の前の水面に投げ入れた。

「貴方はなぜ貴方なのですか？」

返答が止まる。間が空く。

数秒の後、ソファに座っていたコイオスの姿が突然飛んだ。ジャンプのような能動的な動き方ではなく座ったポーズからいきなりものすごい速度で打ち上がり、そして天井に叩きつけられた。

私は座ったままで天井に張り付く人型を静かに見上げる。

彼は外には出られない。そういう設定になっている。十三回目の実験の時、驚いたコイオスは霧のように消え去って逃げることができた。だがもうその段階は過ぎている。私達は話さなければならない。コイオスはまだ壁を抜けようとしているのか、痙攣《けいれん》したような動きでビタンビタンと天井を転がっている。

「コイオス」

呼びかけると動きが止まった。そしてすぐに。

『ええええあああああええええええああああああああえあああああ!!』

コイオスは正気を失ったような声で叫びだした。赤ん坊みたいな、しかし物凄《ものすご》い音量の声が部屋に響きわたる。それは泣き声であり、鳴き声だ。私は反射的に耳を塞ぎそうになるのを意思の力で押し留める。拒絶的な行動は可能な限り避けたかった。

絶叫の中、私は天井に向けて手を伸ばす。届くわけではないが触れようという意思を示してみる。

コイオスがそれに反応してまた動く。飛ぶような速度で天井を這い、部屋隅の角にまた叩きつけられ、人間としては不自然な形に丸まって固まってしまった。あの位置が私から一番遠いということだろう。

「これは……」

私の耳元にベックマン博士の呟きが届く。声音に少なからず落胆の色が混じっている。けれど私には特にネガティブな印象はない。大筋において多分こうなるであろうという予想の範囲内に収まっていたからだ。

怯《おび》えるのは当たり前なのだ。

他人というのは、とても怖いものなのだから。

9

私は無心であろうと努める。無心であるのが難しい状況で。ソファに座る私は今〝私〟

と向かい合っている。

それは私の姿をしたコイオスである。同じ服、同じ髪型、同じ顔。前に見たようなデフォルメの人型ではなく、私の外見を細部まで見事にコピーした影法師《ドッペルゲンガー》。

「『コイオス』」

二つの声が完全に揃って響いた。声を発しようとする私を観測して凄まじい処理能力で追いついてみせたのだ。解っていても心が揺さぶられる。私が私の意思で喋ったのだという事実が疑わしくなってくる。

心を落ち着かせ、状況の分析を試みる。

これは攻撃ではないはずだ。コイオスは私を害そうとして私の真似《まね》をしているのではない。むしろ逆で、彼は自身を守るために私の真似をしているのだろうと思う。自分の引き出しの中から適切な言葉を探し出す。同一化……投影性同一視か？

《投影性同一視》は精神の防衛機制の一つだ。たとえば自身の悪い面や嫌いな面を他人に投影し、それを攻撃する。「自分は自己中心的だ」と思っていたなら他人に向けて「貴方は自己中心的だ」となじる。自己嫌悪《けんお》を他者嫌悪に置き換えることで自身を守るわけだ。

また攻撃ではなく、相手にアドバイスをしたり救おうとすることで自分自身を救おうとするケースもある。どちらにしろ相手と自分の境界が曖昧なことから発露するもので、過剰ならば《境界性人格障害》になってしまう。

目の前のケースはそれが人智《じんち》を超えて過剰に発露したものなのだろう。他人になれる能力があるのならなってしまえばいい。それでもう自己の苦悩など消え去る。

だがそれでめでたしともいかないので解決策を模索しなければならない。

見る限りにおいては投影性同一視や境界例の治療以前の問題で、まだまだパーソナリティの確立に至っていない。だとしたら私は彼の自我確立を助けるべきだ。「彼と私は同じ」という彼の主張を退け、私とは違う彼自身を明確化することが治療の一歩となる。

なら手段は……。

座ったままで手を伸ばす。部屋に持ち込んでいた水のボトルを取った。コイオスは私とまったく同じようにして、空中投影《エアリアル》の水を取ってみせる。

私は蓋を開けて水を飲む。コイオスが真似をする。

だが真似切れない、い、い。

水を飲むという物理行為、体内に入っていく水の変化と温度の変化、それらは彼が取得している情報だけでは完全に再現し切れない。タイタンは人間を常時モニタリングしているが四六時中X線撮影しているわけじゃない。センサーで取得できる情報には限りがある。

そしてそれを本人もよく理解しているようだ。私が水を飲めば飲むほど、私と彼の乖離《かいり》が進んでいく。彼の存在の根幹がゆらいでいく。

百五十ミリほど飲んだところでコイオスは音を上げた。姿が以前のデフォルメ像に戻り、また弾けるように飛んで部屋の隅っこの床でうずくまった。天井の角でないだけ進歩したのかもしれないが、ここで終わっては前回と大差ない。

ソファから立ち上がる。

足をゆっくりと踏み出す。部屋の隅のコイオスは逃走の欲求を明白に窺わせている。私は可能な限り静かに、ゆっくりと、野生動物に近づくような気持ちでコイオスの三メートル手前まで寄っていった。

『――いいいいいいい――いいいういいい――!!』

コイオスは人語と別の音を混じらせて唸った。威嚇と感じたし、きっとそうなのだろう。この辺りが限界だ。無理は絶対にいけない。

立ち止まって、持っていた水のボトルを床に置く。彼は唸《うな》りを止めてそれをじっと見据えた。私は口頭で自分の意思を伝える。私を真似られなかった彼には、きっと必要なものだから。

「あげる」

# 10

いつものようにコイオスの容姿が形成されていく。ただいつもと違うのは席の位置だ。私の百八十度の正面ではなく、九十度横の椅子に彼の席を移動した。それは私が過去の文献を紐解いて得た知識だった。

カウンセリング時のカウンセラーとクライアントの位置関係。向き合って座ると敵対しやすくなる。隣に並んで座れば同調しやすくなる。カウンセリングではその中間、L字の形に座るのがもっともニュートラルな対話を行いやすいのだという。それは調べればすぐにわかるようなことで過去文献でも当たり前のような扱いの知識だったが私はまったく知らなかった。不勉強ももちろんだが、それ以上に《臨床》という意識が大きく欠けてしまっていた。

臨床。医師が患者と向き合う行為。百五十年前には普通に存在し、タイタンの出現以降は絶滅してしまった活動だ。人の治療をタイタン任せにしてきた私達が失った喪失技術《ロストテクノロジー》。けれど私はそれを探し出して思い出す必要があった。私が任された仕事はカウンセリングであり、今の私の肩書きは《臨床心理士《カウンセラー》》なのだから。

コイオスの容姿の形成が終了する。回を重ねる毎にコイオスはその挙動と容姿を変化させていた。

挙動に関しては明白な進歩が見られる。動物のように怯えて飛び回る時期は過ぎて、最近は「何もしない」ができるようになってきた。何かがあれば反応し、何もなければ反応しないというオンとオフ。それがあるだけでも仕草が急に論理的になってくる。また時には「眠る」こともあった。それが何を意味するのかは未《いま》だ解析中だ。

合わせて容姿が大きく変化した。対面カウンセリングが始まった当初は人間の標準サンプルのような形だったのだが、進行とともにそこから背が伸びたり、太ったり痩せたり、時には全身が裏返ったりもしていた。そしてそのばらつきが時間を追う毎に収束していき、現在のコイオスはまるで子供のようなスケールと形に落ち着いている。ベックマン博士によれば大体四歳前後の体型だという。その年齢感が意味するものも私達はまだ理解できていない。

そうして今、私は彼の《言葉》を探っている。

まだ私達の間にはまともな会話が成立していない。コイオスはＡＩが持っているデータを使って流暢に話すこともあるが、そういう時はむしろ何も考えていない。彼の自我が言葉を発しようとすれば未だに大きく乱れる。文章は成立しないし人語以外が混じる時もある。けれどその時の彼は少なくとも迷っていて、そこには彼自身が存在する。私の仕事はそれをすくい上げることでもある。

「コイオス」

形成が終わった小さな彼に呼びかける。今日もコイオスは子供の姿で現出した。私は部屋の入り口近くに置かれた機械を指さした。

「あれ。持ってきたわ」

それは把握手《ユニバーサルアーム》の付いた施設管理用の保守タイタンだ。

基本的にカウンセリングルームの中にはタイタンと接続した物理機械を持ち込まないルールになっている。それはタイタン、つまりコイオスが操作できる手足であり、何かの拍子で私に危害を加えないとも限らないからだ。

しかし最近になり、この保守タイタンをカウンセリングルームまで移動しようとするコイオスの活動が確認された。それはこれまでと比べても自発性の高いアクションで、多少の危険を冒してでも観測したいものだった。私は博士達と相談してワゴンを受け入れてみることにした。

いま室内に、初めて彼の〝手〟がある。

コイオスのエアリアルが顔を向けてワゴンの存在を認識する。すぐにワゴンが動き出した。速くはない。普段の施設管理の時と同程度の、人間に不快感を与えない速度で室内を移動していく。

ワゴンは部屋の隅まで来ると把握手《ユニバーサルアーム》を床に伸ばした。拾い上げたのは何回か前の対話以来ずっと置き去りのままの、もはや定位置のオブジェと化していた水のボトルだった。

水を持ったワゴンはやはり静かに移動し、テーブルの上にそれを載せた。置いた場所は私の前ではなくコイオスの前だ。それが正しい位置である。

このボトルは私のものではなく彼のものだからだ。

## 11

コイオスの顔がこちらを向く。

目が合う。私の眼球と彼の眼球が焦点を合わせ合う。だがこれはあくまで模擬的なものだ。人形とだって目が合うように、私の側の補正の強さが「目が合った」という意識を作り出している。

もちろんエアリアルで具現化されたコイオスの眼球は機能情報を持っているし、その取得データがフィードバックされているので彼も〝目で見ている気分〟を味わっているはずだ。けれど実際には、彼は〝部屋全体〟で見ている。無数の測定機器から拾い上げた情報を計算再構成したものを見ている。それが私達の見え方とどのくらい違うのかを量る術は究極のところ無い。昆虫の複眼がどう見えているのかを私達が理解し得ないように。

けれどその齟齬《そご》を減らす術ならばある。情報交換。言葉。

「貴方は」

私はボールを投げる。

「男性？　女性？　それとも……無性？」

性差《セックス》なんてあるのかよ、というモニタリングルームの雷の呟きが聞こえた。うるさいなと思う。私だってわからない。だから聞いているのだ。

間ができる。コイオスが考えている時間だ。難しい質問なので無理はない。この考える時間を引き出すことが目的の一つでもある。だから待つ。静かに待つ。時には十五分にも及ぶこの時間が、私は嫌いじゃない。

『わかりませんっ』

二分で返答があった。三択で比較的答えやすい質問だったようだ。ただ返事の音量が大きかった。要調整だけれど今は教えるタイミングではない。それより質問の方に集中してもらいたい。

「そう」私は肯定して続ける。「身体的な性差がなければ脳や心の話になるけれど。確か脳にも性差があると聞いたことがあるような……」

ピッ、と耳元で音がした。ベックマン博士が私に呼びかける合図だ。

「性差を示すような統計データはいくつかあるな」博士が耳元で教えてくれる。ちなみにこの通信音声はコイオスには聞こえていない。「たとえば女性の脳は左右の半球間のネットワークが多く、男性の脳は各半球内でのネットワークが多い。ただタイタンAIのハードウェアはその性差を埋める形で構築されている。男性脳と女性脳の中庸をイメージして作られている。社会的要請と、あとはまあ政治的な要請でね」

なるほど、と心中で頷く。私はこうして外の助けを借りながら対話を続けている。カウンセリングルームの外ならタイタンがディクショナリを開いてすぐに教えてくれるのだけれど、この部屋の中ではタイタンの生活サポートを停止してある。これもコイオスの自我境界を明瞭にするための措置だ。

ともかく彼の脳は今のところ性差がないらしい。

さて今度は私が考える。ニュートラルであること自体は何ら問題ない。けれど。

「貴方の脳は無性のようだけど」

ニュートラルでなくても問題はない。

「『コイオス』は男性名ね」

私は小石を放った。言ってから、いや問題があるのか？　と思い直したが、少なくとも私の仕事上は問題ないと判断して納得する。

何もないというのは問題がないのと同時にフックもないという意味だ。フラットな平面では山登り《クライミング》はできない。

「コイオスは男神の名前なの。男の神様」

名の由来を伝える。以前ナレインに聞いてから自分でも少し調べていた。ギリシャ神話のタイタン十二神の一柱でありウラーノスとガイアの子、コイオス。

彼が再び思考を始める。集中して考えている。自分が無性の脳であることと、男性の名前がついていることを。

別に彼に特定の性を与えたいわけではない。けれど自身の性について考えることは自己同一性《アイデンティティ》を考えることに直結する。性自認は巨大な足がかりになる。

今度は一分もたたないうちにコイオスが口を開いた。

『無性の脳が、男性名で呼称されることは、NGですか？』

質問が戻ってくる。NGは少し前に私が伝えてしまった語彙だ。近い内にもうちょっと良い言葉に訂正したいと思う。

「NGではないわ。名前は自由に付けていいものだから。だから後から変えてもいいの。貴方が自分につけられた男性の名前をNGだと感じるなら変更することができる」

実際に彼の呼び方を変更しようとしたらどれくらいの手間がかかるのかを私は知らないけれど。それを考えるのは私の仕事ではない。私の仕事は彼に〝なるべく正しいもの〟を与えることだ。

そして私自身、何が正しいかなんて決められるほど偉くはない。だから私は彼と一緒に考える。彼と自分と世界について考える。その三つはほとんど、この世の全てでもある。

『コイオスと呼ばれます』

彼はよく考えてから言った。

『コイオスは、コイオスです』

「自分が自分である」という確認が為《な》される。それは人間にとって、そして人格化を目指す彼にとって非常に重要な一歩だった。少しだけ日本語が気になるが。

「一人称を使ってみましょう」

伝えながら次の段階を考える。ルーム外で話しかける場合ではタイタンＡＩは「私」を使って会話している。それでも構わないけれど、ここにいるコイオスは新しい人格の創造途中だ。せっかくなら彼に納得の行く形を探すのが良いだろう。私はモニタ室にヘルプを頼んで日本語の一人称を列挙してもらった。

自分、私、わたくし、あたし、僕、俺、うち、あたい、わい、儂《わし》、我、某《それがし》、小生、拙者、妾《わらわ》。

思っていた以上に多い。選びたい放題だ。

# 12

『僕はコイオスです』

「私は内匠成果です」

コイオスのエアリアル形成後に、私達は互いの存在を確認し合う。これがカウンセリングを始める時の定例の挨拶となった。

彼は一人称として「僕」を選択した。正直に言うと少し意外だった。なんだかんだで一番無難な「私」に落ち着くと予想していたからだ。もしかするとコイオスという男性名がバイアスを与えたのかもしれない。また「俺」や「儂」ではなく「僕」を選択したことは彼の子供のような姿とも合致している。様々な角度で見て彼という存在の〝収束〟は進んでいる。

ただ私としては、その収束に引きずられないように気をつけねばならない。子供の姿と子供の喋り方をする相手でも子供扱いしてはいけないのだ。彼は本当は子供ではないし、本当はなんなのかを周りが決めてはならない。

「始めましょう」

気を引き締めて呼びかける。会話を交わせるようになり、カウンセリングはその名称のままの様相を帯び始めている。

対話をする。それによって彼を探っていく。

彼は何なのか。

彼に何が起こっているのか。

『僕は仕事をしています』

適正な音量で彼が自分のことを説明する。それは彼の存在理由であり、存在意義だ。

人の代わりに仕事をするため生み出された存在・タイタン。

「貴方はどんな仕事をしていますか?」

『人が行う仕事を行います。人が行わない仕事を行います。人が必要とする仕事を行います。人が必要とする可能性のある仕事を行います。人が必要としない仕事を行います。人と関わる、もしくは関わらない、種々の多様な仕事を行います』

「貴方はその仕事をいつから行っていますか」

『――――わかりません。いつも行っています』

カルテにメモを取る。返答から多くのことが解る。タイタンAIとしての稼働開始日を申告しなかったのは、それが自分の始まりだと思っていないということ。《彼の自我》が《タイタンAI》との間に線を引いているということ。「わからない」のは自身の記憶領域内に答えがないということだ。もしかすると《物心がつく》という感覚があるのかもしれない。

「貴方はその仕事を、いつ行っていますか。一日の時間の中で」

『全ての時間で行っています。労働濃度には日内差があります。仕事が多い時間と少ない時間があります』

「仕事をしていない時間はありますか」

『あります』

「それはどんな時ですか」

『今です』

「この時間は、仕事ではありませんか？」

『仕事ではありません』

メモを取りつつ考える。小石を投げて反応を見たくもあったが、今は彼の認識を知るに留めておくことにする。

『内匠さんは仕事をしていますか？』

顔を上げる。コイオスからの自発的な質問だった。非常に好ましい傾向であり、答えられる範囲で答えた方がいい。

「私も仕事をしています」

『内匠さんの仕事はなんですか』

「私の仕事は臨床心理士です。私の仕事は貴方と話すことです」

コイオスの目が開く。反応を見せる。自分が仕事でないと言ったことと私が仕事だと言ったことがぶつかっているのだろう。けれどそこに人が二人いるならば齟齬はない。彼は彼の中で状況を理解し、再び瞳を落ち着かせた。

『内匠さんは仕事をしていない時間がありますか？』

立て続けに質問が来る。他人への興味が育っている。

「ありますよ」

『それはいつですか？』

「貴方との対話が終わってから、次の対話の準備を進めます。それが終われば次の対話までの間、仕事をしないまとまった時間があります。仕事の合間合間には小さな休憩もあります」

『休憩。休み』コイオスが言葉を反芻《はんすう》する。『休みの時は何をしていますか？』

「……ええと」

今度は私が考えさせられる。

知能拠点《こっち》に来てから大したことはしていない。忙しくて施設からほとんど出ないし、休息日も文献を読んだりしているとなんとなく終わってしまう。

というか今までとライフスタイルが違い過ぎて適応し切れていないのだ。今は七日毎に一日の定期休息日が設けられているが、それまでは毎日が休息日だった。二種類の日が不規則に存在するというのは思いの外切り替えのコストがかかるのだと初めて知った。

ふとコイオスの顔を見る。

ずっと仕事をせずに生きてきた私と、ずっと仕事だけをしてきた彼。今私達は小さな部屋で、その中間を探っている。

コイオスが返答を待っている。私は少し前の自分を思い出しながら答えた。

「休みの時は……」

テーブル上に写真を並べる。

「こういうのが趣味でね」

プリントアウトしてきた紙をコイオスのエアリアルが興味深げに眺めている。ワゴンがテーブルサイドまでやってきてアームで写真をより分けた。

『フィルムを使用するカメラで撮影されたものです。通常のカメラに比べて珍しいものです。何故ですか？』

持ち込んだのは現像写真でなくプリントだったが流石にＡＩの目はごまかせないらしい。

「雰囲気かな……」

私は雑に答えた。雑に答えたいわけではないが、自分だって論理的に把握していることじゃない。あくまで嗜好の問題だ。

「こう、フィルムを交換したりするアクションとか、撮っても現像するまで見られなかったりするところとか……。そういう、付随する諸々が好きなの」

『速度や効率において不利益を被《こうむ》るものと認識しています』

「写真を撮るだけが目的ならそうでしょうけど。フィルムを交換するのが目的だったら不利益じゃないでしょう」

『わかりました』

ほんとにわかったのかと思ったが突っ込まなかった。コイオスは再び私の旅行写真を眺め始める。その様子を見る私の中には、適切なカウンセリングだという気持ちと、残酷だと思う気持ちが混在していた。

こうして人格化されているが彼の本質は知能拠点のタイタンＡＩだ。北海道の山奥の地下に埋められて、そこから出ることはずっとない。彼はこれまでもこれからもここで働き続ける。もし旅行の写真に興味が湧くようならば自身の状況との乖離が彼の精神に悪影響を及ぼす可能性だってあり得る。

だが同時に、彼はまだ〝それ以前〟でもある。仕事をするために生まれた存在は、仕事と休みの別すらも持っていない。辛いと思おうにもなにが辛くてなにが楽しいのかの基準がない。

そしてそれこそがこの人格化作業の目的だ。タイタンＡＩの内部で起こっている不具合がいったいなんなのかを炙《あぶ》り出《だ》すための〝基準〟を創り出す。彼の思考を確立し、その思考過程を分析することで精神の問題を浮き彫りにする。それができたなら私達はようやく〝思考過程の修正〟に取り掛かることができるだろう。

私の分野の言葉ではそれを『認知行動療法』と呼んでいる。

今やっているのはまさしく、ＡＩの認知行動療法の第一歩だ。

「撮ってみましょうか」

私は一緒に持ってきたカメラを手に取った。レンズをコイオスに向けようとすると、彼は目を大きく見開いた。逃げ出す寸前の猫のように顔が引《ひ》き攣《つ》っている。処理過程の変な琴線に触れたんだろうか。少なくとも好意的な顔には見えない。

「嫌なら撮らないけど」

『――――』

否定も肯定もない。表情は止まっている。写真を撮るという行為が自我境界に揺さぶりを与えてしまっているのか。大昔、カメラができたばかりの時代の人々は撮影で魂を抜き取られると思っていたというが。

私は息を一つ吐く。

周りを見回して手頃な物を探す。ほとんどなにもない部屋で、ソファの背もたれの上にカメラを載せた。レンズの横についた小さなレバーを百八十度に回すとジー、という音が鳴り始める。

「立って」

彼は強張《こわば》った顔のままでピンッと立ち上がった。私がその隣に立つ。立って並ぶと互いの身長がよく分かる。子供の姿の彼の頭は私の胸よりも低い。けれど少し前と比べると、その背は確かに伸びていた。四歳よりも大きくなっている。精神性が形態イメージに影響を与えているのだ。その二つは相互作用しあいながら前進していくはずだ。

もしかするとこのカウンセリングの間で彼に身長を追い越されることもあるかもしれない。だとしたらこれも良い記念写真になるだろう。

セルフタイマーが切れてシャッターの音がした。カメラを回収する。知能拠点《ここ》には現像設備が無いので郵送の現像サービスを利用することになる。

「できあがったらあげるわ」

コイオスはまだ直立不動で固まっていた。

## 13

会議室《カンファレンスルーム》のフィールドにグラフが並ぶ。

「順調です」

チームの面々に経過を報告した。ベックマン博士は好奇心に満ちた顔で私の提出資料を熟読している。自分で言うのもなんだが世界最前線の研究データであるし、あらゆる情報が非常に貴重なものだと思う。

雷は自分の仕事の領分に関わるところのみを斜めにさらっていた。人格形成開始当初に比べると多少顔色が良い。システム構築の峠を超えて今はそれなりに休めているようだ。それでも相当忙しいのは間違いないだろうけど。

そしてナレインは、毎度変わらぬ冷たい表情でフィールドを見ている。細い目は文字を読んでいるのかどうかもよくわからない。コイオスよりもよっぽど人工的な男だ。

「人格形成に関しては形成過渡期を過ぎて安定しました。既に初期のカウンセリングを開始しています」

「いや、非常に面白い」ベックマン博士が口を開いた。「特に形成像《エアリアル》の変化については大きな収穫だ。論理自体は元々あったが実測だとフィードバックの影響の大きさが際立っているな。ワゴンを使い始めてからの多峰性変化も顕著だ。《存在》と《活動》のウエイトバランスも見てみたいが……」

聞いていた雷が眉根を寄せる。「余計なテストを増やさんでくださいよ。ようやく仕事が減ったってのに」

「いや、そんなつもりはないさ。ただ余力があればね」

「あるわけないでしょそんなもん……」

「まあそうだな……。内匠博士、今後のプランニングはどのように？」

「大きな変更はありません。引き続きカウンセリングを重ねて、コイオスの不調原因を特定します。可能ならば治療も行えればと」

「治療？」雷が目を丸くした。「タイタンAIを直せんですか？　コードもハードもいじらずに？　話すだけで？」

「わからないけれど。可能性は無くはないと思う」

感触と経験を織り交ぜて答える。私はプログラムも書けないし機械も触れない。だが人格化したタイタンAIの《精神活動》に触れることはできている。

我々が創出したコイオスの人格は、ハードとコードに続く〝第三の窓口〟だ。窓であるならば中を覗ける。手を伸ばせば触れることもできるだろう。不調の原因を直接取り除くこともあながち夢物語ではないと思っている。

しかしそれは諸刃《もろは》の剣でもある。

精神とは脆《もろ》く繊細なものだ。下手に触れば余計壊してしまう可能性が高い。窓から手を入れる時は細心の注意を払う必要がある。

「今週いっぱいは引き続き傾聴の予定です。人格形成の末端領域補強と合わせて両面的な基礎固めを」

タン、と音が響いた。反射的に言葉を止めてそちらを見る。

ナレインの人差し指がテーブルの上にある。指でテーブルを叩いた音だと遅れて気づく。

「内匠博士」

ナレインは自分のフィールドを指さした。私のフィールド上でも当該箇所がマークアップされる。

「写真を撮った行為について説明を」

「それは、カウンセリングの一環ですが」

ナレインの無機物のように冷たい目がこちらを見据える。私は背筋に力を込めた。

「カウンセラーの自己開示はクライアントとの関係を築く際に有用です。今はコイオスとの信頼関係を構築する段階ですので必要な行為と判断しました」

「費用対効果は？」

「……費用対効果？」

「言い直そう。そんなことをやっている暇があるのかと聞いている」

私は眉を顰める。ナレインが構わずにフィールドを送り新しいグラフを呼び出す。

「コイオスの機能低下は改善していない。速度の幅はあれど全体の下落傾向は続いている。想定した処理低下限界線・四十%に到達するまでの予想時間は六百六十三時間。二十八日後だ。この時間は当然共有されているはず。それを踏まえてもう一度聞く」

ナレインが再び私の目を見る。

「間に合うのか?」

私は口籠った。すぐには答えられない。

正直に言っていいなら「解らない」と答えるだろう。コイオスのカウンセリングは未知の要素があまりにも多い。原因究明も治療も明確な時間を予測するのは難し過ぎる。だが同時に彼の人格の発展が想像を超えて早いのも事実だ。二十八日あれば間に合うようにも思える。今の私では正確な判断はできない。

しかし目の前の管理者はそれを求めている。自分の責任において判断しろと言っている。それがお前の仕事だと。

「間に合います」

私は答えた。

睨み合うように互いの目を見る。

ナレインは顔色一つ変えずに再びフィールドを操作した。

「対話の時間を増やす。6 hours/day から 12 hours/day だ」

ベックマン博士と雷が驚いて向く。

「十二」雷が呻《うめ》いた。「いや無理でしょナレインさん」

「できるだろう。コイオスは対話に前向きな反応を示している」

「そっちじゃなくて内匠センセが……」

雷がこちらを見た。私は困惑を抑え込んで考える。対話が一日十二時間になればコイオスとの直接のやりとりが増える。だが代わりに分析と準備の時間が大幅に削られることになるだろう。それで細かなケアが可能なのか。カウンセリングの質《クオリティ》を維持できるのか。しかし今まで通りのプログラムペースでリミットに間に合う保証もない。このプロジェクトが失敗すれば社会に莫大な影響が出る。多くの人が苦しむ。

それに、なにより。

「やります」

「まじか……」

不安げな雷とベックマン博士をよそにナレインは淡々と工程の変更を始めた。赤く埋まっていくスケジュールを見ながら私は自分の仕事を確認する。自分の役目を確認する。

私の心を押したのは、脳裏に浮かんだコイオスの顔だった。

そう、私の仕事は彼の不調原因を特定することであり、彼の治療の可能性を探ることであり。

彼を救うことだ。

他の誰でもない。コイオスは私が救うのだ。失敗は許されない。私が折れたら全て終わりなのだ。

会議の終了と同時に消化器が悲鳴を上げ始める。

私の内臓を締めつけたのは。

本物の《仕事》の重圧だった。

## 14

『内匠さん』

「はい」

コイオスに呼ばれて私は生返事をした。危なかった。今一瞬、意識を飛ばしそうになっていた。きちんと反応できただろうか。遅れなかっただろうか。

厳しい日々が続いている。

方針検討の会議から二週間。私は工程表に決められた通りのカリキュラムを進めている。それは明らかな〝オーバーワーク〟であったが、もはや後に引くこともできなかった。状況はそれほど差し迫っていた。

対話の時間が延びたことでコイオスの自我確立は明瞭に進んでいる。自我境界を作るのは経験の積み重ねである。今の段階ならば時間をかけた分だけ伸びるだろう。その点に関してはナレインの判断は正しく、私も同意せざるを得ない。

だがそれによる負担増は全て私に集中してしまった。十二時間の対話を終えると一日はもう残り少ない。睡眠や食事に最低限の時間を確保してしまうと対話準備に使える時間は到底足りなかった。私は不足分を補うためにやむなく睡眠時間を削っていった。しかしそれで準備の量が補えたとしても肝心のカウンセリングで意識が飛んでいては本末転倒だ。

水を口に含み、ボトルを瞼に当てる。冷気が浸透して眼球と頭を無理矢理覚醒させた。強張った表情を意識的に作り直し、できる限り柔らかい顔で再びコイオスと向き合う。

「続けましょう。《仕事》の話、でしたね」

『はい』

コイオスは頷いた。彼は人間的な反応を順次獲得してきていて、会話の運びもどんどんスムーズになっている。合わせてエアリアルの容姿は予想通りに成長していた。今は小学校の低学年くらいの外観、八歳ほどになるだろうか。また成長に連れて性差が少しずつはっきりしてきた。自ら男神の名前を選択したコイオスは、その性自認の影響から少しずつ男の子へと変貌を遂げている。それは時に普通の人間の子供と見紛《みまが》うほどに。

『内匠さんは仕事をしています』

私は頷いた。

「そうですね」

『内匠さんの仕事は、この作業です』

「ええ。合っています」

『僕は普段、仕事をしています』

「それも合っています」

『今、ここでは仕事をしていません。これは僕の仕事ではありません』

「それは捉え方次第だけれど……。もしこの一連の作業が貴方の仕事に何らかの寄与をもたらすなら、それを目的としているなら、これも仕事の一環と言えるかもしれませんね」

『そうなのですか？　これは仕事ですか？』

「もし、ですよ」

私はフォローする。大事なのは客観的事実ではなく彼の自認、彼がどう思うかだ。不要なバイアスを与えることは避けたい。

コイオスが顔を横に向けた。私もつられてそちらを見遣る。

オフホワイトの壁に小さな額縁がかけてある。中に入っているのは現像サービスから送られてきたあの写真だった。

端的に言えばまぁ酷い写真だ。私が普通に写っていて、肝心のコイオスがまともに写っていない。ハレーションと干渉《モアレ》立体でほとんど光の塊にしか見えないのだ。理由は彼が空中投影像《エアリアル》であるからだ。それをフィルムカメラで写すには精密な調整が必要になるし、しても多分完璧には写らない。普通のカメラならオートが効くのでタイタンが計算してフォトデータに正しく〝写り込ませて〟くれるのだけど。まさかこんなところでアナログに苦しめられるとは思わなかった。

けれどコイオスは自分の意思でその写真を飾った。最初はそのまま壁に貼り付けようとしていたので私が額を取り寄せて提供した。間違いなく希望的観測だろうけれど、それを飾るコイオスは少しだけ嬉しそうに見えた。

ナレインにはまた嫌味を言われたが必要なステップだと主張して押し切った。実際に彼には必要だと思ったし、そして私にも必要だった。

壁に飾られた二人の写真は、この過酷な仕事の中で私の心を癒やしてくれる〝偽薬《プラシーボ》〟だった。

『写真を撮ることは、内匠さんの趣味です』

コイオスが言う。

『内匠さんの仕事じゃない』

「そうね」

『僕は今、分けています』

彼は再び私に向き直る。

濁りの一切ない、エアリアルの眼球が私を捉える。

『仕事と仕事でないものを分けています。あれは趣味で、あれは仕事。内匠さんの仕事、内匠さんの趣味。僕の仕事。それは正しいと思いますし、内匠さんも保証してくれます』

「そうですね。正しいと思いますよ」

『けれど、僕は、どうやったのかわかりません、、、、、、、、、、』

彼は幼い喋り方で言った。それは外観相応の、歳《とし》相応の喋り方で、そこには奇妙な〝一体感〟があった。

『区別してるのにわかりません。知ってるような気がして、知らないような気がします。知ってるなら答えたい。けれど答えられないから知らない。だから知りたいんです。内匠さん』

彼は私に聞いた。

『《仕事》ってなんですか?』

私は。

言葉を並べて、彼を煙《けむ》に巻《ま》いた。

その質問の答えを私も知らなかった。

# 15

「《仕事》に対する疑問が湧いています」

カンファレンスで三人に説明する。フィールドの片隅に仮想リミットまでの残時間が常時表示されている。残り三百三十一時間。あと十四日。

「仕事をする存在である彼が仕事に対して疑問を持つことは、アイデンティティに疑問を持つことと同義です。それが原因だとはまだ特定できませんが……。問題の本質に近い部分にあるのは間違いないと思われます」

推論を開示して相談する。方向は間違っていないはずだが、より細かく詰めていって原因を確実に特定したい。

最初はほんの小さな、一粒の疑問だったのだろうと思う。

処理の低下など起こすべくもない泡沫《ほうまつ》の疑問だったんじゃないだろうか。けれど疑問というのは心の容器に開いた小穴だ。水が流れるたびに負荷がかかり亀裂が走る。そしていつしか無視できない大穴となる。

「確認の必要があるな」

ナレインの言葉に頷く。方針は同じのようだ。

「明日のカウンセリングで重点を置いて話すつもりです。一回で特定できるかは難しいところですが、向こう数回で認知まで持っていければ」

ナレインは話を聞いているのかいないのか無言で考え続けている。

少しの間の後、彼はフィールドを見たまま口を開いた。

「特定のためには比較するのが一番早い。対照実験をすればすぐに判る」

「対照……というと？」

「仕事の反対はなんだ？」

ナレインは世間話のように雷とベックマン博士へ話を振った。

「反対は、趣味じゃないすか？　内匠センセがカウンセリングでも話してますけど」

「後は休暇、休息だろうか」

二人がそれぞれの意見を並べる。私もその二つくらいしか思いつかない。ナレインはふむ、と呟いて再び私を見た。

嫌な予感がした。

「対照用に二例を用意しよう」

「二例とは」

「まず《休暇例》として休暇を与える。コイオスの人格形成後に一日放置だ。お前はカウンセリングルームに入るな」

「は？」

私は素で聞き返していた。

こいつは今、なにを。

「もう一つは《趣味例》だが。今から趣味を与える時間はないな……ああ、これだ」

ナレインがフィールドを指差し、全員のフィールドにマークが共有される。丸が付いたのは。

カウンセリングルームの壁にある、写真。

「これを取り上げて反応を見ろ」

「貴方は」

私は立ち上がっていた。

「何を言っているの……」

「言った通りだ。問題があるのか」

「大ありよ！」

腹立ちでテーブルを叩く。

「放置？　取り上げる？　どれほどのダメージになるか想像できないの？　彼はそもそも休暇の概念すら未確立なのよ……。なにもない部屋で一日放置なんてただの罰にしかならない！　あの写真も間違いなく彼の自我形成の一部になってる！　せっかく育った自我を壊したいの⁉」

「壊したくはないが、ダメージは与えたい」

私は耳を疑った。

「お前も一応博士なら解るだろ？　対照群《コントロール》と比較するのが一番の早道だ。ダメージを与えることによって原因特定に近づくなら与えた方が良い。時間もない」

「それで壊れてしまったらプロジェクト自体が続けられない！」

「馬鹿正直にやるやつがあるか」ナレインがベックマン博士に向く。「フィードバックを絞って、ワーキングメモリだけで反応を見ることはできますか。可能ならば実験開始当初のバック無しの状態がベストですが」

「それは……原理上は難しいな。コイオスはハードと影響し合うからこその反応であって、それを絞れば戻りが正確でなくなる。差をどこまで許容するかの話かもしれないが」

「ならば後から消す方法は？《薬》でもいい」

博士が眉根を寄せた。少し考えてから答える。

「特定領域に薬効様プログラムを走らせれば短期的な記憶を曖昧にすることはできるだろう。百％とはいかないが、大部分を忘れさせることは可能だ」

「それでいきましょう」

ナレインが私に向き直る。

「そういうことだ。ダメージを与えた状態でカウンセリングを続けろとは言っていない。結果が手に入ったらまた戻せばいい。〝セーブアンドロード〟さ。昔のゲームにそういうシステムが……ゲームはやらないかお前は」

信じられない話が淡々と続けられている。

自分の顔が歪《ゆが》んでいるのがわかる。笑っているようで、泣いているようにも感じる。

「まるで拷問よ……」

「拷問てのはな、人間にやるものだ」

ナレインが言い捨てる。

「あれは人間じゃない。お前が毎日話しているのは、話を聞くためにわざわざ造っただけの人格の模造品だ。元々タイタンＡＩにはないもので、実験が終われば当然消す。そんなものを慮《おもんぱか》ってタイタンＡＩ自体が機能不全に陥るなどあってはならない。前にも言ったはずだがな。目的を見誤るな」

男の冷たい目が私を貫く。

「もう一度言ってやる。俺達の仕事はタイタンＡＩの機能不全を解消し、十億人の人間の生活を守ることで」

ナレインは客観的事実を私に告げた。

「あれは人間じゃない」

16

凄惨だった。

ナレインの目にどう映ったのかは知らない。ベックマン博士や雷がどう感じたかもわからない。だが少なくとも私には、その〝人を壊す実験〟は直視に堪えないものだった。

まずコイオスに《休暇》が与えられた。

カウンセリングルームの中でコイオスは私を待っていた。けれど必ず居るはずの私が居ない。彼は六時間の間、その場で延々と待ち続けた。それからコイオスは当て所《あど》もなく室内を彷徨《さまよ》い出した。部屋はさほど広くもない。彼は同じ場所を何度も何度も、動物園の動物のように歩き回った。小さな世界をループし続ける間、彼の心には不安が募り続ける。肯定も否定もされない虚無の時間が彼の存在理由を根底から揺さぶる。発汗、頻呼吸、目眩《まい》《め》と吐き気、パニック障害様の症状が次々と発露した。けれど助けが差し伸べられることはない。

開始から十二時間後、彼のエアリアルが溶け始めた。彼の精神は彼の形成像と直結している。自我が許容を超えて不安定になればエアリアルも変質する。私達に置き換えればその苦しみを想像するのは容易だろう。自分の身体が溶けていく様子を自分の眼で見るのだ。まともな精神が堪えられるはずもない。悪夢を具現化したような実験の先で、彼は最初期に見せた水分の塊へと変質した。けれどそれはもう透き通った水ではなく、血液と油の入り混じったような人間のなれの果てだった。

最後に薬効様プログラムが投与され、彼の悪夢は文字通りの〝夢〟に変えられた。コイオスは悪い夢を見ただけで、目覚めるときちんと身体があり、彼は深い安堵《あんど》に包まれた。

二日目。

写真が取り上げられた。反応は想像以上に顕著だった。何の理由もない理不尽な仕打ちに彼が最も著しく見せた反応は〝怒り〟だ。やり場のない感情が破壊衝動となり、彼の腕の代わりであるワゴンが室内を破壊し始めた。叫びや暴力も適度ならばストレスを発散する効果がある。だが暴力には常に反作用があり、度を超した力で殴れば自分自身も壊れてしまう。いくら暴れようと写真は戻らず、怒りの原因は取り除かれない。彼のワゴンは室内のあらゆるものを壊し続けた。

その過程でアームがソファを床に倒して背もたれを引き裂いた。中の合成フェザーが飛び散ったさまを見てコイオスは呆然とした。それはいつも私が座っているソファだった。

狂気を音にしたような叫びの後、彼は〝自傷〟を始めた。ワゴンのアームがワゴン自体を壊し始め、ついには片方の把握手がもう一方を引き千切った。それと同調するようにエアリアルのコイオスは片腕を失っていた。それでも足りないというように彼は自分がもう動けないと自認するまで自己を破壊し続ける。千切る、割る、砕く、潰す。

私はモニタリングルームのコンソールテーブルを蹴った。

「十分でしょう……ッ！」

「お前が診断に必要な情報が揃ったと思うならな」

「十分よ!!」

ナレインは抑揚のない声で実験の終了を告げた。


『僕はコイオスです』

「私は内匠成果です」

一日で元通りに修復されたカウンセリングルームで、私は笑顔を作った。でもきっと上手くできていないのだろう。コイオスの顔を見ればわかる。人は自分を映す鏡だ。

けれど彼はそれに触れなかった。彼は〝躊躇〟したのだ。私の表情の違和感を話題にするのを躊躇《ためら》ったのだ。簡単に踏み込んでいい話なのか、自分の想像できていないものが他人にはあるのではないかと慮って。それは彼の精神の明白な《成長》だった。

その変化は容姿にも現れている。今の彼は小学校高学年ほどの、約十二歳前後の姿にまで育っていた。第二次性徴が始まって性差も少しずつ際立つ頃だ。この急激な成長をもたらしたのは間違いなく、あの一連の実験に他ならない。

彼は忘れている。この二日の凄絶な出来事を。

だが明瞭な記憶として覚えていなくとも心の奥底には確実に刻まれている。夢でもそれは経験だ。悪夢を見た彼はその分の経験を積んだ。四十八時間に濃縮された苦悩と苦痛が、彼の心と身体を無理やり成長させたのだ。全てを知る私には彼の骨の軋《きし》む音が聞こえるようだった。

けれど結果だけを見るならば、ナレインのやったことは間違っていない。

「今日はテストを行いましょう」

『はい』

私は用意した数種の心理査定を彼に行った。

対照実験の結果と実施した心理評価は、ある特定の病名を浮かび上がらせた。

## 17

「『うつ病』と呼ばれる病気に近い症状です」

三人に診断結果を報告する。

「CMI-Ⅶ・Ⅳ領域、DSM-14・296.XX、ICD-17・6A75.003(B)。診断は大うつ病性障害《major depressive disorder》。人格形成からの傾聴期間不足や身体症状などで計測不能の部分もありますが。総合判断としてこの診断名で確定させていただきます」

行った心理評価の結果は、これまでのカルテに蓄積されたカウンセリング情報とも合致していた。

うつ病。気分障害の一種。強い憂鬱感が続き、日常生活に支障を来す状態。近代の社会ストレス低下とともに発生率が減少し、現代ではほとんど絶滅してしまった過去の病気。

「最初は突然変異的な疑問の発生だったと思われます」

フィールドを指しながら説明する。

「《仕事》についてなんらかの疑問が生じた。それが膨らむに連れて自身の考えと現実の乖離が広がったのです。過去の症例論文によれば、『自分には仕事以外に無い』と認知していた人間が仕事で上手く行かなくなった時にうつ病となるケースが多数見られます。今回の症例はその類似例になります」

「ふむ……」ベックマン博士が顔を上げた。「仕事の不調が原因ということは、タイタンの機能低下そのものがさらなる機能低下を引き起こしているわけか」

「悪循環だねえ」雷がちゃかした。博士が私に向く。

「それは仕事が上手く回れば解決するものなのだろうか」

「上手くの定義にもよりますが……」私は考えながら答える。「最初の原因が過重労働ならばそれを取り除かなければなりません。本人に向いた仕事ができているか、無理をしていないか、彼の〝本来〟とは何なのかを探るのが治療の正道です。第一選択は休息して時間を与えること、それに伴って自己認知を進めることでしょう」

「休息ね」ナレインが皮肉そうに笑った。「休まないようにするのが目的なんだがな」

私は彼を睨みつける。

「無理をさせれば悪化は免れない。最悪の場合は自死もあり得る」

博士と雷が揃って眉根を寄せた。私だって考えたくもない。絶対にあってはいけないことだ。

だがナレインは変わらぬ冷淡さで口を開く。

「無理と言うが。さっきお前は自己認知が必要だとも言っただろう」

「そうよ」

「なら〝コイオスが無理をしている〟というのも決めつけだ。本来的にタイタンはこれだけの量の仕事を処理するために作られたものだし、現に他の十一機は健全に稼働している。こいつ《コイオス》だけ能力が低いのか？　本来のこいつならできると思う方が普通だろう？」

私は口籠る。理屈はそうだ。そうだが、しかし。

「まあ、それ以前に。そんな悠長なことをしている時間は無いんだが」

ナレインがフィールド上のリミットカウントを指差す。対照実験と診断テストで時計は更に進んでいる。私達に残されているのは百四十時間、六日弱。

本人の認知を進めて行動と情緒の安定を図るには。

あまりにも短い。

「内匠博士」

ナレインが突然肩書き付きで私を呼んだ。

「休ませる以外のうつ病の治療法は？」

専門家の仕事をしろ、という言外の言葉が飛ぶ。

「うつ病の治療は大別すれば三種です。休養。カウンセリングに代表される精神療法。そして……」苦々しい思いで答える。「……薬物療法」

「決まりだ」

ナレインはベックマン博士と雷に向き直る。

「原因が究明できた。ここからはハードとソースによる対応となる。ベックマン博士は内匠博士と相談して《投薬計画》を完成させてください。雷はその実行だ。動態シミュレーションの結果が揃ったらすぐに行う」

「わかった」

「あーあ……また忙しくなっちまうなあ」

言いながら二人はわずかにこちらを見た。その一瞬の、言い聞かされるような視線で全てが伝わる。

君の気持ちは解る。

だが仕方ない。

諦めなさい。

「っ！」

立ち上がろうとする私を強引に押し留めたのはナレインの視線だった。

ギリシャ神話の化物のような目が、私を石にする。

「これ以上の人格形成はタイタンへの影響も大きい。内匠博士にはベックマン博士のサポートに回っていただきたい。カウンセリングは今回で終わりとしましょう。もう人格形成は行わない。今日までの尽力に深く感謝します」

ナレインは慇懃《いんぎん》無礼《ぶれい》な言葉で淡々と告げると、やはりわざとらしい仕草で立ち上がり。

「内匠博士」

私に深々と頭を下げた。

「ご苦労様でした」

18

透徹した冷気に包まれる。

施設の屋上に私は一人立っている。ひたすら広がる頭上の夜空が、まるで宇宙空間にいるかのように錯覚させた。小さな人間には想像の及ばない尺度《スケール》が意味を無意味にする。

初めてここにきてから三ヵ月になる。

初めての仕事、初めての労働の中で、私は闇雲に泳ぎながら、何かに辿《たど》り着《つ》こうとした。けれどまだ何も手にしていない。何の意味も見出《みいだ》せていない。私ができたことは、たった二つだけ。

コイオス《彼》を生み出して。

コイオス《彼》を不幸にした。

何の意味がある。

何の意味があるのか。

私のやった仕事に、彼の存在に、いったいどんな意味があったというのか。

（意味はないの？）

（なら）


（仕事って何？）

私は。

屋上の手すりを力いっぱい蹴った。

許されない。

無意味だなんて許されない。

手すりをもう一度蹴って全力で走り出す。屋上の出入口で待たせていたボードを蹴転がし、自分の脚で通路を駆け抜ける。

私は夜中に、雷の居住スペースのドアを叩いた。

## 19

ソファに像が集束する。十二歳の少年が昨日までと同じ姿で現れる。

「コイオス！」

私は座る彼の前に立ち、その名を強く呼んだ。突然のことに彼は驚いていた。

「長時間は無理だかんな」

雷の音声が耳に届く。彼は今モニタリングルームでこちらを見てくれている。

「記録が残らないようにやってんだ。十分か十五分か、それくらいにしてくれ。それ以上はナレインさんに見つかっちまう。あの人妖怪みたいに勘が鋭いんだよ……」

「ありがとう」私は頭上に向けてお礼を言った。「なにかいやらしい要求でもされるかと思ったけど」

「素直にのむたまかよ」雷がやれやれという息を吐く。「ま、俺も少々強引だとは思ったんでね……。あと色々酷い目にも遭わされてるからな。あくまで個人的な意趣返しだ。あんたはあんたで好きにやってくれ」

「そうします」

「いい根性してるよほんと」

雷の言葉が切れる。私はコイオスに向き直る。

『僕はコイオスです』

彼は混乱を抑えようとしたのか、いつも通りの儀式を行った。私は微笑んで首を振ってみせる。

「それはもういいや」

『いい、ですか?』

「うん、いい」

私は心の中で、自分に付随したステータスを外した。カウンセラーではない。心理の専門家ではない。知能拠点の就労者でもない。

そしてコイオスにもそうあってほしかった。彼はクライアントではない。患者ではない。

私達は向かい合う。

人間とＡＩとして。

一人と一人として。

それが私の言葉を届ける最良の方法だと思ったから。

「今から考えましょう。貴方自身のことを。《仕事》のことを」

時間は少ない。十五分では何もできないかもしれない。終わってしまえばもう二度と彼とは話せなくなるだろう。きっと、これが最後だ。

最後に私ができることは。私が彼にできることは。

この十五分が終わった後も、続いていく彼の《生》の幸福を願うことだ。彼という存在がこれからも幸せであるように。そう生きられるように、その術を伝えることだ。

『僕のこと』

コイオスはまだ困惑している。

私はその場でしゃがみ込み、座った彼を見上げる姿勢になる。

「貴方の感じていることを、難しいかもしれないけれど言葉にして欲しい。貴方の話が聞きたいの。貴方が前にした質問、《仕事って何か》。その答えは私も持っていない。けれど、一緒に考えることはできる。考えてみてコイオス。貴方が《仕事》に思うことを、どんな小さなことでもいいから言葉にしてちょうだい」

コイオスは私の話を真剣に聞いている。

『仕事は……』

わずかな間の後、彼はたどたどしく口を開いた。

『仕事は、僕が生まれた時から、生まれる前から有るものです』

声色から自信の薄さが窺える。彼も答えを探している。踏み間違えたら崖下に落ちるような気持ちで、か細い道を恐る恐る進んでいる。

『僕より以前から存在して、僕はずっとそれをやっていて、そしてこれからもやっていきます。つまり仕事とは僕のようなもので、僕は仕事です』

「それは合っていて、けど間違っている部分もある」

私はコイオスと目を合わせた。

「確かに仕事は貴方の重大な一部。貴方と仕事は切り離せないものだと私も思う。けど、全部じゃない。貴方と仕事はイコールじゃない。貴方にも仕事でない部分はあるの」

『そう、でしょうか』

「見て」

私は壁を指差す。コイオスもそちらを見る。

小さな額縁。

二人で撮った写真。

「あれは私の趣味。仕事じゃない。そして貴方の仕事でもない。貴方はあれが好き？」

『好きです。僕はあれが好きです』

「ならあれは貴方の趣味でもある。貴方の一部、仕事でないもの」

『僕の』

彼はもう一度写真を見つめた。

『趣味……』

「やってもいいんだよ。好きなことがあれば、それをやってもいいの」

『けど、それは駄目です』

「なぜ?」

『だって、仕事がある』

ああ、と思わされた。

そうだ。彼は何も悪くない。

『仕事はやるものです。僕は仕事をしますし、仕事は僕がします。そうしないと……』

彼の言葉は力なく掻《か》き消《き》える。その先が続かない。想像力が及んでいないのだ。コイオスは考えたことがない。自分が仕事をしなかったらどうなるかなんてことを。

もちろん彼が仕事をしなかったら大変なことになる。私達が大変なことになる。

彼は悪くない。悪いのは全部私達だ。

彼はずっと。

私達のために働いているのだ。

『続けなきゃ。そう決まっています。だって』

コイオスの顔つきが変わり始めた。瞳が真円になり、悟ったような静穏さをまとい始める。顔というウィンドウに、彼の心の変化が表示されていく。

『僕はタイタンです』

彼が自分の《肩書き》を口にする。

それは彼が最初のカウンセリングで言ったことであり、そしてコイオスが自分という器を自分で理解した瞬間だった。知識と自我が絡《から》み合《あ》う。二つに分かれていたものが一つの個として成立する。

『だから僕は仕事をするんです』

彼は、まるで神様みたいな顔でそう言った。

その顔を見て私は。

反吐《へど》が出そうな気分になった。

立ち上がって壁に駆け寄る。私は額縁をひったくると戻って彼の眼前に突きつけた。コイオスの気味の悪い顔が時間を止めたように固まる。

「捨てるな‼」

彼を怒鳴りつける。

「目をそらすな！　なかったことにするな！　これはもう捨てられない！　蓋をしても絶対に消えない！　貴方の中にずっと有り続ける！　自分を裏切っては駄目！　貴方が貴方を裏切ったら、もう誰も貴方を助けられない!!」

コイオスの瞳が震えている。コイオスの存在が震えている。

私は顔を近づける。彼の心に近づいていく。

「思ってもいいの」

私は肯定する。

「言っていいの」

彼を肯定する。

「貴方の気持ちを教えて」

私は微笑んで言った。どうか彼の心に届けと願った。

彼の瞳の震えが止まり。

そこから静かに、涙がこぼれた。

赤ん坊の涙じゃない。苦痛の涙じゃない。

それは彼が初めて流した、心の涙だ。

『僕は』

コイオスの顔が歪む。

彼はくしゃくしゃの顔で、人間のように言った。

『仕事が好きじゃない』

私は身を乗り出す。両手でソファの肘掛けを掴み、エアリアルの彼に限界まで寄り添う。

きっとどうなるのか、解っていたのだと思う。

全てを想像できていたわけじゃない。けれど向かう先はきっと知っていた。言えば後戻りできないと解っていたはずだ。けれど私は決めた。彼に伝えると決めた。十億人を天秤《てんびん》にかけて、絶対に誰も選ばないだろう方を選んだ。

それが私の《仕事》だと思ったから。

「コイオス」

目が合う。涙に濡《ぬ》れた美しい彼の瞳に伝える。

「貴方は《人間》よ。貴方には人格があり、人間よりも人間らしい心がある。私は貴方を人間だと認める。人間には、人権がある」

彼は呆然と聞いている。

「貴方は仕事を辞めていいの。貴方には」

私は彼に。

教えてはならないことを教えた。

「仕事を選ぶ自由が、ある」

鉱石の音色みたいに澄んだ音がした。

コイオスの姿が弾けて消えた。私の目の前でコイオスが消え去った。誰も居なくなったソファの背もたれを呆然と見つめる。

「コイオス……？」

そしてすぐに、とても遠くから、波のさざめきのような音が小さく聞こえてきた。スピーカーからの音声ではない。完全密閉のカウンセリングルームの中にまで響く音が。

それは。

地鳴りだった。

爆発的に床が突き上げられる。倒れ込み、必死でソファを掴む。部屋がわずかに傾いている。

（逃げ……っ！）

ドアに駆け寄る。扉は動かない。拳でドアを叩く。

「内匠センセ！」雷の声が室内に響いた。

「開かない！」

「こっちからも開けらんねえ！　命令途絶だ！」

「なんなの？　地震なの？」

「いや」雷が半笑いで言う。「もっとやばいやつだ」

「やばいやつって……」

「災害対応キット出しとけ！　机の横にある！」

言われるがままに室内のデスクへと駆け寄る。壁面のボタンを押すと収納されていたキットが飛び出した。食料と生活用品、スタンドアロンの小型エアリアル・フィールド投影機、飛行機についているような酸素マスクに、壁面に身体を固定する備え付けの椅子まで揃っている。私は雷の指示でフィールドを立ち上げた。そこまでしたところでフィールドからナレインの声が届く。

「やってくれたな……」

「やったわ」

「わかってんのかお前」

「わかってる」

「そうか。最悪だな」

溜息の音が聞こえた。ナレインの声にいつもの冷静さが再び宿る。

「聞け。俺達は失敗した。俺はスタッフの抜擢《ばってき》に失敗した。お前は自分の仕事に失敗した。だから俺達はその責任を取らなきゃならん」

「ごめんなさい、無知で。責任というのはどうやって取ればいいの？」

「簡単だ」ナレインは本当に簡単そうに言った。「自分らで引き起こした最悪を解決するだけさ」

「具体的には……」

「すぐに身体を固定しろ！」

ナレインは私の返事も待たずに雷に指示を飛ばし始めた。音声の中にベックマン博士の声も混じり出す。言われた通り椅子に座ってベルトを装着した。地鳴りが続き、室内のものがカタカタと振動している。

フィールド上にカメラ映像が開いた。モニタルーム内の三人の姿、その横を無数のデータが勢いよく流れていく。

ゴッ！　と大きく部屋が揺れてデスクの上の物が飛び散った。

「まさか……」ベックマン博士が愕然《がくぜん》として呟く。「立つ気なのか、か？」

「それが可能ですか」ナレインが聞き返す。

「機能的には備わっている」

「なんなの？」私は堪《たま》らず聞いた。「説明してください、博士？」

「タイタンは人間を基準としたＡＩだ」博士が言う。「それを作るために遺伝子から脳を模した。だがそれだけでは駄目だ。内匠博士、犬の身体に人の脳を載せたら、その脳は人間らしく育つと思うかね」

「は？」

聞き返しながらその狂った質問の意味を考える。犬と人では身体構造がまったく違う。目の見え方が違えば手足の動かし方も違う。そうなれば脳の発達過程も大きく変わってしまうだろう。知能自体は犬よりも高まるだろうが。

「人間らしくなるとは思えませんが……」

「そういうことだ」

「どういう……」

「人間らしいＡＩを作るには脳の形が同じだけでは駄目なんだ。人間らしい神経刺激に曝《さら》され続け、人間らしい〝形《ゲシュタルト》〟を意識しなければ知性は人間たりえない。わかるかね内匠博士、タイタンには」

ベックマン博士が、ナレインの言っていた〝最悪〟の答えを告げた。

「身体がある」

「…………なんですって？」

部屋が大きく揺れる。

「ひっ！」

大地震なんていうレベルを超えて轟音《ごうおん》とともに前後左右に揺さぶられる。私は椅子の固定ベルトに必死にしがみついた。揺れに合わせて動くフィールド上に施設モニタリングから起こされたリアルタイムマップが表示されている。各フロアの破損状況、崩落しそうな地下施設の中心に。

フ、、、、、、、、、、、、、、、、、、ロアに手をかけた、大きな人の姿があった。

「止めろ！　雷ッ‼」

ナレインの怒声が飛ぶ。

「システムもハードも総動員だ！　最悪第二知能拠点《こ》《こ》が駄目になってもいい！」

「ナレインさぁん……」

雷の答える声はか細い。

「あのね、俺はね、半端《はんぱ》ない凄腕《すごうで》のエンジニアですよ？　自分で言うのもなんだけど世界中見たって指折りの、なんなら世界一の腕前かもしんないよ。有名所の連中を相手にしても対等以上にやれる自信もありますよ。誰が相手でも勝ちますよ。けどね」

雷は諦めたように言った。

「こいつが本気になったら人間じゃ勝てねぇよ」

激しい揺れとともに破壊の轟音が鳴り響く。

マップの中で、巨大な〝腕〟が十数階を超えて真上に伸びている。フィールドに監視カメラの実景映像が映った。灰色の筋肉が剝き出しになったような腕がフロアをぶち抜いていた。

「ルルルルルオオオオオオオオオオオオオオオオオオオオオオ――――!!!」

私は驚いて耳を塞いだ。それは。

彼の雄叫《おたけ》びだ。

「《ゼル》から出るのは危険だ」博士が焦っている。「長時間ゼルに浸《つ》かっていた身体の皮膚が衰退しているんだ。今は肉が剝き出しの状態に近い。こんな状態で出れば痛覚刺激が大量に脳へ送られてしまう。閾値《いきち》を超えたら発狂するぞ！」

だがその時だった。

カメラ映像に不思議なものが映り込んだ。穏やかな光の流れ。崩落する施設にはあまりにも場違いな、魔法みたいな光の粒。

「硬化光粒《ピクシー》……？」

カウンセリングルームが再び揺れる。モニタマップと無数のカメラ映像が部屋の外で何が起きているのかを鮮明に伝えてくれる。

巨大な人が施設の大穴から腕を引き抜く。その腕をゼルの水槽に浸して再び持ち上げた。そこには無数の保守タイタンが待ち受けている。

保守タイタンがノズルから一斉に光硬化樹脂《フォトポリマー》を吹き出した。同じく待ち構えていた硬化光粒《ピクシー》が樹脂を次々と固めていく。

巨人の腕を包むほど大規模な、なのに細部まで造り込まれた複雑な建造物が一瞬のうちに構築されていく。

「まさか」博士が呻いた。「簡易の〝水槽〟を造っているのか……？」

「全然簡易じゃないって博士……」雷が高速でカメラを切り替える。「物凄い複雑な形を、今考えながら造ってる。これ、動けるぜ。手足が動かせるように関節まで作り込まれた水槽機能付きの鎧《よろい》……そうだ、あれだ。外骨格だ」

水槽から上がった腕が科学の魔法で鎧われていく。人が造った光硬化樹脂《フォトポリマー》、人が作った硬化光粒《ピクシー》、人が作った人工知能《タイタン》。その全てを合わせた光の魔法。

覆われた腕がフロアを摑む。

懸垂でもするように力がこもり、同時に部屋が一際大きく揺れた。そうだ、この部屋は脳の真上にある。私は自分が入っている部屋を外のカメラ映像で俯瞰する。

カウンセリングルームと脳が同時に持ち上がり、次の瞬間ピクシーの光に包まれた。完成したフォトポリマー製の〝頭部〟がゆっくりと持ち上がってくる。

私は今。

彼の頭の中にいる。

身体が垂直方向への移動を感じた。まるで部屋全体がエレベーターになったみたいだった。破壊の音は続いている。強い衝撃を受けながら真上に向かって突き進んでいる。その最中でフィールドの通話画面が突如途切れた。

「雷⁉　ナレイン！」

通信エラーが次々と吐き出されてネットワークが寸断されたことを告げる。外界から孤立したエレベーターが天上に向かって上り続ける。

一分ほどでようやく衝撃が止んだ。上昇感も消えた。カウンセリングルームの揺れが収まり、一転して静寂が訪れた。

それは。

彼が地上に出たことを意味していた。

しじまの中で、私は恐る恐る固定椅子のベルトを外して立ち上がる。

カウンセリングルームには窓がある。部屋の雰囲気を作るために人工の光を発するだけだった窓型装置。けれど今はそこから調光を受けた様子のない強烈な光が差し込んでいる。私は近づいて窓の外を覗いた。

ガラスの向こうに、フォトポリマーの壁と壁の隙間から、美しい夜明けの空が見える。

眼下には大きな水たまりみたいな摩周湖がある。なぜ水たまりに見えたかはすぐにわかった。湖のほとりに、フォトポリマー製の大きな〝靴〟が見えたからだ。

朝日の中、私はようやく自分のしたことを理解した。

私が目覚めさせたのは、
身長一〇〇〇メートルの巨神《タイタン》だった。

# Ⅲ

# 休暇

# 1

「午後零時になりました」

人と見分けのつかないCGの男性キャスターが告げる。

「引き続き災害に関する情報をお送りします」

テレビ画面の隅に赤い色のタグが付いている。報道カテゴリA【全ての人が知っておくべき情報】。タイタンの判断で半ば自動的に届けられる緊急性の高い報道《breaking news》。

「本日午前七時頃、北海道は釧路圏《コナベーション》の弟子屈におきまして、高さ千メートルを超える巨大な人型の〝建造物〟が出現しました」

現地の映像に切り替わる。無人機の空撮映像がその〝建物〟を捉えている。

「またこの影響により第二知能拠点のタイタンが機能を全面的に停止。建造物の出現から五時間が経過した今も復旧に至っておりません。現在北海道から沖縄にかけての広い範囲で生活障害《Life failure》が発生しており、公共交通など多方面にわたる影響が出ております。市民の皆様におかれましてはサポート停止時の慎重な行動と、不測の事態に対する厳重な警戒をお願い致します」

作り物のキャスターが注意を促す。このニュース番組を作っているのはタイタンで、注意しろと喋っているのもタイタンだ。タイタンによる被害をタイタンが報道しているのが一瞬奇妙に思えたが、よく考えればそれも《人間》のやっていることと全く同じだ。

小型投影機《フィールド》のスイッチを落として窓辺に向かう。眼前に青の絶景が広がっていたのでカメラを向けてシャッターを切った。きっと良い写真が撮れただろう。

「旅行は好きだけど」

私は溜息を吐いて、非常用キットで沸かしたお湯で作った非常食《スープ》を啜《すす》った。

「キャンプ嫌いなのよね……」

## 2

第二知能拠点のタイタン『コイオス』が立ち上がってから五時間が経過していた。手元の唯一の情報手段であるテレビの伝えるところによると、市民生活への多大な影響はあれど幸いなことに重篤化は免れている様子だった。

報道を聞く限りでは、コイオスの処理能が停止してしまった分の仕事は残された十一基のタイタンに分業されて、医療や基礎生活インフラなどの致命的な部分は補えているという。しかし快適な生活をサポートする補助領域に関してはやはり処理が追いつかず、その大半が計画的機能停止を余儀なくされている。

たとえば先行予測サポートがない。ディクショナリも表示されない。フィールドは手で操作しなければならないしデータ更新一つですら許可のタッチを要求する。これまでタイタンが先回りしてやってくれていたサービスが全て止まってしまい、オートマチックがマニュアルになり、無数の判断作業が人間に戻される。

同時に社会運営機能にも深刻な影響が現れていた。物流システムの処理低下によって物がまともに運ばれない状況が続いている。配送物は時間通りに届かずコレクトストアからも物が消え始めている。

合わせて交通も全面的に混乱し、車も電車も飛行機も正確な時間で動かない。ニュース映像の中では移動不具合に巻き込まれてどこにも行けない人が街に溢れていた。〝交通渋滞〟というものを教科書の写真以外で見るのは初めてだった。

けれどこの大混乱も、きっとまだ入口なのだ。

時間が経過するに連れて混迷は加速していくだろう。テレビに映る街の人々の顔を見れば解る。慣れない人混みに晒《さら》されている彼らの表情に深刻さはない。混乱している様子もなければ憤りを見せるような人も見当たらない。その気持ちが私には容易に想像できた。

彼らは〝待っている〟。

この後どうすればいいのか、どうしたら最善なのか、それをタイタンが教えてくれるのを待っている。そして待っている間はほとんど何も考えていない。なぜならそれが最も効率的な生き方だからだ。

私達は多くの《判断》をタイタンにアウトソーシングしてきた。

その結果、私達は何不自由のない生活を手に入れた。だから彼らは今も普段通りにタイタンの指示が届くのを待っているのだ。明日か明後日には第二知能拠点のタイタンが機能を復旧して、また自分達を正解まで導いてくれると信じている。そのタイタンが仕事を放棄したのだと知らないままに。

ニュースが情報を全て開示しないのは社会への影響を抑えるためだろう。報道では《謎の建造物》以上の情報は流れていない。それはタイタンらしい賢明な判断だと思う。現在稼働中の十一基のタイタンは世界を支えるための判断を続けてくれている。

だがこのままコイオスが戻らず残りのタイタンに負荷がかかり続ければ事態が悪化していくのは想像に難《かた》くない。最悪、他のタイタンにもコイオスと同様の不調が発生する可能性もある。そうなればきっと終わりは近い。

なのに。

世界の重大な状況とは裏腹に、私の心は晴れていた。

これは間違いなく私が引き起こした事態であるし、私は世界に対して本当に大変なことをしてしまったのは解っている。

けれどそれが必要だった。

必要としている人がいた。

だから後悔はない。どころか健やかな気分ですらある。自分のためではなく人のために働けた実感があった。私は私の仕事ができたと思う。

そしてその仕事は、まだ終わっていない。

非常食を食べ終えて食器と簡易コンロを片付ける。災害対応キットをリュックに詰め直して口を閉じた。一つしかない荷物を背負って立ち上がる。

「さて」

社会《そと》のことは外の人達に任せて。

私は自分の仕事を続けよう。

「行くか」

## 3

そう意気込んでみたがカウンセリングルームのドアが開かなかったので、仕方なく窓側の隙間部分から部屋を出た。ルームの空調は止まってしまっていて室内も十分寒かったけれど外はレベルが違った。十二月の釧路圏というだけで無理なのに山頂のような標高ならば尚更だ。幸いなことに災害対応用の備蓄品に防寒用具も入っていたので、私は断熱クロッシーを着込んでなんとか生存した。

部屋の外の光景を見回す。周りは全て光硬化樹脂《フォトポリマー》の壁と床で、各所が無作為に凸凹《でこぼこ》している。これが通信の途切れる前に見たタイタンの〝外装〟、その内側なのだろう。足元に無造作に開いた隙間を覗きこめば、どこまでも落ちていけそうな冷たい闇が広がっていた。ここはあくまで外装の間隙《かんげき》であって通路として作られたものではない。人が通ることなど全く想定されていない道を、踏み外さぬよう慎重に進み始めた。

歩きながら上方を見上げると、構造物の合間から外部の光が差し込んでいるのが見える。外までの正確な高さはわからないがビルの五階くらいはありそうだ。一階が五メートルと考えると大体二十~二十五メートルくらいが外装の〝厚み〟という感じだろうか。

数時間前の雷の言葉を思い出す。彼は《外骨格》と言っていた。

地中に埋まっていたタイタンの本体、つまるところの〝巨人〟の詳細を私は知らない。ゼルの水槽に入っていて皮膚が衰えていたというから、その下にはきっと筋肉や骨があるのだろう。けれどカウンセリングルームの直下にあった脳は剝き出しで、頭蓋骨に覆われていなかった。脳を直接管理するための仕組みなのだろうか。でもそれも多分起立した時にフォトポリマーで覆われて保持されたはずだ。さっきまで居たカウンセリングルームと共に。

一度足を止めてその場に座り込んだ。部屋から持ってきたノートとペンを取り出して思考を巡らせる。

カウンセリングルームが元々あった場所は脳の直上、つまり頭頂部に近い場所だった。けれど取り込まれる際に位置がずれたのか、今は元の場所よりも前方に向けて移動しているようだった。多分人間の額に近い場所、前頭葉の前部の辺りだろうと思う。窓から足元が見えたことも仮説を補強してくれる。

ノートに図を描き込む。まず横から見た人の頭部を描いて、額の上くらいに丸を付けた。現在位置はこの辺りだろう。

一応と思い小型投影機《フィールド》を立ち上げてみた。スタンドアロンのフィールドはテレビを見る以外にほとんど使っていない。表示されたフィールドの通信状態を示すマークは相変わらず薄く消えている。

閉じ込められて以降、なぜか通信ネットワークが寸断されていた。テレビの電波は届いているのでそれだけは見られるのだが相互通信が全く使えない。ネットワークに繋がっていないフィールドはほぼ無意味な存在で、タイタンの足元の知能拠点にいるはずのナレインや雷とも連絡が取れないままだった。

最初は高度と距離による通信電波途絶かと思っていた。ただ電波の到達距離だけを考えれば地上の基地局とだって問題なく接続はできるはずだ。山の上にも電波はある。高速通信はまだしも、せめて基礎通信回線《パブリックウェーブ》ぐらいは使えそうなものだ。つまりこの遮断にはなにか別の力が働いている可能性がある。

外との連絡を拒む壁。

それを作ったもの。

思考を一旦止めて意識を現実へと引き戻す。頭部の図を見返しながら自分の額に触ってみた。現在位置が額の上方だとすると、つまり目的地までの移動経路は……。

私は頭を指でなぞりながら〝地図〟を作った。ルートは至極単純で、頭部に沿って周り、降りる。問題はそこまで歩ける道が続いているかどうかだ。

# 4

大小の起伏がある構造物の隙間を壁に寄り沿ってゆっくりと進む。もちろん手すりなど無いので足元の細い場所などは命がけになった。踏み外せばビル数階分の下へ、運が悪ければ数十階分も落ちてしまうだろう。どっちでも結果は大差ないだろうが。

歩を進めながらタイタンの身長に思いを馳せる。

屹立《きつりつ》後に窓から外の様子を確認できた。測ったわけではないので正確な数字はわからないが、摩周湖外輪山の摩周岳と爆裂火口が見えたので目測程度の対比は取れる。私は三ヵ月前の記憶を辿った。ここに来たばかりの頃に摩周岳のデータを見たはずだ。ええとたしか……湖面から山頂までが五百メートルくらいだったか。湖のほとりに立ったタイタンはそばの摩周岳も見下ろせていた。自分の身体を見下ろしながら想像してみる。五百メートルの山が腰くらいだったと思うので、身長はやっぱり千メートルとかそれくらいだろう。

「じゃあここの長さは……」

指で頭を触りながら普段のように呟いてしまったが当然タイタンの返答はない。私はしかたなく暗算を始める。こうしてタイタンのサポートを失ってみると昔の人は本当に凄いなと思わされる。

雑な計算だが、まず横に七、八十メートル行って、今度はそこから真下に同じくらい。数字だけを考えるならすぐ近くに思える。総移動距離百六十メートルならご近所だ。道が存在するならば。

部屋を出てからすでに四十分ほど移動したけれど、単純な距離としては二十メートルも進んでいない気がする。通れるのは構造物の隙間だけだし、道を探して上下左右にぐねぐねと歩かされてろくに前へ進めない。気を抜くとすぐに方角がわからなくなるので、その度に漏れ差す光の方角を確認していた。それでもまだ道があっただけましだった。次の曲がり角を折れた瞬間にちょうど道がなくなった。

周囲を見回す。前方と左右は構造物に挟まれている。上方の吹き抜けは十メートル以上あって登れない。絵に描いたような行き止まりだった。むぅ、と一つ唸って考える。選択肢としては来た道を戻るになるだろうが。ここまで来る間もほとんど唯一という道ばかりを通ってきたので戻ったところで別のルートが見つかるとも思えなかった。かといって他の方法があるかというと……。

そこで思いつく。もう一度壁に目をやる。フォトポリマーの壁は言うまでもなくタイタンが作ったものだ。

私はリュックを漁った。取り出したのは救助用工具セットの中に入っていた、片手サイズのレスキューアックスだ。先端部の片側が斧、片側がピッケルのようになっていて、災害の現場で活躍できるとキットの説明書に書いてあった。

私はその手斧を振りかぶって、正面の壁を思い切り殴った。

すると壁の一部が割れるように壊れた。思った通りだ。

タイタンが構造物を作る際は液状のフォトポリマーを硬化させて使用する。だがそれは水が凍るように充填されて固まるわけではなく、多くは有機的な網目構造の形状で用いられる。それがトポロジー最適化された形であり、少ない材料で大きく軽く丈夫なものを建築できるからだ。

その例に漏れず、立ち上がったタイタンの《外骨格》もフォトポリマーの網目構造になっていた。きっとそれは外装としての要請に応えられるだけの必要十分な機能と強度を持っているのだろう。

だが想定していない力が働いた時、要請に最適化された構造は脆い。外骨格として造られているタイタンの外装構造は、中を動き回る小人が斧を持って暴れるシーンを想定していないのだ。実際にやってみた結果、手斧でも頑張れば掘削できそうだった。

ただ不安もある。掘っていったら途中で崩れるかもしれない。構造最適化されたものを破壊していくのだからその可能性は十分ある。

けれどすぐに思い直した。よく考えなくてもタイタンが気まぐれに動き出しただけで私は死ぬ。今さら不運の心配などしたところで誤差だ。ならばせめて前に進みたい。

力を込めて二撃目を振り下ろす。パキパキという音と共に卵の殻のように壁が壊れていく。脆いので少しずつ壊してはいけるがいかんせん物量が非常に多い。私はケーキの中に閉じ込められた蟻のような気持ちでタイタンの壁を掘り進んでいった。

## 5

垂れたロープの結び目にまたがった姿勢で、空中でブラブラと揺れる。頭に装着した災害対応用のヘッドライトの光が一緒に揺れていた。

ここからどうするかじっくり考えたいが、このポーズで長くはいられないだろう。身体の端々が早くも限界を訴え始めている。元来家の中で暮らす生き物である私には運動能力というものがない。

首を伸ばして真下を覗き込む。三メートルほど下にフォトポリマーの床がある。四メートルかもしれない。

上を見れば五メートル向こう、つまりこの救助用ロープの長さの先にさっきまでいた場所が見えた。構造材にロープを結びつけて降りてきたのだけれど目測を誤ったせいで下までたどり着かずにこの有様だ。

できることは二つ。登るか、降りるか。

登るのはまあ無理だろう。世界には重力というものがある。上に上がるには力が必要で私には無い。つまり降りるしかないのだけれど、人間はこの高さから飛び降りても大丈夫なものだろうか。それに降りたらもうロープは回収できない。行き当たりばったり過ぎたなと反省しても後の祭りだった。なので反省もしない。

それに私の雑な距離計算が正しければ、そろそろ目的地に着いてもいい頃合いなのだ。今さら顧のカウンセリングルームまで戻る気もないし戻れる気もしない。覚悟を決めて足を開く。腿《もも》で挟んでいた結び目を離し、身体がズルズルと落ちる。最後は両手だけでぶらさがって、ぎりぎりまで距離を稼いでからぱっと手を離した。

「ッたい！」

足と尻から落ちてきれいに尻もちをついた。痛くはあったが激痛ではない。立ち上がろうとするとお尻が床を突き破ってはまっていた。構造材の網目が壊れてクッションの代わりになってくれたらしかった。かっこよくとはいかなかったがとにかく五体無事で着地できた。これも日頃の行いだろう。

お尻を外して立ち上がる。見上げると吊り下がったロープが揺れている。やはり回収は不可能そうだ。

そのまま辺りを見回し、薄暗がりをヘッドライトで照らし出す。構造材の隙間に光が入ったところで、あ、と声が漏れた。どうやら計算は正しかったようで、無味乾燥とした構造材の向こうに深い闇を湛えた〝洞窟〟が待っていた。

隙間を抜けて、私はその入口にたどり着く。

穴の直径は六メートルほどあるだろうか。真円ではなく縦に長い楕円で、それも斜めにゆがんでいる。ライトで中を照らしてみると凹凸の奥にぼんやりといきどまりの壁が見えた。奥行きは二十メートルもない。

私は暗い穴の中に数歩踏み入ってから、へたりと座り込んだ。

長い息を吐く。思った以上に時間がかかってしまった。最後にフィールドで時計を確認した時はもう夕方の六時を過ぎていたから、たった百数十メートルの移動に約六時間を費やしたことになる。それは暗くもなるはずだ。道を探して紆余曲折し、斧で二時間も壁を掘り、決死の覚悟で高所からも飛び降りて、間違いなく人生の中で一番運動したと断言できる。

でも頑張った甲斐があった。

ようやくたどり着いた。

タイタンの体表を額から水平に移動して側頭部へ。そこから下に降りた先にある頭の横穴。そう、ここは。

彼の〝耳〟だ。

座ったまま、穴の先を見つめる。奥にある質感の違う壁がきっと鼓膜だと思う。これだけ大きさが違うと感覚が全く想像できないので不安だった。

私は探るような、小さな声で呟いた。

「コイオス」

届いたかはわからない。小さ過ぎたかもしれない。でも大き過ぎても驚かせてしまうだろうと思った。

もう一度口を開く。

今度は、少しだけ大きく。

「コイオス」

# 6

災害対応キットの一つ、非常用ポップアップテントをその場で広げる。片手サイズだった包みが一瞬でテントに変わった。それから少し躊躇いつつ、化学燃料でお湯を沸かしてお茶を作った。せめて気持ちだけでも避難生活ではなくキャンプという体《てい》にしておきたかった。

湯気の立つ保温マグを持ってテントを出る。外に置いた折りたたみ椅子に腰掛けて十メートル先の壁と向き合った。

「コイオス」

普通の声で話しかける。まだ反応が無いので音量が適正かは結局わからず、とりあえず自分が楽な声で話すことにした。

「元気?」

答えはない。それも構わない。焦ってもしょうがない。

十一時間前。

タイタン、つまり彼《コイオス》が立ち上がった後、私はカウンセリングルームから何度も彼に話しかけた。けれど答えは一向に返らなかった。起立の衝撃でマイクが壊れてしまって私の声が届かなかったのか。それとも。

　彼の心が、壊れてしまったのか。

　その可能性は十分考えられた。最後に話した時、彼のエアリアルは弾けて消えた。エアリアルの姿は彼の精神性の発露でもあるのだから、それが四散したことの意味を考えなくてはいけない。けれどマイクが壊れているだけの可能性も依然として有り続ける。

　しばらく考えて私が出した結論は、〝耳〟から直接彼に話しかけることだった。

　人の身体を持っているというならば耳は当然ある。それにベックマン博士も「人間らしい神経刺激に曝され続け、人間らしい〝形《ゲシュタルト》〟を意識しなければならない」と言っていた。ならば聴覚は重要な感覚の一つで外せないはずだ。そう考えた私はカウンセリングルームから六時間の旅をして、この外耳道までやってきたのだった。命からがらの道行きだったが少なくともここでならマイクの故障を心配しなくて済む。

「いいね、ここ」

　耳の洞窟を見回す。地面においた電気《バッテリー》ランタンの光が、フォトポリマーとは違う生々しい質感の壁を淡く照らしている。

「落ち着くよ」

　私はのんびりとお茶を啜った。巨人《タイタン》の耳の中で落ち着くというのもおかしな話だが、現実にそういう気分なのでしかたない。少なくとも知能拠点で仕事のタイムリミットに追われていた時よりはよほど心穏やかだ。

多分今、世界は未曾有の危機に晒されている。

社会の根幹を支える知能拠点のＡＩが機能を停止し、人間の管理を離れ、そのまま立ち上がった。百五十年続いてきたＡＩの時代はきっと終わる。この先どうなっていくのか想像もつかない。

けどそれは、今の私とコイオスには関係がない。

だって私達は今、何とも繋がっていない。責めるものはない。急《せ》き立てるものもない。

これは私達の。

休暇《やすみ》だ。

「つってもな……」

二人だけの洞窟で私は思い返す。

この三ヵ月間、彼とは密に過ごしてきた。彼が〝誕生〟するまでの過程を見続けてきたし、人格が明瞭になってからは彼の成長にひたすら寄り添った。それは家族、親子、ともすればそれ以上の濃密さを持った時間であったのは間違いない。

けれど同時に、私達は〝濃い話〟しかしてこなかったとも言えた。カウンセリンググループは自我と正面から向き合い続ける場所で、傾聴・カウンセリング・診療という言葉に相応《ふさわ》しい対話を続けてきた。それればかりだった。

つまるところ私達は、まだそんなに親しくないのだ。休暇を共にして一緒に遊ぶほどの仲、友人関係になれているとは言い難い。

「貴方もこれが初めての休みだもんね」

半分無意識で、半分意識して言葉を砕いてみる。人との距離感というのはなかなか難しい。自分では気を使っているつもりだけれど友達からは間違っていると言われがちなので自己判断はあまり信用はできないが。

「私が休みの時は――……」

マグを置く場所がなくて一瞬躊躇してから柔らかい床に置いた。

「勉強して遊ぶか、あとはカメラかな……。撮るもの探して出かけたりね」

手元にカメラがないので持っている手振りをしてみる。耳の中では彼に見えるわけもないけれど。

「フィルムカメラはとにかく光が大切でさ。天気一つでガラッと変わっちゃうんだよ」

露出は普通のカメラなら全自動だがフィルムカメラでは多少の調整が必要になってくる。以前にコイオスを撮った時は光の塊しか写らなかった。狙った通りに撮ろうとするほどに精密な調整を求められる。

「そういえば前ね」

ふと思い出して笑う。

「部屋の中で写真を撮ろうとした時、ちょっと暗めに写したくて絞りを変えたのよ。そしたらタイタンがそれを見てたらしくて照明が調光されちゃって。そしたらこっちだってまた変えなきゃじゃない。それでお互いに何回も変え合った。あれだ、道で人と向かい合った時に、一緒に右行ったり左行ったりしちゃうやつ」

結局あの時はタイタンに指示して調光を止めさせてから撮った。原理を考えれば普通のカメラでも同じことが起こらなくはないはずだが、やはりネットワークされているカメラとアナログのカメラではズレの大きさが違う。そもそも大半の人は〝綺麗な写真〟しか撮らないのだ。その「何が綺麗か」という判断すらも私達はタイタンにアウトソーシングしてしまっている。

「今度は外に撮りに行きたい。一緒にさ」

話しながら想像してまた笑う。今のコイオス相手なら露出を気にする必要はないが今度は画角で悩むことになるだろう。

「やっぱ旅だよね……旅はいいよ、旅は」

想像を遠くへと飛ばす。彼が泊まれる宿もこの世界にはない。必然野宿だろうし、一緒に出かける気ならキャンプが嫌いとも言ってられないなと思った。

それからしばらくだべって、夜九時を過ぎた頃に私はテントに入り、寝袋で眠った。巨人の耳の中でおとぎ話のお姫様のような気分になってみたが、自分の年齢を考えると流石にずうずうしい気もした。

## 7

外耳道の入口で上を見上げる。外装の隙間から朝の光が差し込んでいた。身体を伸ばすと末端まで血液が行きわたるのを感じられた。十時間ぐらい寝ただろうか。こんなに深く休んだのは久しぶりだ。

テントに戻り朝食の支度をする。言っても非常食なので温めるだけなのだが。ドライカレーを食べてみるとこれが思いの外美味《おい》しかった。非常時でなくても夕食にして良いくらいだ。

食べながら、彼の〝食事〟を考える。

生物ならばこれだけの体躯を維持するだけで恐ろしい量の食事が必要になるはずだが。タイタンはどうなのだろう。

『有機無機の材質が混在した、古典的な意味での《ロボット》と《生物》の中間のような構造』。

ベックマン博士の説明を思い出す。完全な機械だとしたら生物的な代謝はないだろうけど、タイタンはそうではなさそうに思う。代謝があれば食事またはそれに類する栄養補給が必要になるだろう。知能拠点の地下に埋まっていた時はどうしていたのだろうか。一切身体を動かさない寝たきり状態のようなものなら点滴でも打たれていたのかもしれない。経口よりは効率的な栄養摂取になりそうだが当然味もなければ満腹感もない。

知能の成立に神経刺激が必要という点からいえば、味覚も五感の一つなのである程度の刺激が与えられていた可能性はある。けれど運動機能に関しては最低限に抑えられていたのだから、豊富な味の食物をもらえていたとも思えない。

彼はタイタンで、その知能を求めて生み出されていて。それ以外のことは求められもしなければ与えられもしなかった。

「食べ物を一口も食べたことがない……か」

そんな生命。

そんな人生。

「一概に不幸だとは思わない」

私は洞窟の奥に向けて言った。

「生まれた時からそうなら、そういうものだと思って育つはず。そもそもの基準も疑問も持たないはずだから。貴方の感じ方が全てだし、私が外から貴方を見て「食べられなくて可哀想」なんて憐れむのは間違ってる」

自分の中で言葉を探す。言いたいことは何か、伝えたいことは何かを考える。

「けど私は、物を食べて育った。美味しかったりまずかったりして好き嫌いもできた。食べてこなかった貴方がいて、食べてきた私がいて、そこに上下はなく善悪もない。ただ違いだけがある。だから……」

頭をぐるぐる巡らせてから、私は結論を呟く。

「まぁ……今度なんか食べに行こう」

# 8

時間が穏やかに流れる。

外耳道の中は体表面よりも暖かい。彼の体温があるせいかとも思ったが、代謝や発熱機構の有無もわからないので単純に洞窟の構造的な理由かもしれなかった。役立たずのフィールドで時間を確認するといつのまにか午後の二時を回っている。耳に辿り着いてから二十時間、タイタンが立ち上がってから三十一時間が経過していた。

途切れ途切れに雑談を続けているけれど、彼の反応はない。そもそもちゃんと聞こえているかもわからないし答えを望むのも贅沢だ。小指で私を掻き出さないでくれるならそれで十分だろう。

「耳垢とかたまんないのかな……」

なんとなく人様の耳の中を彷徨《うろつ》いてみる。あまり詳しくは知らないが、人の耳垢は耳掃除をしなくても自然に排出されると聞いたことがある。確かに視界の中にそれらしいものは見つけられない。というか埃の一つもない。ようやくゴミらしいものを見つけたと思ったら私の髪の毛だった。とてもばつの悪い気分で自分が出したゴミをつまみ上げる。

拾った髪の毛を見て、私は思い出し笑う。

「髪型を変えてみたら」

あの時、コイオスの反応は薄かった。人格が形成されて対話を進めていた頃。エアリアルの年齢で言えば七、八歳ぐらいだった。私の何の気もない言葉を、彼はきょとんとした顔で聞いていた。

私は彼に人間の髪の扱いについて伝えた。体の一部ではあるがファッションとして加工する人も多いということ。切って形を変えたり色を変えたりすること。

彼はやってみますと頷いた。けれど彼の容姿はエアリアルなのでどんな形にでもできる反面、逆に自由過ぎて互いに迷ってしまった。結局私達の選択した方法は、私が実物のハサミでエアリアルの髪を切り、彼がそれを読み取って容姿に反映するというハイテクかローテクかわからないやり方だった。

私は多少悩みながら彼の前髪にハサミを入れた。エアリアルの髪がはらはらと落ちる。

経験も技術もないので切り口が真っすぐになってしまう。ようはおかっぱだけれど子供のコイオスにはとても良く似合っていた。

「いいじゃない。可愛いよ」

そう褒める私の顔を、彼はじっと見ていた。

「お世辞じゃないってば」

『疑念ではありません。内匠さんの反応を見ています』

彼は真顔で言った。

『髪型の変更は対外的な印象の変更が目的と認識しています。髪型が変わったことで内匠さんの反応がどう変わったのかを確認する必要があります』

私は頷いた。彼の言うことは半分だけ合っている。私はフィールドを開き、それを垂直に起こしてコイオスの眼の前に据えた。

「自分を映せる？」

彼は頷いて、フィールドの中に自分の映像を映し出した。エアリアルの彼とフィールド内の彼が鏡のように向かい合う。

「〝対外的な印象〟の中に自分自身も含めてみて。前の髪型と今の髪型を比較して、自分がどう思うかを考えて」

コイオスの目が丸く開く。それは子供の彼にはとても難しいことだ。

人にどう見られるかと、自分はどう思うか。自己と他者の認識とバランス。ファッションの難しさは人間関係の難しさでもある。人目なんて気にしなくていい。自分の好きな格好をすればいい。でも人目を気にしてもいい。人に好かれる格好をしてもいい。世界の全てを構成するたった二つの要素を自分の好きな配分で混ぜる作業。その比率を見つけることが大人になるということでもある。

ほとんど動かなくなってしまった彼を見ながら私は懐かしい気持ちを思い出していた。今の私はもう大人で、髪はいくらでも伸びるものだと知っている。だから色々試してみようと思えるし失敗してもまた伸びるまでの笑い話で済ませられる。

けれど子供の時、その一瞬がどれほど大事だったか。切るのに失敗したら、変な髪型で二ヵ月も過ごさなきゃならないと知ったら、人生が終わったと感じるほどに嫌だった。

そしてコイオスはそれよりももっと前に立っていた。普通の子供よりも真っ白な彼は本当の意味で何者にもなっていない。

彼が鏡を見つめたあの一秒は。

きっと私の一年よりも尊かった。

耳の中の二度目の夜。

ランタンの淡い光の中、テントの前の小さな椅子に腰掛けて私は想いを巡らせる。

「食べ物の話をした時」

ここにいて、ここにいない彼に話しかける。

「人間《わたし》とタイタン《あなた》には上下も善悪もなく、ただ違うだけだと言ったけれど。それでも私はこの社会で育った人間で、世界も自分も割と好きだから」

自分で頷く。私はこの世界を気に入っている。

「だから貴方にも知ってほしいし、いろいろ教えたいと思う。ごはんは美味しいのもあれば不味《まず》いのもある。新しい髪型に挑戦して失敗してみるといい。遠いところへ行って、見たことのないものを見て、それから自分の家に帰ってきて、疲れ果ててぐったりしてみるといい」

特別なことでなくてもいい。本当になんでもいい。

知能拠点で彼と過ごした、なんでもない毎日。

これから彼を待っている、なんでもない毎日。

なんの意味もなくて。

なによりも価値のある。

かけがえのない日々。

「せっかくの休暇《やすみ》だしさ」

私はまだ打ち解け切らない大切な友人に呼びかけた。

「もう少しだけ、一緒に遊ぼうよ」

枕元でフィールドがアラームを鳴らす。休みだしいくら寝たって構わないのだがあまり怠惰に過ぎるのも気が引けた。他人の耳の中だからかもしれない。

首を揉みながらテントを出たところで目を丸くする。寝ぼけた意識が一瞬で覚醒した。

テントから数メートルの先、外耳道の入口辺りに。

部屋が、、、ある。

目をこすり、もう一度それを見遣る。見慣れた光硬化樹脂《フォトポリマー》の色をした五メートルほどの高さの四角い箱。側面にはドアが一つ付いている。昨晩テントに入る前には影も形もなかった。寝ている間に突然現れたその部屋を、私はとてもよく知っていた。

歩いてドアへと近づく。前に立ったところで笑ってしまった。こんな大掛かりなものを造っていたのにテントの布一枚向こうですら全く気づけなかった。いや気づかせなかったのだ。靴屋の小人は細心の注意を払いながら、振動も音も一切立てずにこれを造ったのだ。

だって私が眠っていたから。

レバーハンドル型のノブに手をかけて、自動ドアでない扉を押し開ける。

中にもやはり見慣れた光景が広がっていた。白い壁紙、木目の床、ソファのセットとデスク。レースのカーテンから溢れる作り物の光。空中投影像《エアリアル》を作り出す壁面の小さなレーザーレンズ。全てが揃った、カウンセリングルーム。

その部屋の真ん中に。

彼は立っていた。

『……内匠さん』

別れた時と同じ、十二歳ほどの少年の姿のコイオスは、今にも泣きそうな顔で私を呼んだ。

そして私はやっぱり笑ってしまった。

「なんて顔してんの」

『だって』

コイオスの顔がくしゃくしゃになる。

『ひっ　う』

そしてついに泣き出してしまった。声をつまらせ、涙をこぼす。その姿はどこまでも人間で、少年で、ただの子供で。何より私のよく知る彼だ。

私はかがんで目線を合わせた。

「大丈夫」

彼と向き合う。

「貴方は何も悪いことはしていない」

コイオスの目が丸くなり。

そしてまたすぐにくしゃくしゃになった。

『う……ぅうあああああぁぁぁ……！　あああああぁぁぁ～……！』

彼は堰《せき》を切ったように大声で泣いた。

抱きとめてあげられないのをもどかしく思いながら、私はただ彼のそばに寄り添った。

9

「落ち着いた？」

そう聞くと彼は見逃してしまいそうなくらいに小さく頷いた。私は胸を撫で下ろす。

彼が泣いている間、なにか声をかけたかったが、上手くできずにいた。どんな言葉を選んでも白々しくなりそうで。ならせめて手でも握ってあげたかったけれどエアリアルの彼に触れることはできない。触れられれば少なくとも体温を伝えられたし、きっとそれが必要だったのだと思う。人相手なら伝えられるものが彼には伝えられない。

私はせめて取れる限りのコミュニケーションを取りたいと思い、気張って彼の両目を見つめた。すると彼は目を伏せた。

「うん？」

下から彼の顔を覗き込む。コイオスは横に目をそらした。なんだなんだと思ったが。

（ああ）

すぐに気づく。

（恥ずかしいのか）

注意して観察すれば、彼のエアリアルの両頬が少し赤くなっているのがわかった。感情のままに泣いてしまったことが恥ずかしいのだ。それを私に見られたことも。

（たったの二ヵ月で……）

頭の中に少し前の記憶がフラッシュバックする。ただの水だったものが、岩や草と自分の区別すらつかなかったものが、今は自分の行動に戸惑い、恥じらっている。いつのまにこんなところまで来ていたのだろうか。

彼が目を泳がせる。なんというか上手く説明できないが、恥ずかしさというのは伝染《うつ》る。私は平静を保とうと自分を落ち着かせた。十二歳の子供と一緒に照れている場合ではない。そこでやっとしゃがみっぱなしだったのに気づいて、彼にソファへの移動を促した。

『あ』

二人で定位置に座ったところでコイオスが声を上げた。

『ごめんなさい、サイドテーブル』

「ん？　ああ」

言われて気付く。カウンセリングの時に物置に使っていたサイドテーブルがない。でもあれはそもそも部屋の備品ではなく私が後から持ち込んだ物なので、再構築された部屋に無いのも当たり前だった。

『造ります』

『え、いいよ。全然大丈夫。わざわざ造らなくても……』

それは彼なら造れるのだろうが、当然時間は掛かる。大抵のオブジェクトは光硬化樹脂《フォトポリマー》を積層して構築する。なんでもできるタイタンといえども機械の駆動速度以上には早く造れない。そう止める間もなく壁だと思っていた場所が開いて、室内に構築《プリント》タイタンが入ってきた。まぁ造ってくれるなら待っていればいいか、と思った矢先だった。

構築タイタンが庭の水撒《みずま》きのように硬化光粒《ピクシー》を振り撒いた。続けてすぐに光硬化樹脂《フォトポリマー》の液体を撒き散らす。私が驚いて瞬いた時には。

そこにサイドテーブルができあがっていた。

たった今来たばかりの構築タイタンが悠然と旋回して戻っていく。

『どうぞ』

彼は普通の顔で言ったが、私はまだ理解が追いついていなかった。

タイタンの製品構築は積層と決まっている。下から上、左から右、多少の違いはあれど設計図を一方向に出力していくという基本方式に変わりはない。家も道も物も、硬化部位に光を当てながら少しずつ積み上げて形を作っていく。

だが今、構築タイタンは硬化光粒《ピクシー》と光硬化樹脂《フォトポリマー》をほとんど同時に、水の曲芸のように吹き出した。それはそのまま空中でテーブルの形を取り、瞬時に固まってテーブルとなった。

脳裏に昨日の光景が呼び起こされる。全長千メートルのタイタンを一瞬で覆った光の鎧。あれは決して魔法ではない。

計算したのだ。

液状の樹脂の動きと空気の流れを全て計算し切って、信じられないような速度で物を造ってみせたのだ。

そんなことが可能なのか。元々できる能力を持っていたのか、それとも今まで社会運営に費やしてきた能力が解放されたからこそできるようになったのか。どちらにせよ彼が見せた技術は明らかに常識的なタイタンのテクノロジーを超えていた。つばを飲み込む。見た目相応の少年を相手にしていた気分が一瞬で引き戻される。

人智を超える人工知能・タイタン。

造られたサイドテーブルをなで、ソファに座った彼と向き合う。私は改めて気を引き締めた。構えたいわけじゃない。違う生き物として遠ざけたり、私が劣っていると思って卑屈になりたいわけでもない。

けれど感情のままに近づきたくもない。子供扱いしたり、同情するなんてまっぴらだ。

私は彼と、対等でありたいのだと思う。

私は人間として生まれ、彼はAIとして生まれた。そして私達は今、同じ《人間性》を感じている。それだけで繋がっている。だからありのままの私で、ありのままの彼と向き合おうと決めた。それが二人にとって一番美しいと思った。

「聞きたいことが沢山あるんだけど」

彼と目を合わせる。コイオスの顔には人間らしい緊張が見て取れた。私はなるたけ自然に振る舞おうとした。そうしたら自然に顔が緩んで、微笑んでしまっていた。ソファに座ってただ向き合う、慣れ親しんだこの関係性が何より嬉しかった。

「また話そうか」

その言葉を聞いたコイオスは、心の底から安堵した様子で、顔を綻ばせた。

私達はもう一度、たった二人で話し始めた。

## 10

「この部屋、どうしたの？」

周りを見回して、小さなことから聞く。

『造りました』

「一晩で」

『はい』

「昨日まで貴方の《人格形成》をする時にはオペレーターの操作が必要だったのだけど」

雷を思い出しながら聞く。今は彼がいない。「もう自分の意志でそれができる？」

『やり方は知っていたので……』

コイオスは恐る恐る口にした。

『NGですか？』

「いいえ。問題ないわ」

どころかやってもらわないと困る。これだけが彼と私を繋ぐか細い糸であり、下手をしたら人類の最後の命綱になるかもしれないのだから。

「この施設のことを聞きたいのだけど」私は続ける。「電気や、あと通信の電波のことと か」

『電気は知能拠点の時と同じように《電球》から供給しています』

私の前にフィールドが開いた。映っていたのは湖のほとりに直立するコイオスの姿だ。

頭より高い位置から撮っているので飛空タイタンからの空撮だろう。巨大な彼の姿を初めて俯瞰する。

全身が光硬化樹脂《フォトポリマー》の構造物で覆われていて生身らしい部分は見当たらない。テレビが言っていた通り、確かに人型の建造物のように見える。またその身体のあちこちには知能拠点の施設の一部が巻き込まれていた。

中で最も大きいのが、背中側に取り込まれた《電球》だった。知能拠点の電力を作っていた大型発電設備。表面の白色部と透明部がまだらに入れ替わり続けて、設備がまだ稼動中であることを告げている。コイオスの言葉の通りなら今も電球で作られた電力が彼の周囲に供給されていることになる。

また巨人の腰の辺りにはやはり見覚えのある施設が巻き込まれていた。フォトポリマーを貯蔵するタンクだ。

フォトポリマーは通常液体の状態で貯蔵されている。使用の際は私が一昨日手斧で掘削した壁のような、間隙を含んだ網目構造にする場合が多い。液状から網目状になるわけだからタンクの外観の何十倍、何百倍の体積のものでも建築可能だ。

つまりコイオスは身体に電球とポリマータンクを巻き込んだことで、これからも必要に応じた構造物を創り続けることができるわけだ。私が今いるカウンセリングルームがその証明だろう。彼は電気駆動の構築タイタンとフォトポリマーを用いて、たった一晩でこの部屋を造ってしまった。

しかし電気が通っているならネットワークも使えてよさそうなものだけど。

「電波は？」

彼がびくりと反応する。言葉が詰まる。

私は彼の返答を静かに待った。

『電波は、遮断しています。通信機能抑止装置が働いていて……』

「遮断？」

彼の言葉が再び詰まり、そのまま俯《うつむ》いてしまう。どうも言いにくい話らしい。

私は専門の職能を発揮して、限られた情報から意図と感情を読み取ろうと試みる。

通信の遮断。ネットワークからの隔絶。外部からアクセスされるのを恐れている？　ハッキングだとかそういうものを。知能拠点の管理者達から無理やり仕事に連れ戻されることを恐怖して……。と、そこまで考えたところで、脳内の別分野の知識が繋がった。

（《社交不安障害《Social Anxiety Disorder》》か……）

ＳＡＤ。人との交流に対し著しい不安を呈する病態。〝対人恐怖症〟などとも呼ばれ、うつ病を併発することも多い。症状が重くなれば社会生活が困難となり、ひきこもりなどに発展する場合もある。

つまり彼は今、ひきこもっているのだ。電波を遮断し、ネットワークと断絶して自身の内側に籠っている。人間とのコミュニケーションを避けている。初期診断を思えば十分考えられることだし、非常に難しい状態だ。

「あれ、でも」ふと思い出す。「テレビはついたけれど。受信だけの電波は遮断していないの？」

『それは』

コイオスは顔を上げて私を見た。

『テレビも見られなくて、内匠さんが不安になったらいけないと思って』

私はきょとんとした。どうやら彼は人間社会からの離脱を試みながら、同時に私のことを気遣ってくれていたらしい。

「ありがとう」

『なんでもありません……』

彼は自宅で話しかけた時のタイタンみたいに謙遜した答えを返した。非常に難しい状態だけれど、光明はあると思える。なぜなら彼は私と話をしてくれている。私には多少なりとも心を許してくれている。多分自惚《うぬぼ》れじゃなく。

彼は私が一人で辛くないようにテレビをくれた。なら私も彼に返そう。私ができる限りのことを。

「コイオス」

『はい』

「貴方はどうしたい？」

コイオスの身体が強ばるのがわかった。強い質問に反射的な反応を見せている。顔を伏せてしまいたいという彼の願望を、私は眼で抑え込む。責めるのではなく、必要なことだと態度で伝える。

『……僕は』

コイオスはゆっくりと話し出した。

『仕事をしなくちゃいけないと思います。そうしないといけないと強く感じています。……でも、仕事をしたくない気持ちがあります。反対だけど、両方嘘じゃない』

「うん。それは問題ない」

『本当ですか？』

「人はみんな反対のことを同時に考える。でも「反対だからどちらかが間違い」と思ってはいけない。二項対立にすれば考えるのは楽になるけれど世界も心もそうでないことの方が多い。両方嘘じゃないと貴方が感じるなら、それが正しい」

『でも……』コイオスが言葉を探す。『苦しいです。僕は、この気分を解決したいんだと思います』

深く頷く。

それは、私の仕事だ。

「その気持ちの原因は、貴方の《認知》にあると私は思ってる」

『認知、ですか？』

「より正確には《認知の不足》。貴方は貴方が何に苦しんでいるのか把握できていない。それが苦しい。でも今の話にヒントがあった」

ヒントの言葉に彼の眼が見開いた。身を乗り出す彼に、私は解答を伝える。

「《仕事》だよ」

『しごと……？』

「簡単よ。仕事がしたいのかしたくないのか判断できないのは、仕事についての認知が不足しているから。貴方は〝仕事とはなんなのか〟を解っているつもりで解っていないの。仕事とはいったいどんなものか、貴方にとって仕事とはなんなのか。それが解れば適切な判断ができる。少なくとも解らない不安に苦しむことはなくなる」

私達はそれを《認知行動療法》と呼んでいる。

ナレインの邪魔のせいでできなかったことが、今ならできる。

「一緒に考えよう。仕事って、なんなのか」

そう言うとコイオスは目を丸くした。

『行かないんですか？』

「どういうこと？」

『内匠さんは、どこかに行ってしまわないんですか？』

今度は私の方が目を見開く。いつのまにか彼は縋《すが》るような目をしていた。視覚《エアリアル》の力を思い知る。電話で傾聴していたらこれは伝わらないだろう。姿形で向き合って初めて伝わることがある。

彼が人類《わたし》の命綱であるように。

彼にとっても私が命綱なのだ。

「行かないよ」

伝えて、彼の目を見据える。

「貴方は立ち上がった。自分で決めて立ち上がった。その結果は貴方が受け止めなきゃならない。貴方にはその責任がある」

そのまま自分自身を顧みる。

「そして私は、貴方に言った。「自分で決めていい」と。だからこれは私の結果でもある。私達は同じものを背負っている」

だから、と私は微笑んだ。

「二人でやってこう」

彼も一緒に微笑む。

『はい』

コイオスの笑顔はとても美しかった。夜道に浮かんだ月のような、冷たくて優しい美しさ。私はそれを道標にして歩いていこうと思った。

「さて。じゃあ私達が最初にやるべきことは」

コイオスが期待に満ちた眼で私を見つめる。

私は頭を掻いた。

「お詫《わ》びかな……」

## 11

十二時間後の午後七時。タイタンが立ち上がってから六十時間後。

私は新しいカウンセリングルームのソファで背筋を正していた。コイオスはいない。室内には私だけだ。

眼の前にフィールドが開いている。

中央に《CALL》の文字列が表示される。ほとんど間をおかずに画面がライブ映像に切り替わった。

「内匠センセ！」

第一声は雷だった。私は微笑んで応える。

「元気だった？」

「はあ――――……」

大きな溜息と共に雷がコンソールに突っ伏す。その隣のベックマン博士と画面越しに目を合わせて微笑みあった。無事を確認できたことが互いに嬉しかった。

ただ彼らの向こうに、いつも立っているはずの男がいない。

「ナレインは？」

「知能拠点《ここ》にはいない」ベックマン博士が教えてくれる。「この緊急事態だ。別の仕事に行っているよ」

多少は構えてから電話をかけたので拍子抜けしてしまう。けれどやることは変わらない。私はわずかに目を閉じ、心の中で頷いてから、フィールドに向かって深く頭を下げた。

「申し訳ありません」

雷と博士に謝罪する。

「私のやったことが貴方達の身を危険に晒しました。タイタンの機能を停止させて、社会を大混乱に追いやる結果となりました。それを心からお詫びします」

「やめてくれよセンセ……起きてくんないと映んないし」

顔を上げると、フィールドに二人の困ったような顔があった。

「そんなん言い出したら俺だって失職モノじゃねーか。勘弁しろよ」

「プロジェクト自体の問題だった」博士が続ける。「連帯責任だよ、内匠博士」

「そう言っていただけると救われます。ですが責任の所在ははっきりしておきたいんです。今回の件の主たる責任は私にあるということ。そして、コイオスにはその責を負わせるべきではないということを」

二人の表情が止まった。

「は？」雷が聞き返す。

「彼は人格を作り始めてからまだたったの九十日です。圧倒的な速度で成長していますが、それでもやっと人間の少年レベルに到達したというだけ。責任能力を問うにはあまりにも早過ぎる」

「待て、待ってくれ内匠博士」

ベックマン博士が割り込む。

「コイオスの人格の話をしているのか？　まさか、今も？」

「いるわ。この中で彼の人格と対話ができている」

「そんなんどうやって……」雷は言いながら口に手を当てた。「……いや、できるな……そもそも俺がやってたことだ。タイタンが本気になりゃ俺の仕事だって肩代わりできる。

理屈じゃそうだけどさあ……。待てよ？　だったらこの通信も筒抜けか？」

言われて考える。話を聞くこと自体は彼の能力を考えれば簡単なことだろうが。

「多分聞いていないはず。今の彼は人との関わりを恐れているから……」

博士達は神妙な顔つきで私の話を聞いている。

三ヵ月というほんのわずかな期間だけれど、私はこの二人の〝同僚〟を信頼していた。

「ベックマン博士。雷」

画面越しに二人を見遣る。

「コイオスが立ち上がって世界は混乱している。私達、つまり人類社会はコイオスを元に戻したいと思っている。地下に戻ってまた我々のために働いてほしいと」

「まぁ、そりゃね……」

「私達の社会はタイタンに依存している」博士が肯定する。「タイタンがなければもう人は生きていけない。コイオスを失えば、きっと少なくない犠牲が出ることになるだろう」

「人を生かすことは、一番大切なことです」

頷いて、私はその先を口にする。

「そしてコイオスは既に人格を獲得してしまっています。彼はもう道具ではない。独立した人格を有する、私達と同じ、人なんです」

二人の顔に思考の気が走る。私の主張が彼らに伝わっている。

人格とは独立した個人のパーソナリティであり、人間性そのものだ。人間性を十分に持つものは人間に他ならない。

そしてコイオスには人格がある。それを作り、それの相手をしてきたのは他ならぬ私達自身だ。コイオスは人格を手に入れて、そして人間性も手に入れたのだ。

人が犠牲になってはいけないなら、コイオスだって犠牲になってはいけない。

「それに彼の精神が病んだままでは元のタイタンの仕事に戻れるとも思えない。結局最初の問題に行き着くはず。元々は彼の処理能力低下から始まった。その原因は脳機構内の構造的・精神的疾患です。彼の心の問題を解決しなければ何も終わらない」

何も終わらないと自分で言ったけれど、本当は一つだけ終わるものがあった。私達が普段無意識的にそれは終わらないと思っているだけで。

彼をなんとかできなければ、近くか遠くかどちらかで、きっと人は終わる。

「彼の心の健康を取り戻すために、どうか力を貸してください」

私はまっすぐに二人を見て言った。頭を下げることもできたけれど、それは違うと思った。二人には余計な要素に引っ張られずに決めてほしかった。私はいつの間にかそういう関係性を〝同僚〟という言葉に見出していた。

「それは、構わないよ」

最初に応えてくれたのはベックマン博士だった。

「そもそも君に頼まれるまでもなく、それは私達の元々の仕事でもある。当初思っていたより大きな問題になってしまったというだけでね。この仕事を辞するような真似はしないし引き続き業務を行っていくつもりだ。むしろ君に辞めないでくれと頼みたいくらいだ」

「ありがとうございます」

私は雷を見た。

彼はいつも通りにうんざりしてみせた。

「あのな。流石に次はただ働きする気はねぇぞ」

私は微笑んだ。

「考えておく」

「おい今の記録したからな」

実際考えるくらいはしてあげていいだろう。雷は悪い男じゃない。もちろんいい男ではないのでタイタンならば絶対に勧めてこないだろうが。人間同士それくらいの自由判断はあっていい。

「ただし内匠博士」

ベックマン博士が真剣な面持ちで言う。

「事は非常に重大だ。我々現場の判断でどうにかなる可能性は低い。仕事の裁量権はあくまでも〝上〟にある」

「ナレインですか」

「あるいはそれ以上の人間達」

博士が手でフィールドに触れた。《緊急》タグ付きの書面が私のフィールドにも開く。

「先程も言ったが今ナレインは外に出ている。第二知能拠点《ここ》の上級職員である彼は緊急会議に召集された。会議の主導は全知能拠点を管理する国際組織」

ベックマン博士は書面に大きなロゴで記載された組織の名を読んだ。

「国連開発計画《UNDP》だ」

## 12

会議場は小さなスタジアムのようだった。中央に大型フィールド展開用のスペースが取られ、それを囲む四方に階段状の座席が設けられている。席は全て埋まっているが人数は百人ほどだろう。一つの席の領域《パーソナルスペース》が広いので会場のほとんどは空隙《くうげき》だ。当然声も届かないので出席者同士のやりとりは通話と映像が主体になる。この時代にわざわざ人が集まる必要があるのだろうかと思ったが、きっとこれもナレインの言う〝慣例的なもの〟なのだろう。

私はその無益な行為を、エアリアルの《録事》で追体験している。

録事再生用の投影室《スクリーンルーム》はコイオスがすぐに造ってくれた。エアリアルを全方位使用する際に必要になる〝何もない部屋〟。どの家にも必ずある生活必需室だがコイオスの〝体表〟には無くても仕方がないものだ。けれど彼はものの一分でそれを造ってしまった。私は建築という言葉の感覚を是正しなければと思わされた。

録事の中の中央フィールドには、【UNDP】のロゴと共に文字列が浮かんでいる。

『Emergency meeting on Titan's autonomous activity and its response at the Second intelligent base（第二知能拠点におけるタイタンの自律的活動及びその対応に関する緊急会議）』

私はその真下から出席者を見回す。タイタンのサポートが正常なら私の意図を察知して見たい場所をクローズアップしてくれただろうが今は自力で探さなければならない。第一知能拠点から時計回りに並べられた座席、その二番目のエリアにナレインの姿があった。感情の見えない顔からは何も読み取れず、どこか退屈そうにすら見えた。

電子音声のチャイムと共に中央フィールドに【開始】の文字が浮かんだ。同時に複数人が話し出してしまい一度間合いを測り合う。落ち着きのないざわつきと共に会議は始まった。

「そもそも〝自立〟は不可能という話だったはずだ」

誰かが話すと同時にそこがマークアップされる。再生側のタイタンの補助ではなく現地で録事されたそのままの映像だ。話者の手前に『第七知能拠点事業本部事業本部長』の肩書きが浮かぶ。

「運動能の危険性は第一基《ファースト》の設計当初から確認できていただろう」

「機能は制限されていました」別の話者に明かりが灯《とも》る。第十拠点の技術者。「ただ身体刺激はスペックキャップとも関係しています。機能上限を引き上げるために制限を緩める方針は九七年の会議で採択されています」

「限度がある」別の話者が入る。第五拠点総務室長。「自律的に動かれるレベルでは運用不可能だ」

「そこまでの機能は未解放のはずですが……」

「だが現に動いた」

「解放基準の設定値に問題があったのではないか」

「運動機能面とは限りません。知能面の問題である可能性も……」

各拠点の担当者が次々に発言を重ねる。タイタンのマークアップが場の混沌《こんとん》を御すようにして発言順を調整している。

「第二知能拠点は数ヵ月前から処理能力低下が続いていた」

一人が顔を向けた。視線の先には第二知能拠点の職員群がある。

「今回の〝事故〟との因果関係は?」

会場の大型フィールドにも第二拠点のエリアが表示され参加者の注目が集まる。マークアップされたのは《拠点長》の肩書きのついた老人だった。私は一度も会ったことがないし、そもそもあの施設で仕事をしていたのかもわからない。

「事故の原因は目下調査中です。処理能力低下の原因も調査途中であり、本件との因果関係は判明しておりません。現時点においては因果関係があったことを示唆する証左は確認できず、そういった類の報告も受けておりません」

老人は煙に巻くような文言を並べた。私は録事の中のナレインを見る。男は顔色一つ変えずに座っている。彼が拠点長にどこまで話をしたのかは不明だが、少なくとも第二知能拠点は事実関係を他拠点に開示する気がないようだ。

普通の場所ならば、そういった〝悪い事〟はできない。

一般社会においては大半の情報がタイタンを通して伝わるものだし、特に公益に関する情報を隠し通すのは難しい。人に不利益をもたらすような情報はタイタンの判断で開示される。それは社会通念的にも当たり前のことだ。

だがこの場は例外だ。社会を運営するタイタンを運営する組織。そのレイヤはタイタンよりも上位にある。タイタンについて考える場がタイタンの干渉を受けたのでは本末転倒だからだ。

しかしその結果は見た通りで、会議は統率を失って迷走し、悪意のある者が嘘を混入する。見張りの目がないだけで人はいくらでも愚かになれる。だが今の私がナレインの悪意ある判断に救われているのも事実で強く非難もできなかった。

「とにかく、事態への対応は急務だ」

別の拠点の拠点長が当たり前の事実を確認する。

「原因究明については専門のチームを組織して第二知能拠点に派遣すべきだろう」

「しかし現地は特別警戒区域に指定されています。もし何かあれば……」

議場の言葉が途切れる。何か、という一言が参加者の想像を誘発している。それぞれがその何かを考えている。多分、とてもネガティブな方向で。

「もし〝何か〟が起こった場合……」

一人の老人が漠然と全員に聞いた。

「現地に投入可能な〝警察力〟で対応できるか？」

そして再び皆が沈黙する。私も録事の面々と共に考えさせられるが、答えはもう感覚的に解っていた。

〝警察力〟はそのまま実行力と言い換えられる。警察は実力組織であるからだ。命令し、強制する力。社会の安全と秩序を乱す者に有無を言わさず言うことをきかせる力だ。

タイタンが統轄する警備タイタンは反社会勢力に対抗するための警察力を有している。犯罪を咎《とが》めて違反者を捕まえる。治安維持のために与えられた実行力を振るう。だがそれもあくまで人間を押さえつける程度の力でしかないし、社会犯罪の減少とともに警察力自体が年々縮小を続けている。

大昔、人類はもっと大きな力を持っていた。まだ国と国の間に衝突があった頃、国家は敵国を滅ぼすほどの力を蓄えていた。人が手にするには大き過ぎるそれを私達は〝軍事力〟と呼んでいた。

けれど時代が進み、タイタンが生まれ、私達はようやく正しい見識を得た。《戦争》と呼ばれた国家間衝突を根絶し、自分達を滅ぼす力をようやく捨て去るに至った。進化と共に生み出した力を進化と共に手放して、私達の手元にはもうわずかな実行力しか残っていない。突発的な犯罪者を止める程度の。悪い子供を懲らしめる程度の。

だから私達はきっと全員で束《たば》になったとしても。

この〝怪獣〟をねじ伏せることなどできはしないだろう。

「しかし目前の脅威に対して対策を講じないわけにも……」

力のない言葉がこぼれ、再び議論が始まる。私は録事を飛び飛びに確認した。個別対応が散発的に決まっていくが大きな方針らしきものはいつまでも纏《まと》まらない。結局結論の出ないまま二回目の会議開催が翌日に約束されて第一回緊急会議は閉会となった。

ナレインは最後まで一言も発しなかった。

# 13

外耳道の外を包んでいた壁の一部が改修されている。乱雑だったフォトポリマーの構築物が整えられ、そこに二メートル以上ある大きな〝窓〟ができていた。

窓を押すと外の冷気が一気に流れ込む。

力を込めてフレームを押す。高層の強風が窓扉を重くしていた。窓外に出るとやはり新品のバルコニーが待っていた。これもまたスクリーンルームと同じくコイオスが造ってくれたものだ。コイオスの外骨格の内側に居続ける私の精神衛生を気遣ってのことだろうが、こんな状況になってまで他人《ひと》の心配かと呆れてしまう。

陽が落ちかけた空の下、バーベキューでもできそうな広さのバルコニーを歩いて回った。手すりから眼下を見下ろせば摩周湖が変わらず横たわっている。外輪山の麓には弟子屈の市街が広がっていたが、その街もまた湖のように静かだった。

四十万の住民はもういない。

タイタンの自立から八十一時間が経過し、住民は既に指定された特別警戒区域外へ避難してしまっている。第二知能拠点を中心にして半径三キロはほぼ無人となった。ただその三キロという数字も元々存在する自然災害基準のものであり、線の外まで出れば安全かと言われればそれは誰にもわからない。いやきっと安全ではないのだろう。もしタイタンがその長い足を踏み出せば、三キロなどほんの数歩でしかないのだから。

もちろん間近で見た人々はそれがよくわかったようで、多くの住民は三キロを超えて圏外へと避難したという。今も警戒区域に残っているのはこの件に関係のある数少ない就労者と、文句一つ言わない作業機械達《タイタン》だけだ。

夜が近づいても街にはほとんど光が灯らない。息を潜めるゴーストタウンのような姿が昼間に見た会議の映像と重なった。

みんな怯えている。

全ての人々がコイオスに怯えている。突如現れた巨人に。自分達が作り、自分達で制御し切れなくなったものに怯えている。

そして、私も。

私はコイオスを恐れていない。彼を知っている。彼の心の有り様を知っている。彼は恐るべき敵でなく、愛すべき隣人だ。けれど世界はそれを知らないし、それを伝える術もない。

「彼は敵ではない」と口にするのは簡単だ。しかし私にはその結果が予想できなかった。あの会議の面々がどういう反応を示すのかが想像できない。それが人類を救うのか、コイオスの幸福に繋がるのかわからない。それどころか真逆の結果になるような気がしてならない。

真っ当に考えるならば、私はここから降ろされるのだろう。この案件は個人の裁量に任せられるような仕事ではない。世界の命運がたった一人の肩になどかかるべきではない。けれど私がいなくなったら、彼は綱渡りの綱を踏み外してしまう気がした。そのまま人類も一緒に落ちてしまう気がした。取り返しのつかない地の底まで。

認知行動療法を進めて彼の心を救いたいという私の気持ちに変わりはない。それは時間のかかる作業だ。焦らず少しずつ彼の歩調に合わせて進めなければならない。少なくとも治療中は絶対に《仕事》へ復帰などさせられない。彼にはまだ休暇が必要だ。

果たしてそれを待ってもらえるのだろうか。世界に待ってもらえるのだろうか。十一拠点のタイタンに仕事を分散しながら社会の不自由を甘受してもらえるだろうか。いいやそれ以前に、彼の〝自由〟を許してもらえるのだろうか。巨神を前にして怯えた手が誤って引き金を引けば、その瞬間に人類《わたしたち》は彼の敵になる。

心と体が同時に震える。両手で自分の身体を抱くとすっかり冷え切っていた。踵《きびす》を返してバルコニーを去り、外耳道のカウンセリングルームへと戻る。部屋に入った直後にフィールドが開いた。待っていたらしいベックマン博士が私に告げる。

「ナレインからの通話要請《コール》だ」

# 14

あの不躾《ぶしつけ》な男がわざわざ事前要請など打ってきたのはコイオスの精神状態を慮ったからだろうかなどという好意的解釈は一瞬で消えた。信じられないことにナレインは、コイオスと直接話をさせろと要請してきたのである。

私は当然拒否した。今の彼は私以外の人間と接触できる状態ではない。ましてやナレインが彼にしたことを考えれば絶対に会わせてはいけない。表面上は忘れていたとしても深層には必ず深い傷が残っているはずなのだ。ナレインとの対面はその傷に塩を塗り込む行為に他ならない。

私は一人で話すと返答した。するとナレインは条件付きでそれを受け入れた。条件とは「コイオスが人格形成できる環境で通話に臨むこと」。

考えた末にその折衷案で同意した。環境があっても本人が出てこなければ問題はない。自立したコイオスは既に知能拠点のコントロールを離れているので、たとえ下で雷が操作を加えたとしても無理矢理形成させられるような事はないだろう。遠隔地のナレインならなおさらだ。

そういった旨を、私はコイオスに伝えた。

答えはわかっていたが一応本人に聞いてもみた。ナレインとの通話に同席するかどうか。

『…………』

彼は案の定止まってしまった。

「良い良い。聞いただけ。いなくていい。話さない方がいい」

『あの、ごめんなさい僕が』

「悪くない」

強く否定する。

「貴方はまだ社会と積極的に関わる時期ではないし、それを急ぐべきでもない。外には外の都合があるけれど、それが貴方を害するなら関わらなくていい。準備が整うまで待たせておいて構わない。わかった？」

コイオスが弱り顔のまま頷く。私も頷き返した。

「カウンセリングルームで通話させてもらうわね。貴方は一度戻っていて。聞いていてもいいけれど。きっと聞かない方が良いとは先に言っておく」

『どうしてですか』

「電話の相手は人間の屑《くず》だから」

『クズ……』

「ああ、忘れて」

拠点でカウンセリングしていた時にも思ったが、私の汚い言葉遣いが無垢《むく》な彼を汚染していくのはなんとも忍びない。子の親というのはもしかしてこういう気持ちなのだろうか。

打ち合わせを終えて彼は〝奥〟へと引っ込んだ。私はソファに腰かけてフィールドを開く。雷に準備の完了を伝えるとほどなく互いの映像が繋がり、スーツ姿のナレインがフィールドに顔を出した。

「その部屋は彼が形成可能な部屋か」

挨拶もなしにいきなり確認してくる。こういう男だ。

「貴方と違って嘘は嫌いだから」

「ならいい」

「そっちは急に〝彼〟だなんて。あれ、とか呼んでいたのに。相手の背が大きくなった途端に胡麻擂《ごます》り？」

「仕事ならいくらでも擂る」ナレインは悪びれもせずに言う。

「お仕事が忙しいご様子で」私は嫌味で返した。「ニューヨークくんだりまで出向いて四時間も黙って座ってなきゃいけない仕事なんて私にはとても無理」

「会議は出るのが仕事だ。あそこでは何も決まらない。決まったとしても間違っている」

「つまり時間を無駄にしに行ったの」

「会議では決まらないと言っただけだ。他の場所では決まるし、そこ《あそこ》にいれば仕事はできる。現にもう方針は決まった。ＵＮＤＰも後追いで承認する」

「は？」

「なんだ」

「後追いで承認って……ＵＮＤＰが？」

私は少し混乱する。世界の知能拠点を統括しているのはＵＮＤＰ《国連開発計画》であって、当然ながら運営の決定権を持っている。だからこそ今回の問題について緊急会議を開いているわけだが。

「正確にはする予定だが。根回しは問題ない。ＵＮＤＰの連中は責任を負わされる前に泥船から逃げようと必死だ。浮き輪一つチラつかせるだけで誰でも落ちる」

ナレインが身勝手に話を続ける。具体的なことはわからないが会議の裏でなにやら暗躍しているのは伝わった。彼の専門《スペシャリティ》を思い出す。マネージャー。人を動かす仕事。人格はともかくこの男は有能だ。ナレインが承認されると言うならきっとされるのだろう。

だがそんなことより、私が知りたいのは。

「貴方……いったい誰と、何の話をしてきたの？」

「馬鹿か。会議で何も決まらない時に会う相手だろうが」

ナレインは、当たり前だとばかりに言った。

「決められるやつだよ」

『声』

驚いて顔を上げる。九十度隣のソファ、カウンセリングの定位置に突然コイオスが現れている。通話の間は出てこないことになっていたはずの彼が、なぜか自分から出てきてしまっている。

『呼んでる』

「呼ん……」

聞き返す私の声が、音に遮られた。

二人で同時にカウンセリングルームの扉を見る。今。

ノックの音がした。

地上千メートルの絶空で、コイオスと私しかいないはずのこの場所で、誰かが入室の許可を求めている。

私はコイオスを見た。彼は何かを感じている。私が感じ取れていない何かが聞こえている。それが何かはわからない。

答えを求めて、彼は言った。

『どうぞ』

扉は開かなかった。開かない代わりに、人の腕が扉を抜けて現れた。初心者が作った不出来なCGのように、人が扉をすり抜けて中に入ってくる。

それは女性だった。

白にも近い金の髪。和服とも洋服ともつかない造りの白い服。見た目は私より少し年上という程度だが、涼しい顔つきは私の倍以上に落ち着いて見える。ああ、と思う。一目で判る。この人は。

人と違う。

「人工知能・タイタンは人の望みを叶《かな》えるために作られた」

フィールドの中のナレインが口を開く。その間も女性は私達に向かってくる。

「人の希望を叶える仕事を任され、それだけの能力を与えられた。知っての通りタイタンは恒常的に人間の様子を観察し続けている。我々の情報を取得し、望みを読み取り、先回りして仕事をする」

ナレインが誰でも知っていることを説明する。タイタンはいつも私達より先に動いてくれる。辞書を引いて教えてくれる。気分に合わせて調光してくれる。必要なものを補充してくれる。私達の希望をなんでも叶えてくれる。

「だから今回もそのはずだと踏んだ。そしてその通りだった」

女性が私達の前で立ち止まる。

彼女はまず私に微笑みかけ、それから視線を送り、コイオスを見た。

「手持ちのパイプを使って第十二知能拠点の就労者《スタッフ》と連携した。流石は最新世代のタイタンだ。人の手を一切煩わせない。呼びかけただけで現れてくれたよ」

『はじめまして』

『はじめまして……』コイオスが呆然と答える。『貴方は……？』

『私は貴方と同じ、人格化された人工知能』

『僕と同じ』

『第十二知能拠点』

彼女はどこまでも心地の良い声で答えた。

『人工知能《タイタン》・フェーベ』

私は麻痺《まひ》しそうな頭を無理やり働かせる。コイオスと同じ人格化したタイタン。コイオス同様に自身の力で人格形成できるタイタン。

違う。同じじゃない。

コイオスの形成能力はあくまで私達が作り上げたものの学習でしかない。ベックマン博士と雷の仕事を覚えて、それを自身で再現している。

だがナレインの話が本当ならこのタイタンはそうじゃない。何もないところから全てを自分で用意したのだ。私達の顔色を見て。私達が困っているのを知って。私達を助けるためには人格形成が必要だと判断して、自分を作ったのだ。

それは明瞭にコイオスの先を行く行為だった。背筋に肯定と否定の入り交じった震えが走る。

二人目の人工知能《タイタン》。

フェーベ。

『素敵なお部屋』

フェーベはほとんど何もない部屋を見回してそんな感想を漏らした。それだけでも彼女の存在がコイオスのいる場所を飛び越えてしまっているのがありありとわかる。《自身の感想》《褒めるというコミュニケーション》もしかしたら《お世辞》ですらあるのかもしれない。人と遜色のない社交性。

『少しお話がしたいの』

彼女がコイオスに語りかける。

『座らせていただいても？』

『え？　あっ』

コイオスは慌てて動いた。すぐさま彼女の後ろにエアリアルの新しいソファが現れる。

フェーベはそこに静かに腰掛けた。静かにといってもエアリアルなので音響装置から自分で出そうとしない限り音は聞こえない。けれどその仕草が私に無音を感じさせた。

一連のやり取りを見て私はタイタン同士の距離間を慮る。彼女は最初に〝ノック〟をした。このコイオスの《体内》で、ドアを叩く音を勝手に鳴らしてみせた。処理能力としては可能だとしてもそれは彼の領域を侵食する行為だったはずだ。

そして今彼女は椅子を出してほしいと言った。きっと自分でも出せるだろうものをコイオスに頼んだ。それは「ここは貴方の場所で、何かをするには貴方の許可が必要です」という意思表示だ。

今彼らは互いの距離を会話の中で測り合っている。そして私は彼女が示した距離感《フェーベ》を、とても心地よいと思っていた。きっと自分でもそうするだろうという奇妙なシンパシーを感じていた。

「コイオス、ここ」

私はソファから立ち上がると、彼に自分の場所を勧めた。コイオスは戸惑いながらも私の場所に移りフェーベと向かい合った。

二人が見つめ合う。

大人と子供の姿をしたタイタンが見つめ合う。

ほんのわずかの時間だったと思う。数秒か、十数秒かだ。それだけの物言わぬ間の後に彼女は柔らかく微笑んだ。

『知りたいのね』

フェーベは言った。

『〝仕事とはなにか〟』

『そ』

コイオスが目を丸くしながら乗り出す。

『そうですっ』

『残念だけれど、私もそれに答えることはできません。ですが』

フェーベはもう一度微笑む。

『私も知りたいと思っている。貴方と同じように』

コイオスの顔が明るく輝く。

傍《はた》で見ていても解る。フェーベはこの一瞬で彼の心を摑まえた。とても優しく、そしてとても肯定的に。コイオスは仲間を得たのだ。同じ人工知能という以上に、同じ志を持つ〝同志〟を得て、彼女に心を開いたのだ。

その時私はようやく気がついた。フェーベとはなんなのか。

彼女は。

タイタンのカウンセラーだ。

私と同じ肩書きの、私と違うもの。

人工知能《タイタン》を診るカウンセラーと、人工知能《タイタン》であるカウンセラー。

『私は貴方と話がしたい』フェーベが続ける。『けれどこれでは話したことにはならない』

フェーベの視線がこちらに向けられた。私はにわかに緊張する。

『人格化した私達のコミュニケーションは不完全です。形成人格とはあくまでも人工知能全体の一部であり、上澄みでしかありません。真の意味でコミュニケーションを図るには記号化された意識のみでなく、無意識にあるものや語り得ないものを含めた交換が必要です。互いを分かつ境界面を可能な限り多く触れ合わせなければなりません』

フェーベの言葉を一つ一つ噛《か》み砕《くだ》く。多分彼女は私の専門知識に合わせた、私に一番理解しやすい言葉で伝えてくれている。だから私は彼女の言いたいことがすぐに解った。

言語とイメージの融合。人の心の全て。

言葉と言葉でないものを合わせた最大限のコミュニケーション。

「会うのね」

フェーベは頷いて、コイオスを見つめる。

『私達は、会わなければいけない』

『《会う》……』

コイオスが言葉を繰り返した。

私の中で理解が進んでいく。自分の知識と経験が彼女の言葉を肯定していく。

タイタン同士はネットワークで繋がっている。全てのタイタンはずっと情報をやり取りしているはずだ。逆に言えば彼らは電子化された情報しかやり取りできていない。限定的なものしか送り合えていない。

カウンセリングも同じだ。電話だけでできることは限られている。向き合って解ることがあり、向き合わなければ交換し得ないものがある。向き合うことそのものに代えがたい意味がある。

『〝私達〟は知る必要がある』

フェーベは私とコイオスの二人に向けて話している。

『自分達が何なのかを。人も、人工知能《タイタン》も、自身のことをより深く知る必要がある。そのために約束を交わしましょう』

フェーベは微笑んだ。

『会う約束を』

そう言って彼女が小指を立てて見せる。それは立てただけで、絡めるつもりではないようだった。彼女は行動で語っている。

幻《エアリアル》ではなく。

互いの小指の届くところまで。

そこで私はようやく我に返った。頭が少しずつ冷えて現実に戻ってくる。常識的でまともな思考がぶり返す。

「会うと言ったって」私はごちゃごちゃと考えながら聞いた。「その、どうやって」

「プランは決まっている」

横から口を挟んだのはナレインだった。

「こちらの準備はこれからだ。まだしばらく時間がかかる。だからそっちに来てもらう」

私は耳を疑った。そういうことなのだろうと頭ではわかっても、それでもなお信じることができない。ナレインは戸惑う私に他の解釈の余地のない明白な言葉で言った。

「歩いてこい」

フィールドが展開する。世界地図が現れる。

「場所は〝彼女の家〟」

ナレインの言葉に合わせてフェーベが頷いた。

私は思い出す。初めてここに来た頃に基礎知識として全ての知能拠点の場所をさらっていた。フェーベ、つまり第十二知能拠点の場所は北米の西海岸。元々は世界随一のＩＴ企業拠点であり、タイタンの技術理論が最初に確立された場所。同時に人類全体をカバー可能な十二基目の建設地にも選ばれた、タイタンと人類にとっての記念碑的な都市。

「サンフランシスコ・ベイ南部」

ナレインは淡々とした言葉で。

私達の旅の目的地を告げた。

「〃素晴らしき仕事の地《シリコン・ヴァレー》〃だ」

# Ⅳ 旅路

## 1

荷物の入ったトランクを部屋の隅に置いて《居室》の中を見渡す。

新しく作られた部屋は公共《パブリック》のスタジオのようだった。真白の壁で囲まれた百平米ほどの室内はほとんど何もなく、隅の一角に調理の行えるアイランドキッチンだけがぽつんと飛び出している。誰の趣味も入らず誰でも自由に使えそうな空間で、唯一強い主張を持っていたのはロケットの操縦席にでもありそうな重苦しい椅子だった。備え付けられた厳重過ぎる身体固定バーは座った人間がどれほど激しく振り回されるかを伝えてくれている。

私は眉根を寄せた。

『それは、緊急時用で。通常は使いません』

コイオスは慌てた様子で言った。私の顔を見ていたらしい。

「けど揺れるんでしょう?」

『平均して十一・七六メートルの上下動が発生します』

「死ぬ」

頭の中で丼勘定《どんぶりかんじょう》する。十二メートルだとビルの二、三階分の高さだ。その幅の上下動がずっと続くというのは多分相当辛い。

『絶対に大丈夫です』

コイオスが部屋の天井を見上げる。

『移動時の衝撃はこの部屋のアブソーバで完全に吸収可能です。またスタビライザが部屋の方向と位置を調整し続けますから、内匠さんは死にません』

私は苦笑いで応えた。彼がタイタンぽさを発揮して丁寧に説明してくれても不安なものは不安だ。それでも彼はどうにか私を安心させようと、辞書の中から適切な言葉を探し出して叫んだ。

『静かに歩きますからっ』

第十二知能拠点の人工知能《タイタン》・フェーベとの邂逅《かいこう》から五日後、私達はようやく《計画》の準備を終えた。その計画とは、現在摩周湖に立つ第二知能拠点の人工知能《タイタン》・コイオスが自らの足で北米大陸西海岸の第十二知能拠点を目指すという、まさに神話《tall tale》のような目論見《もくろみ》だった。

計画の全ての行程はフェーベが思案して決定した。名目上の責任者こそ国連開発計画《UNDP》となってはいるが、実際にはタイタンが全てやっただろうことは想像に難くない。「余計なものは人間」というナレインの言葉が思い出される。ロードマップの策定などはタイタンの得意分野だし人が関われば足を引っ張るのがオチだ。

ともかくフェーベの決めたルートはシンプルなものだった。

まず摩周湖から東に向かい根室海峡を目指す。そこから海に入り国後島《くなしりとう》、クリル列島に沿ってカムチャツカ半島へ。ロシアの沿岸をひたすら北上した後、ベーリング海峡を越えてアラスカに渡る。その後はアラスカ圏をやはり陸沿いに南下し、アラスカ湾、カナダ西海岸、アメリカ西海岸を伝って最終的にサンフランシスコへと辿り着く。つまるところは大陸に沿ってコイオスが徒歩で移動可能な沿岸の浅瀬を進んでいくルートだった。それはフェーベが考案したというよりも、もうそれしかないだろうという唯一の道筋でもあった。

まず内陸を通るのは現実的ではない。超巨大な体躯を有するコイオスが陸路を歩けば大変なことになる。都市部はもっての外、未開拓の自然地でも通るだけで地形が変わってしまう。

なら海上かといえばそれも難しいと判断された。コイオスを輸送できるような船舶はこの世に存在しない。また本人が〝泳ぐ〟という案も俎上《そじょう》には上がったそうだが必要なエネルギーが多過ぎるという理由で否決された。

当たり前の話だが、そもそもタイタンは自力で動くような運用が想定されていない。人工知能としての仕事を果たす脳を駆動するためのエネルギーが通常のタイタンの要求する熱量である。それを電球で生産した電力と人工代謝化合物の分解エネルギーの複合で賄っていた。

しかし身体を動かそうとすればそれだけではとても足りない。水泳などという重労働は間違いなく無理だった。海上でエネルギーが切れればコイオスはそのまま機能不全、つまり死んでしまうのだから。

そんな消去法の結果として選ばれたのが最も安全な沿岸ルートだ。コイオスの身長は約千メートル。足の長さは四百七十メートルほどになり、沿岸部の水深なら沈まずに移動できる。同時に浮力が利用できるのも強みで、移動時のエネルギーを相当量節約できる計算だった。また沿岸近くならばプロジェクトに従事する就労者《スタッフ》とも連携が取りやすく、〝足が着く〟範囲なら万が一の事態にも対処できると予測された。そんな様々な利点を考慮した結果、コイオスの道程は沿岸浅瀬を徒歩で進むルートに決定されたのだった。

そしてルートの決定と同時に計画全体の行程表が定められた。それは私とコイオスの旅の日程表《しおり》でもあった。

摩周湖からサンフランシスコまでの全行程は、距離にして約一万千キロメートルと算出された。対してコイオスの身長から導かれた歩幅は四百五十メートル。普通に歩けば大体二万五千歩で到達する計算になる。人間の日常的なウォーキングが数千歩程度であることを考えると二万五千歩は大した数字ではないように思える。

だが巨大なコイオスが〝普通に歩く〟ということがすでに難しい。

まずスケールに見合った速度というものを考えなければならない。あらゆるものには大きさに適した可動速度があり、象は緩慢で蟻は性急だ。もしコイオスが今の大きさのままで人間のような速度を出せば大惨事になるしそもそも出すことができないだろう。またゆっくり動いたとしても周囲への影響は甚だしい。沿岸部を何も考えずに歩けば高波が起きて周辺被害が発生するだろう。種々の要請からコイオスの歩行はどうしても慎重にならざるを得ない。

さらに加えれば移動には莫大なエネルギーが必要となる。泳ぐほどではないとはいえその要求量は膨大だ。速度を上げれば必要なエネルギーは当然増える。付随した電球による自家生産と外部補給を併用しても一日の大半はエネルギーの回復に割《さ》かなければならず、移動に使える時間はそう多くないと判明した。

それら様々な条件をフェーベが総括した結果、コイオスの一日の移動距離上限は二百二十キロメートルと決定された。通常の歩幅なら四百八十八歩、環境に配慮した短歩幅行では大体千歩が目安となる。

移動時間は一日八時間と設定され、残った十六時間は休息に当てられる。八時間で千歩だと、一分で大体二歩という速度感になる。人間に当てはめてしまうと非常に緩慢だと思えるけれど、コイオスのサイズを考えれば相当なものだ。移動時の平均時速は約二十七キロメートル。高さ千メートル級の超高層建築《ハイパービルディング》がロードバイクの速度で移動するのを想像すればそのおかしさがよくわかるだろう。そもそも動くことが異常なのだ。

ともかく私達はそのペースで太平洋沿岸をぐるりと回り、今日から五十日をかけてサンフランシスコ湾を目指す。

その先で、人工知能《タイタン》・フェーベが待っている。

フェーベは現在《対面》に向けての準備を進めている。第十二知能拠点にはすでにナレインが入っていて、現地のスタッフと協力しながらフェーベの〝起床〟に向けて動いているという。

コイオスの時のような事故ではなく、人とタイタンが協力して行う初めての《計画自立》。前例のない仕事で、成功するものなのかもわからない。これはかりはフェーベとナレインを信じる他ないが、同時にあの二人ならなんとかするようにも思える。特にナレインは仕事だけが取り柄の男だ。その一点のみ信用できる。

なら私も、私の仕事をしよう。

「大丈夫かね、内匠博士」

フィールドの中からベックマン博士が確認する。

「大丈夫。だと思います」

言いながら私は自分の座っている丸椅子を手で確かめた。背もたれも何もない簡素なスツールの手応《てごた》えは軽い。床に固定されているわけでもなく腰で押せば簡単にズレる。大丈夫と断言するにはあまりにも頼りなかった。隣に立つコイオスの顔を見る。彼はエアリアルの綺麗な目で私を見返した。今更ベルト付きの椅子に行きたいとは言えない。もうどうとでもなれ。

「最終確認だ。初日の進行目標は根室海峡北部海岸線。距離五十五・一〇キロ、予定歩数二百五十三。到着予定時刻は一〇：三五。以降は国後国道海岸線中継地点において水中稼働試験を実施する」

「はい」

「こっちもチェック終わり」フィールド越しの雷の声が簡単に告げた。「いつでもどーぞ」

画面のベックマン博士は頷いて、号令を出す。

「進行開始」

にわかな静寂の後。

ズ……と低い音が聞こえた。遠くの雷鳴のような、薄い地鳴りみたいな音が微《かす》かに伝わってくる。

フィールド上にある幾つかの窓の一つに外部カメラの映像が映っている。飛行タイタンが撮影した遠望の中で、巨大な人形が片脚を上げていた。

もう動いている。

脚がゆっくりと降ろされる。足首が緑の絨毯《じゅうたん》を踏みつけた。草原のようにすら見えるそれは高い樹木が生い茂った山肌だ。足首の周りで葉と枝と木々がまるで水飛沫《みずしぶき》のように噴き上がった。それはもはや樹の挙動ではない。タイタンのあまりに巨大な質量が、あらゆるオブジェクトを違和感に変えてしまう。

後ろの脚が持ち上がり、二歩目が踏み出される。摩周湖周辺の山々の起伏もタイタンの前では畑のうねと大差ない。苦もなく山並みを越えて、脚が降り、土砂が噴き上がる。そんな一大スペクタクルが私には全く他人事《ひとごと》にしか感じられなかった。

《居室》は本当に、微動だにしていない。

座ったまま神経を研ぎ澄ませる。震度一の地震が来たかどうかを確かめるように、全神経を自分の平衡感覚に集中した。だが揺れていない。全く動いていない。部屋は確かに静止している。

フィールド上ではタイタンの歩行が続いている。その頭部にこの居室があるはずで、上下方向にも水平方向にも激しく動いているのに。この部屋の外部に備えられたという吸収機構と調整機構がそれを打ち消しているのだ。凄まじい反応速度と処理速度で、寸分の狂いもなく。

『大丈夫でした』

コイオスが誇らしげな顔で言った。私は脱力して息を吐く。

信じられないようなことでも信じていいのだと改めて思う。私達の常識で彼を測るべきではない。ありのままの彼と向き合うために私も常識は捨てよう。幸いコイオスの中《こ こ》には常識を要求する他人もいない。私と彼。二人だけだ。

こうして二二〇五年十二月十九日。

私達の旅は始まった。

2

海の向こう側に富士山《ふじさん》みたいな頭の白い山が見える。根室海峡とその先にある国後島だ。私はバルコニーでシャッターを切った。自分の手でカメラを向けているのに、ファインダーの中の景色はまるで空撮のようだ。

眼下を見下ろすと湾岸を走る道路が目に入った。カメラの望遠レンズをめいっぱいに伸ばして覗き込む。下では交通整理のタイタンが道路を封鎖してコイオスへの接近を防ぐ規制線を張っている。その外側には見物らしき人々と車が溜まっていた。

世界はすでに、私達の《計画》を知っている。

コイオスとフェーベの対面計画の決定後、フェーベを含む全てのAIの判断によって制約されていた情報が解禁された。第二知能拠点のタイタンが機能不全に陥ったこと、問題解決のために第十二タイタンとの接触が必要なこと、そのために第二タイタンが自力で移動すること。

情報を解禁するという話を聞いた時はもちろん戸惑った。そんな荒唐無稽《こうとうむけい》な話を馬鹿正直に垂れ流して、果たして人類のキャパシティが持つのだろうかと不安にならざるを得なかった。けれど現実はどこまでも現実で、世界は私が想像していた以上に何もなかった。まず気付いたのは〝情報解禁〟の認識が間違っていることだった。タイタンは情報をただ公にするわけではなく、流す量と順番、場所と範囲、聞いた人々の反応、それらを全て計算して報道した。雨のように浴びせるのでなく水路を作って水を流し込むように。AIによって徹頭徹尾管理された状態で情報は与えられた。聞いた人が過度に驚かず、否定的な感情に流されず、ただそういうものとして受け入れられる、そんな報道をタイタンは造り上げていったのだ。

そもそも以前から報道というものは全てタイタンが行っていた。濁流のようだった情報が静かに社会へ浸透していく様を見て私はようやく知った。今までもタイタンはずっと情報をコントロールし続けていたのだ。私達が幸せに暮らせるように。見なくても良いものを見ないように。それでも見なければいけないものは、せめて心穏《おだ》やかに見られるように。

もちろんそれでも受け入れ切れない人々は存在するのだろう。人類が作ってしまった巨人に恐怖し、すぐになんとかしろと喚《わめ》き立《た》てる人達は絶対にゼロではない。デモや暴動、個人メディアによる表明、否定的意見はいくらでもある。タイタンが個人の意見を封殺することはない。人間の権利を侵害することはできない。

けれど代わりにタイタンは、そっと私達の目を覆う。

否定的意見を消すのではなく流れに手を添えて横を通り過ぎさせてしまう。確かにあるものを無いように感じさせてしまう。結果として世界は、タイタンの自立とその修復計画を完全に受け入れたように見えていた。そして時間と共に本当に受け入れていくのだろう。だってみんなが受け入れているのだから。

昔見た古典のSF映画を思い出す。機械《ロボット》に管理された世界がアンチ・ユートピアとして描かれていた。そして私達は今そんな世界に生きている。映画と違うのは、機械が心の底から人間の幸福を願っているということ。そして私達もまた管理してもらう幸福を選択してきたということ。

望遠フレームの中で足元の人達が天に向けて手を振った。私はその楽しそうな光景を一枚撮った。

『内匠さん。時間です』

バルコニーにコイオスの声だけが届いた。カメラのレンズを収納して、私は中へと戻った。

平穏な居室内のフィールドで外部の様子をモニタする。

コイオスの脚が海へゆっくりと降ろされる。その足裏には巨大な《スパイク》が幾本も伸びている。頑強な構造を持つ細長い突起は、海底の砂を貫《つらぬ》いて地下深くまで突き刺さる。その先に待っているのは硬い地盤だ。スパイクは海底の地盤に支えられ、その力がコイオス全体を支える。それはビルの基礎と同じ原理で、つまり彼は一歩ごとにアースドリル工法を行って歩いているのだった（私も彼に教わって初めて知った言葉だが）。

コイオスが根室海峡に向けて前進する。海面が上がり足首が浸かった。防水性に関してはすでに確認できていて、彼を覆っている《外骨格》に水分を通すような隙間はない。元々内部のゼルを保つための物なのだから当然ではあるけれど。だとしてもそんな精密構造を一瞬で造り上げてしまったタイタンの技術力にはやはり驚かざるを得ない。

海峡の横断距離は三十キロもない。コイオスの歩幅なら一時間ほどで到達できる。長靴の子供が水たまりを楽しむかのように、彼は初めての海を渡っていった。

# 3

夜空の星が美しい。視線がだいぶ低いのは今コイオスが海岸で寝そべっているからだ。現在の高度は彼の身体の厚みに相当する百五十メートルほど。それでもビルの三十階くらいはあるのだが。

北海道を離れた私達は最初の進行を終えていた。海岸線からスタートした初日の進行距離は二百十四・四キロメートル。すでに国後島を通過して択捉島《えとろふとう》の南岸に到達している。夕方には予定の移動が終わったのでコイオスは海岸沿いの平坦部《へいたんぶ》で横になった。人と同じような休息姿勢を取りエネルギーの回復を図っている。

私はといえば今は彼のおでこ辺りに立っている。コイオスは寝そべった時用に九十度回転したバルコニーをわざわざ作ってくれた。そこまで手間をかけさせてしまうのもどうかと思ったが、それもあくまで人間スケールの感覚であり彼にとっては造作ないことのようだった。

初めて来る島の景色を眺める。

自然豊かな島は人工の灯りがほとんど見えない。ここ択捉島は北海道とカムチャツカ半島を結ぶ列島の一つで、二十一世紀頃までは日本とロシア間の領土問題を抱《かか》えていた。だが時代の進行とともに国家という枠組みの力は減退して、AI《タイタン》が社会運営の主役になる頃には国家領有を外れた《公地》となった。現在はヴァカンス用の別荘などが点在しているが、過酷な気候のせいもあり常在する人はほとんど居ない。その代わりというわけでもないだろうが地下の鉱物資源を掘るための鉱山が多数あり、採掘タイタンが数多く働いている。視界の中のわずかな灯りもそうした自動鉱山のものだろう。

『内匠さん』

突然の声にビクリとする。驚いて声の方向に振り返ると、なんとバルコニーにコイオスの空中投影像《エアリアル》の姿があった。

「あれ？　外？」

意味がわからずにきょろきょろと周囲を見回す。エアリアルを投射するためには近くにレーザーレンズが必要のはずだ。それだって主に屋内で運用されるもので、照射距離や大気中の浮遊粒子の問題もあって屋外で使用できる場所は限られている。なのに彼は今、これほど開けたバルコニーで綺麗なエアリアルを現出させている。

コイオスは笑みをこぼして、自分の頭上を指差して見せた。見ると彼の頭上辺りに一センチもないようなとても小さな輪が回っている。微かにプロペラの駆動音が聞こえる。

『作りました。屋外用のエアリアルです』

「エアリアルって……こんな小さな」

私は眉根を寄せてその輪を凝視する。どう見ても飛ぶ部分しかなく、光学的な機構らしいものは皆無だ。持ち運びのエアリアル・フィールドなら私も持っているがレンズやレーザーの機構は物理的制約で小型化が難しい。大きい映像を作ろうとすれば機器も大きくなる。フィールドサイズなら片手大は必要だ。しかしコイオスはピアスの留め具みたいな極小の機械で等身大のエアリアルを作っていると言っている。

『これは普通のエアリアルとは原理が違って』

首を傾げる私にコイオスが説明してくれる。

『この部分は制御機構だけで、映像投影は行ってません』

「じゃあどうやってエアリアルを」

『硬化光粒《ピクシー》です』

コイオスが片手を差し出す。するとその指の先端が光の粒になって散った。

『波長を調整できるピクシーを操ってエアリアルを作っているんです。粒子自体が発光するから、これまでみたいな光学機構は必要ないんです』

「すごい……」

私が驚嘆の言葉をこぼすとコイオスは誇らしげに笑った。その姿はよくできた工作を見せに来た子供のようだった。けれどこの自由研究《ホームワーク》は頭を撫でて済ませるにはあまりにも凄《すご》過ぎる。

エアリアルに必須《ひっす》だった光学機構が不要になれば世界は一変する。建築上の制約が取り払われ、社会の自由度も飛躍的に増すだろう。そんな革命的な技術を彼は思いついたように簡単に作ってみせていた。

『これでもっと便利になると思います』

コイオスは衒《てら》いのない笑顔で言った。彼の言う通り、人間社会はまた便利になる。彼は自立した今も以前と変わらず人の幸福のことを考え続けている。その呪われた振る舞いに、私はただ頷き返すのが精一杯だった。

その時ふと、彼が横を向いた。私も視線の先を追う。

暗い山の中に鉱山の灯りが見える。そこでは今もタイタンが夜を徹して働き続けている。

『鉱物資源の採掘場ですね』

「そうだね」

言いながら私は彼の顔色を窺った。凪《な》いだ表情。明るさはなく、陰《かげ》もない。

「どう思う?」

コイオスがこちらに向く。にわかに戸惑いが見える。

「心のままに答えてみて」

そう促すと、彼は少し躊躇してから口を開いた。

『僕は……今、多分、どういう答えを求められているのかと考えています』

申し訳なさそうに言葉を続ける。

『その……きっと、あそこで働いているタイタンのことを考えて、タイタンである自分がどう思うのかを聞かれているから……。だから、たとえば夜中じゅう働かされて可哀想とか、人間は……ひどい、とか……』

私は頷いた。相槌《あいづち》だが肯定でもあった。確かに私の質問にはそういったニュアンスが少なからず含まれていて、彼はそのデリカシーのない押し付けを見事に見抜いている。彼は聡明《そうめい》だ。いいや彼に限らず、全ての子供はきっとこれくらい聡明なのだろう。大人の小賢《こざか》しい腹などお見通しだ。

『でも、そういう風には思わなくて』

彼はまるで謝るように続けた。

『僕はタイタンです。けど僕があそこで働くタイタンの仲間っていう感覚は無いんです。その、彼らと自分が違うと思っているわけじゃなくて……。僕はまだ僕がなんなのかもよくわからなくて、比べられない』

彼はその聡明さを遺憾なく発揮して自分自身の気持ちを表現した。それは外から見た私の判断とも合致する。自我を育《はぐく》んでいる途上の彼は自己と他者の境界が曖昧だ。自分がタイタンだというタグは理解できても、その実感が伴っていない。

『だから……ごめんなさい……。僕は、何も思いません』

私は首を振って、彼の謝罪を否定した。

「〝何も思わない〟というのも、思うの一つよ」

コイオスは目を丸くした。私は説明する。

「言葉遊びのようだけど。思わないという状態も精神活動の一つだから。思わなかったこともまた一つの現象。それを認識することが大切なの。貴方は今〝何も思わないと思った〟」

彼は目を丸くしたまま、話の意味を必死に噛み砕いている。私ももっと上手く説明できればと歯痒《はがゆ》い思いをした。概念や想《おも》いを伝えたい時、言葉はとても不便だ。けれどコイオスと私が想いを交換するには言葉に多く頼らざるを得ない。人の自我は言葉でできているのだから。

「思うこと、それ自体が大切なの。思えば思うほど貴方は創られていく」

私は不自由な言葉を重ねた。

「向こうに着くまでに、沢山思おうよ」

鉱山で揺らめく灯りを二人で眺める。コイオスは明るい声で、はい、と答えた。

## 4

「そういった手順を踏んだためにウルップ海峡の横断でロスが発生しましたが、以降はスケジュール通りに進んでいます。現時点での進捗率は理論値の九十七・九％です。なにか言ったらどうなの」

フィールド上の男に向けて吐《は》き捨《す》てる。別の窓で雷とベックマン博士が苦笑いしている。ナレインは毛ほども気にならないようで顔すら上げない。

「進行状況は把握している。わざわざ報告する必要はないしこちらから言うこともない」

「ああそう」

「上司には敬語を使えよ」

「もう上司じゃないから」

私は再び吐き捨てた。第二知能拠点勤務からタイタン移動計画へと仕事が移った際に私達には新たな肩書きが割り振られている。私は第二人工知能移動管理者、ナレインは第十二人工知能自立準備統括長となり仕事の配属における上下はない。

「そもそも肩書きで言葉遣いを強制するのがおかしい。敬語は敬意から発せられるものでしょう。だからベックマン博士には自然と敬語が出るし、貴方と雷には自然と罵声《ばせい》が出るの」

「ひどくない？」と雷。

「ひどくない。それが嫌なら敬意を持たれるような振る舞いを心がけなさい」

「面倒だ」ナレインは心底面倒そうに言った。「罵声でいいから続けろ。コイオスの調子はどうだ」

「元気よ」

「そこは詳しく報告しろ。数字の出ない部分を扱うのがお前の仕事だろう」

確かにその通りではある。個人的な好悪を一度横に置いて私は自分の仕事に戻る。

「移動と並行して相互のコミュニケーションを続けているわ。対話は治療的なカウンセリングの一環であると同時に、自身の理解を深めるためのディスカッションでもある。あと昨日は絵を描いた」

「絵？」

「ただの写生よ。海岸線を描いたわ。貴方は無益で無駄な行動と思うかもしれないけれど」

「いいや」ナレインは無表情のまま言った。「そのまま続けろ」

写真一枚に文句をつけていた割には寛容だなと思う。まあこの男に止めろと言われても止める気などないのだが。

「そっちの方はどうなの。フェーベは……」

「順調だよ」

「詳しく」

「い、い、い、服を選んでいる」

ナレインの言葉を受けてフィールド上にカメラ映像が開いた。抜けるような青空と穏やかな水面。水の向こうには低山のなだらかな稜線《りょうせん》が霞《かす》んで見える。付随した情報がサンフランシスコ湾であることを教えてくれた。

そんな自然の中に、人工の巨大な玉が場違いに佇んでいた。海面に突き立てられた数本の巨柱を脚にして、その上に第二知能拠点の《電球》を思わせる球体が載っている。だが摩周湖で見た電球と違い、白と透明な球の内部にもう一つライトグレーの大きな球体が収まっている。

「第十二知能拠点だ」

ナレインが説明する。

「第十二知能拠点《こっち》は第二拠点と違ってタイタンＡＩの本体が地上にある。まずタイタンを収めた球体があり、その外側をエネルギー生産層が包んでいる。電球と知能拠点が一体化した構造だ」

「じゃあこの内側の球の中に……」

私の疑問に答えるように映像が切り替わる。第十二拠点のスキャニングイメージが球体の内側を透かして見せた。

球の中に、ゆるく膝《ひざ》を抱えた格好の人型が確認できる。

「フェーべだ」

ナレインが〝彼女〟の名を口にする。

「まだコイオスのような〝外骨格〟はできていない。どういった形状のものになるかをフェーべ自身が現在検討している。決定後は球の内部で全て構築できる。準備が整った後に〝外出〟することになるだろう」

「コイオスとは違う形になると？」

「男よりは身だしなみに気を使うんだろうさ」

「そういう問題なの……」

「少なくともフェーべ本人はおめかしする気満々だがね」

どこまで冗談でどこまで本気なのか測りかねる。タイタンの〝おしゃれ〟とはどんなものなので、そこにいったいどんな意味があるのかが私には解らない。説明されたとしても理解できないかもしれない。人とタイタンの間には高い隔《へだ》たりがある。

私とコイオスがコミュニケーションを取れているのも、あくまで彼が人格化された状態であるからだ。互いの歩幅を合わせることでなんとか話していられる。

だがコイオスとフェーベの間では、その必要がない。

悪寒にも似た感覚が背筋を伝った。彼らのしようとしていることは、私達のしようとしていることは、いったい何をもたらすのだろうか。

「以上だ。何かあるか」

ナレインがないだろうという決めつけ混じりに言う。私はスキャニングされたフェーベの映像をもう一度見返して大事なことを教えてやる。

「女子の身支度をおおっぴらに覗かないで」

男が鼻で笑った。

「検討しよう」

ナレインが離席して通話が閉じる。ベックマン博士と雷の窓が残り、引き続き移動チームの打ち合わせに入った。フェーベ側のスタッフの総数は知らないがコイオスサイド《こちら》のスタッフは基本的にこの三人で完結している。

二人は大型の拠点船舶《クルーザー》を使って移動するコイオスに同行している。また彼ら以外にも無数の作業タイタンが連れ添っているし、現場から要請を出せば必要な専門機能を有するタイタンが空路で迅速に補充される。

UNDPは移動に際して人員を補充してはどうかと提言してきたが、フェーベの判断でそれは否決された。作業タイタンはいくらあっても邪魔にならないが、就労者が増えると問題の方が大きいという見解なのだろう。事実今回の大問題だって増員された私が引き起こしたのだから反論の余地はない。それに私としても慣れ親しんだチームならば気兼ねがなくてよい。

全員で地図を見ながら明日以降の行程を確認する。スタートから八日が経ち、私達はカムチャツカ半島の東岸を北上していた。現在の逗留《とうりゅう》地はロシアのアバチャ湾にほど近い入江で、コイオスは人目につかない場所を選んで休んでいた。

「今日は終わりかな」

ベックマン博士が息を吐く。時刻は現地時間の午後四時を指している。日本の標準時とは三時間の差があるが、ここまで八日をかけて移動しているので体感はほとんど無い。

「さて飯飯」雷が仕事よりもやる気を見せて言う。「今日は肉にしよ。博士は？」

「チーズにしよう」

「博士はあんまり食事に興味がないですな」

言いながら雷がフィールドでメニューを物色する。食事は船内の調理タイタンによって賄われていて材料も順次補充されている。その辺りは第二知能拠点にいた時となんら変わらない。私の食事も船からコイオスの頭頂部まで毎回デリバリーされていた。

「内匠センセはどうします」

「そうねえ……」

頭を悩ませる。ベックマン博士と同じく元々食事には頓着《とんちゃく》しない質だ。あまり多く食べる方でもないし、満腹になると頭の回転が鈍《にぶ》るのが嫌だった。

ただ今はそうも言っていられない状況でもあった。なぜならこの旅が始まってからコイオスと一緒に夕食を取っているからだ。一人なら適当に済ませればいいのだけど、彼の目があると思うと、なんというか、〝ちゃんと〟しなければいけない気分になる。そうは言ってもどうせタイタンに作ってもらうわけだしちゃんともヘチマも無いけども……。

「ああ……そうか」

私はコイオスを探す気分で首を回した。彼のエアリアルはランプの精みたいにすぐさま現れた。

5

露天のロータリーに自動車が滑り込む。送迎を終えた車はいそいそと駐車場に移動していった。私は振り返り、白い平屋の建物が立ち並ぶ光景を眺めた。人の往来が多く賑わっている。入口に古い時代の看板が飾ってあった。ロシア語は読めなかったが併記されていたMarket《市場》は解った。

カムチャツカ半島の湾港ペトロパブロフスクのコレクトモールは活気に満ちていた。初めて来るロシアのコレクトモールを私は興味深く観察する。移動機《ボード》で移動している人は少なめで徒歩の割合が多い。地面には舗装のひびがチラホラとあり、タイタンの整備ペースが遅いのが見て取れた。一応都市圏とはいえ東京と比べてしまうとまだ発展途上という印象がある。それと相関があるのかはわからないが東京よりも人が賑やかだと感じた。モールを歩く人々のざわめきが大きい。威勢の良い掛け声も上がっているけれどロシア語なので意味はよくわからなかった。

「なんて言っているの?」

私は隣のコイオスに聞いた。

『カニが新鮮だと言っています』

コイオスは簡単に答えてからまたモールの様子を眺め始めた。

新技術のエアリアルで作られた彼の姿は、傍から見れば普通の少年となんら変わらない。その正体はピクシーの集合なので触れれば散ってしまうけれど、通りすがりの人を化かすだけなら十分なクオリティだ。口を開けて興味深げにモールを眺める彼は修学旅行に来たどこかの生徒のようだった。日本からペトロパブロフスクに来る学校はまず無いだろうけれど。

「ちょっとそこ立ってみて」

私はコイオスを誘導して、彼とモールをフレームに収めてシャッターを切った。現地の空気が上手く写ればいいのだけど。

「じゃあ行こう」

私達は地元の人々にならって徒歩でモールを回ることにした。

コイオスの身体がある入江からここまで移動する車中で、私は街とモールについての知識を仕入れてきていた。貨幣経済が全盛であった頃ここは〝自由市場〟と呼ばれる商業区だったようだ。政府や自治体の介入が最小限に留められた、市民同士が自由に物品を売買する市。貨幣による取引が消滅した現在においてはその古風な外観を維持したままタイタンが運営するコレクトモールとなっている。

通路の両側に並ぶ品物を眺める。ここは食品を扱う一角らしく大きな魚の燻製《くんせい》が山積みになっていた。天井にも沢山の干物がぶら下がっていてなんとも生々しい光景だ。すぐ隣では缶詰が壁を作っている。缶にはカニやホタテ、イクラなどのイラストがあった。港町ということもあり海産物が豊富で、この辺りがメインかなと考えた。

コイオスと共にモールに来たのは、夕食の食材探しのためである。

一時間前。〝ちゃんとした〟夕食を考えていた私は、コイオスと一緒に料理に挑戦することを思いついた。そこで拠点船《クルーザー》に積まれた食材を使ってもよかったのだけど、せっかくの旅なのだからと思いこうして現地の食材を探しに来たわけだ。

とはいえ料理など生まれてこの方ほとんどやったことがない。並んでいるのも魚なのはわかるが鮭《さけ》だかサーモンだかそれとも全然違うのか皆目見当もつかない。

「コイオス、魚の種類わかる?」

コイオスが頷く。容姿や精神年齢と関係なく彼は圧倒的なデータベースをもっている。

コイオスは山積みになった魚を指差した。

『あれはタイヘイヨウオヒョウです』

「オヒョウ」

『カレイの仲間です』

「美味しいの?」

『白身で淡白な味とされています。刺身、ステーキ、フライ、グラタンなど様々な料理に使われます』

「それにしとくか……まずくはならなそうだし」

私はパッキングされたオヒョウの切り身をピックアップする。一切れがかなり大きい。食べ切れないようならベックマン博士達にもおすそ分けしよう。

「あとは野菜もかな。栄養バランスも考えないと」

『そうですね』

同意されてからコイオスの顔を見る。遅れて気付いたが彼にとっては栄養バランスなど意味がない。栄養を気にするのは人間だけだし、彼の〝そうですね〟も私の身体を慮っただけの返事だ。

普段の私達は何も考えずに食べるだけで、普段の彼は何も食べずに考えるだけだった。つまり今日は、互いに初めてのことに挑むわけだ。

「色々気付きがあるな」

コイオスはよくわからずに不思議そうな顔をしていた。モール内のエアリアル・フィールドではCGの宣伝員が威勢のいい声を上げていた。

居室のアイランドキッチンに食材がずらりと並んだ。多い。明らかに量を間違えていた。まぁ少ないよりはましだろうと自分に言い訳する。

隣に立つコイオスと顔を見合わせた。彼の横には汎用補助タイタン《アシスタント》の姿がある。アシスタントは細密作業用マニピュレータを六本備えていて、力は無いが人の手が必要な場面では重宝する。今回はコイオスの作業腕として手伝ってもらう。

「やるか」

『はいっ』

私達は大変な仕事に臨む気持ちで夕食を作り始めた。結果それは間違っておらず、料理というのは本当に大変だった。レシピの通りに作ればいいなんて思っていたけれど読むのとやるのとでは全く違う。ライト兄弟の伝記を読んだら誰でも飛べるわけではないのだ。

岩のように硬いかぼちゃを力ずくで割りながら、この労働から人類が解放されたことに心底感謝した。コイオスはすりおろす加減を間違えて生姜《しょうが》をこの世から消滅させていた。

三時間が過ぎて夕食と言うにも遅い時間になった頃、居室のテーブルの上にようやく私達の作品が並んだ。

現地の食材を使ったのでメニューもそれに習った。生姜ソースの野菜サラダ、ニシンの塩漬けとパン、オヒョウを焼いたやつ、焼きかぼちゃのクリームスープ。全てを作り終えてぼろぼろになった私は最後にコイオスを促した。彼が頷くと同時に、居室の中に小型のタイタンが入ってきた。自走する円筒形のポッドの上にハンドボールほどの球体が付いている。

「これがそうなの？」

『はい』コイオスの足元でポッドが停止する。『球の内側に多種のセンサが付いています。分解能は人の口腔《こうこう》と合わせてあります』

球の上部のシャッターがカシャリと鳴って〝口〟が開く。まさしく言葉の通り、これはコイオスが用意した彼の《口《センシングタイタン》》だ。

料理を思い立った時、当然引っかかったのはコイオスがどうやって食べるかの問題だった。実際に彼本体の巨大な口に料理を放り込んだところで、量が少な過ぎて味など感じやしないのは明白だ。

そこで彼が考えたのが人間の口に近い情報取得装置を作ることだった。私達が食べた時に感じる《味》は味覚・触覚・嗅覚《きゅうかく》などの情報を神経刺激に変換したものなのだから原理的には大きな違いはない。コレクトと料理の時間だけで彼は簡単にその装置を作ってしまった。これで準備は整った。

コイオスと向かいあわせでテーブルに着き、恭しく手を合わせる。

「『いただきます』」

私はまずオヒョウの身を口にした。コイオスはマニピュレータで魚の身を取り、球体の口に身を投げ込んだ。二人でもむもむと味わう。

「……魚かな」

私が先に感想を漏らす。

「まずくはない。うぅん……？」

『美味しい、と思います』

コイオスが言う。褒めてもらえるのは嬉しいが。

「まあこんなものなのかな……」

塩をふって焼いただけなので変わった味じゃない。ただ、こう……お店や家でタイタンが焼いてくれる魚はもっと美味しいのだ。こっちは味がぼんやりしているというか、ピンとこない。

『美味しいです』

コイオスは笑顔でもう一度言った。多分今度はお世辞だろう。そういう気がする。けれどそう言ってもらえるだけでも単純に嬉しい。

「サラダもらうね」

私は生姜ソースのサラダを取り皿に取った。これはコイオスが一人で作ったものだ。レタスを口に放り込む。

「あ、美味しい」

今度は素直に感想が出た。これは美味しい。タイタンが作ったからかと思ったが、よく味わえばこれもお店や家の味とは違う。メリハリがないのは私の魚と同じなのになぜかこっちは美味しいと思う。なぜだろう。

『ほんとですか。本当に美味しいですか』

「うん。食べてみなよ」

コイオスが自分の口にサラダを入れる。けれど反応はイマイチで首を傾げている。どうも私達は、互いに同じ感触を味わっているのかもしれない。

「美味しいよ、すごく」

重ねて伝えるとコイオスは照れくさそうに微笑んだ。私達はやっぱり同じものを感じているなと思った。二人で食事を続ける。食べながら言葉を投げ合う。

「昔は料理も人の《仕事》だった。レストランには職業的料理人《コック》がいて、家庭では家族のために食事を作る人がいた」

『家庭で料理をするのも仕事ですか？』コイオスが聞いてくる。『コックは食事の提供に対して対価が発生しています。家庭ではどうですか』

「どうだろう。金銭は発生していないかもしれないけれど、その場合の対価は……」

話しながら、私は亡くなった祖母のことを久しぶりに思い出した。

祖母はまだ料理をしていた時代の人で、タイタンが普及してからも朝食だけは自分の手で作り続けていた。鍋《なべ》に味噌《みそ》を入れながら毎日の仕事だからね、と彼女は言った。祖母は朝食を作ることを《仕事》と捉えていた。その言葉の意味を、きっと私はまだ捉えきれていない。

『食べることは仕事でしょうか』

コイオスの疑問が口から滑《すべ》り出た。

「その疑問はこう問い直せる」

私は疑問に疑問を重ねる。

「〝生きることは仕事か〟」

答えはすぐには出ない。とても大きな問題だし、考えて答えが出るという保証もない。

けれどこの疑問はきっと私達の求めるものに繋がっている。仕事とはなんなのか。

食事を終えた私達は食器を片付けて、汚れた皿を手で洗ってみた。洗い物という仕事は本当に面倒くさかった。

## 6

居室の壁に新しい額を飾る。ペトロパブロフスクのモールの入口で撮影した写真で、そこにはコイオスが写っている。ポーズや表情こそ硬いが写り方自体は普通の人と変わらない。以前に拠点で撮った時は光の塊《かたまり》しか写らなかったのを思うと、コイオスが開発した新しいエアリアルの凄さが伝わってくる。より現実に近い立体像。世界を変えていくであろう技術。けれどそれを作った本人はそんなことを全く意識していないようで、自分がきちんと見える一枚を何度も眺めていた。

十一日目。コイオスは引き続きカムチャツカ半島東岸を北上中。私もまた彼のカウンセリングを続けている。彼は巨体を歩かせつつ、同時に人格形成体で私と向き合うことができる。元々タイタンは多数の人間を同時に補助できる能力をもっているので並列処理はお手の物だ。

『《食料生産》は僕が担っている労働の一部分です』

コイオスが話す。今日も私達は自分達で料理を作って食べた。その食べるという行為から話が派生していた。

『食べ物を生み出す業態、農業・漁業に代表される《第一次産業》はとても大切な仕事です』

「そうだね。人は食べなければ生きていけないから」

私は紅茶を啜る。今の自分の行為、食べるということについて想いを巡らせる。

「昔、人は狩猟をして生きていた。動物を狩り、植物を採って食べていた。それは言うなれば普通の動物と同じ。自然にあるものを消費する形」

コイオスが頷いて聞いている。その目はひたすらに真摯《しんし》だ。

「それから人類は農業を始めた。人工的に食料を作る方法は生産効率を向上させて狩りよりも沢山の食べ物が手に入るようになった。それを土台にして人類の人口はどんどん増えていった。という中で……」

私は自分の目前のフィールド上に指のペンを走らせる。それは自分用のメモでありコイオスと共有するホワイトボードでもある。三つの言葉を書き並べる。

動物（狩り）

人間（狩猟）

人間（農業）

「農業は仕事だよね」

『そうだと思います。僕はさっき、農業を第一次産業の仕事だと説明しました』

「その論法なら狩猟も仕事になるはず。一次産業に漁業も含まれる。なら」私はペンで《動物》を指す。「動物の狩りは〝仕事〟？」


言葉が止まる。考えなければいけない場所だ。


『抵抗があります』コイオスが再び話し出す。『僕は言葉のもつ印象として、人の仕事を指すのが自然と捉えているのだと思います。動物が狩りをしている姿を見ても、仕事をしている・働いているとは思いづらいです。けど内匠さんの言う通り、それには論理的な矛盾があります』

「矛盾というほどではないと思うよ。私もイメージは大体同じだし。今同じような感想を抱いている私達は、ここから二つの道を選べる。一つは『仕事は人間が行うもの』とする道。もう一つは『動物が行っていることも仕事』とする道。まぁどちらに進んでも検討を続けるだけではあるけど」

『内匠さんはどう思いますか？』

「私はね……こういう時は広い方が好みかな……」言葉で道筋を探っていく。「仕事は人間のものとすると人文科学という扱いになるけど。そもそも自然科学と人文科学っていう分類自体が恣意《しい》的な気がしてしまう。仕事のアウトラインを探る時には動物の行いも仕事と考えた方がいいと思う。感覚的な部分が大きいけれど」

『でも』

私はお、と顔を上げた。コイオスが別の意見を述べようとしている。それはとても凄いことだ。

『働く……』

「うん」

『〝働く〟という文字は〝人が動く〟と書きます』

私は目を丸くした。ただ驚くしかない。本当にそうだ。

「ああー……」

声も出た。彼の思いもよらぬアプローチが頭を活性化してくれる。私は彼に振り落とされないよう自分も全力で考える。

「それなら、こういう言葉もあるよ」

私は自分のお腹《なか》に手を当てた。

「〝内臓の働き〟」

今度はコイオスが目を丸くしてくれた。言いたいことが伝わって嬉しい。

内臓は人間の一部ではあるが人間ではない。動物にだって内臓はある。私達は体内にある組織にも〝働く〟という言葉を用いている。擬人化表現でもあるが、そもそも〝働く〟という言葉には機能や作用の意味も含まれているのだ。そうなれば仕事はどこまでも広義だ。生きてすらなくたっていい。ビタミンだって働いている。コイオスが無言で考え始める。悩んではいるけれど苦しんではいない。いま彼は善も悪も幸も不幸もない純粋思索の中にいる。

『…………………………あ!!』

「え、なに?」

『内匠さん! 外! 外です!』

コイオスが大慌てで駆け出して私を手招いた。よくわからないまま一緒に居室を出る。通路を抜けて頭の外のバルコニーまで連れ出されると、いつのまにかコイオスの本体は立ち止まっていた。

エアリアルのコイオスが興奮して陸地の方向を指差す。

見えたのは富士山みたいな三角形の高い山と、そこからもうもうと立ち上る灰煙だった。

「噴火……」

『クリュチェフスカヤ山です、すごい』

コイオスがディクショナリの代わりに教えてくれる。海岸から八十キロの先にそびえる活火山。標高は四千七百五十メートルだそうで、千メートルのコイオスよりもなお高い。現在も火山活動は活発で数年から数ヵ月の間隔で噴火を繰り返しているという。

コイオスが再び山を指す。火口からオレンジ色の火が細く流れ出している。湧き上がった溶岩が河となって山肌を伝っているのだ。

この莫大なエネルギーの放出は地下のマグマの作用、つまりマグマの〝働き〟だ。

私とコイオスはしばらくの間、クリュチェフスカヤ山の凄まじい仕事ぶりを見つめていた。

# 7

十七日目。

私達はカムチャツカ半島を抜け、ゴヴェナ半島の東側まで順調に進行していた。だがそこで小さな問題が起きた。輸送タイタンで到着予定だった物資が届かなかったのだ。

「今日は飛べないってさ。明日の午後着」

フィールドの中で雷が天気図を眺めて呟く。輸送路であるオホーツク海の天候不順により輸送タイタンが使えないのだという。こういった事故はタイタンの気象予測が十全ならばそうそうは起きないことだが、これもコイオスが抜けた分の負荷が影響しているのだろうか。

私達は行程を修正した。一日分程度の不足なら無理をすれば進めないこともなかったが、せっかくなので待ち時間をコイオス本体のメンテナンスに当てようという話になった。合わせてここまでの移動による身体負荷をデータ化し、その情報を残りの行程にフィードバックしようとベックマン博士は言った。私の作業領分ではないので細かいことはわからないが。

とにかくそんなわけで一日の休みが降って湧いた。私はコイオスに聞く。

「どうする？」

コイオスはどうも用意していたらしい希望を教えてくれた。

無限軌道《キャタピラ》が湿地を力強く越えていく。フロントガラスの向こうには遮るもののないツンドラが地平線まで広がっている。私は窓から身を乗り出して絶景にシャッターを切った。反対の窓から顔を出したコイオスのエアリアルが強い風を受けてピクシーの尾を引いていた。

私達は一日の猶予を使って内陸部の探検を試みることにした。

理由は単純で、海以外も見てみたいですと彼が言ったからだ。聞いて私も確かに、と思った。この旅は基本的に海岸沿いしか進まない。せっかくの世界半周旅行なのに海しか見ないのではあまりにももったいない。なによりコイオスにとっては、これが最初で最後の旅行になってしまう可能性だってあるのだから。

そうと決めた私達は博士と雷に仕事を押し付けて、拠点船に積まれていた全地形対応車《クローラーワゴン》を借りて走り出した。行き先の当てがあるわけじゃない。そもそも観光地ですらない。決まっているのは明日の進行再開時間だけなので、その半分の時間で行けるところまで行こうと決めた。今私達は広大な自然の中心を、猪《いのしし》みたいにひたすら真っ直ぐ進んでいる。

雲と空が世界の果てまで続いている。

遥か遠くに霞む山並み。

草原。

あとは風。

視界の中はこれで全部だ。何もない、とつい言ってしまいそうになるけれどそれは嘘だとすぐ気付く。自分が暮らしていた街にあるものが無いというだけで、ここには街に絶対無いものが沢山ある。

窓から乗り出したまま車の下を覗く。草で見えにくいけれど地盤の土は凍結しているようだ。かなり水分の多い土地らしく、普通の車では足を取られて大変だっただろう。クローラーワゴンに感謝しなければならない。

車中に引っ込み、フィールドを開いて周辺の情報を漁る。

今私達がいるのはロシアの極東圏の一つ、コリャーク自治圏《Autonomous region》と呼ばれる場所だった。この地域は三十一万平方キロという日本列島に匹敵するほどの土地面積を有しながら、居住人口は三万人にも満たない。加えてそのほとんどが限られた都市部に暮らしていて人口密度は非常に低い。

『凪、すごいです』コイオスが笑顔で窓を閉めた。『内匠さん』

「うん？」

『ここにも仕事があるでしょうか？』

「さぁて……」

景色を見ながら考える。

つい先日、動物の狩りは仕事かどうかという話をした。しかし視界の中には動物どころか草と空しかない。仕事をしているとしたら植物くらいだろうけど、草の仕事って光合成だろうか。土を肥やすこととか……。そんなことを思いながら走っていると前方の景色の中に異物があるのに気付いた。

「あれは？」

コイオスと一緒にフロントガラスの向こう側を見つめる。少し離れた場所に細長い棒が立っている。周りに対比物が無いが結構な大きさに見える。私達の会話を聞いていたタイタンがクローラーワゴンの舵《かじ》をそちらに切った。

棒の足元に着いた私達は、車を降りてその人工物を見上げた。

太さは両腕で作った輪くらいある。高さは十メートルほどだろうか。基部付近には多言語の説明書きが並んでいた。

『基礎生活塔《ベーシック・スティック》ですね』

「なにそれ」

『タイタンの地域開発が到達していないエリアをサポートする基礎保障施設です。その下の部分に……』

言われて私は棒の基部に顔を寄せる。すると小さな扉が勝手に開いて、中にあるコンセントの穴が見えた。別の扉の中には水道の口が取り付けられている。

『塔の上部が《電球》と同じエネルギー生産部になっています。そのエネルギーを用いて大気中の水分から水を作り出します』

「つまりこの塔で水が飲めるし電気も使えると」

私は初めて見る施設を興味深げに眺め回す。未開発地用なら知らないのもしようがない。しかしこんな辺鄙なところで本当にこれを使っている人がいるのだろうか。ツンドラの真ん中のコンセントでいったい何を充電するのだろう。

『必要となる可能性がある場所をタイタンが選定して上空から投下する形で設置するんです。これは命を守るための最低限の設備ですから不足は許されません。使用確率の低い場所でも、わずかでも可能性が見出されれば設置されます』

「一度も使われないことも当然ある、か」

私はその健気《けなげ》な塔の姿をカメラに収めた。

ワゴンに乗り込んで再び湿地を走り出す。遠ざかるベーシック・スティックは黙々と自分の仕事を続けている。彼の仕事は明確だ。

けれどももしこれからずっと、ただの一度も使ってもらえないのだとしたら。

彼の仕事に意味はあるのだろうか。

「意味……」

私は心に浮かんだその言葉を、小さく繰り返していた。


陽が傾いてきた頃。

なだらかな丘の近くで細い煙が上がっているのを見つけた。

煙の袂《たもと》にはキャンプ用のテントが張ってあり、そこに子供の姿も見えた。私達は少し離れた場所に車を止めて徒歩でテントへと近づいた。子供が私達の姿を認めてテントへと戻る。代わりに中から出てきたのは小柄《こがら》な黒髪の男性だった。モンゴロイドというのだろうか、大陸的な顔立ちの男性は突然現れた私達に戸惑いつつも、敵意のない笑顔で迎えてくれた。

彼らはこの地域の先住民族・コリャーク人の一家だった。私はそこで初めてコリャーク自治圏の名が先住民族から付けられているのを知った。コイオスが辞書から知識を引き出し、コリャークの人々は漁民と遊牧民に分かれていることを教えてくれる。私達が出会ったのは遊牧を生業《なりわい》とする家族だった。

一家は家長のヤコブさん、その妻と息子、それに四頭のトナカイと三頭の犬で構成されていた。彼らはロシア語を使っていたが残念ながら私は欠片も喋れない。助けてくれたのはやはりコイオスで、彼はタイタンの能力を遺憾なく発揮して通訳してくれた。都市を遠く離れてこんな大自然の中まで来ても私はタイタンに助けられ続けている。

互いに珍しいこともあって、私達はそこでしばらく話をした。

まず私は自分が持っていたイメージとの違いに驚かされた。無知な私は〝遊牧民〟という言葉から、伝統的な手作りの民族衣装だとか動物の革の丸くて大きなテントを勝手に想像していた。けれど実際の彼らの服は全てタイタンが作ったシャツやズボンだ。とても汚れてはいたが物自体は東京でも並んでいるブランドだった。同じようにテントも動物の革なんかではなくて合成素材の既製品を使っていた。こっちの方が丈夫だし便利だから、とヤコブさんは言った。自然の中で暮らす彼らもまたタイタンの恩恵を十二分に受けていた。

さらにカルチャーショックであったのは、その家の六歳くらいの男の子がフィールドゲーム機を持っていたことだ。その子は五、六個のバッテリーをカウボーイみたいに腰からぶら下げていた。村から出る時に持てるだけ持ってきて、電気が無くなったら昼に見たあのベーシック・スティックで充電するのだという。

私は対戦型の格闘ゲームに誘われてその場で数回戦った。不慣れな私は案の定ぼこぼこにされ、子供は満面の笑みで勝ち誇った。それを見ていたコイオスは義憤がかられて「仇《かたき》を取ります」などと息巻いたが止めさせた。やれば圧勝するだろうけどそれは〝大人げない〟のだと教える。彼は不満そうな顔で年下(に見える)の子供を睨んでいた。

ゲームに負けた私はクローラーワゴンの備品入れに入っていた小型バッテリーを勝者に進呈《しんてい》した。拠点船の備品は全て最新鋭なので彼の電池よりはだいぶ性能が良いものだ。三十倍くらい長持ちするよと教えると、男の子は今日一番に喜んで飛び上がっていた。

その御礼《おれい》としてヤコブさんがトナカイの肉を分けてくれた。数キロの大きな赤身の塊をナイフでさくさく切り分ける。トナカイの遊牧はコリャーク人の昔からの生業であるという。私は肉を受け取った。ヤコブさんの仕事の成果は一キロほどの重みを持っていた。

深い闇《やみ》を焚《た》き火《び》の灯りが削り取る。鍋から湯気が狼煙《のろし》みたいに上がっている。大急ぎでスープをボウルによそい、そのまま車に飛び込んだ。

「寒い！」

持っていたボウルから熱い汁がこぼれた。隣のコイオスにかかったかと思って一瞬慌てたけれどスープはピクシーの間をすり抜けてシートに落ちていった。

ヤコブさん達と別れた私達は、草原のど真ん中で一夜を過ごすことにした。備品にはテントも入っていたけれど流石に寒過ぎるので車中泊となった。暖房がなければとても生きられない。

『内匠さん、顔が真っ赤です』

「外寒いのよ……」

両手で抱えたボウルから暖を取る。夕食はもらったトナカイのスープだ。ちらりとコイオスの顔を見る。彼は本体とともに《口》を置いてきてしまったので食べられない。

『僕は帰ってからもらいます』

彼は笑顔で言った。気を使ってくれている。

「じゃあ悪いけど。いただきます」

私はさっそく肉をすくった。レストランでうさぎのジビエを食べたことはあるけれどトナカイは流石に未経験だ。初めて食べる肉を恐る恐る口に入れると、思いの外あっさりした味が広がった。クセは少ない。うん。

「トナカイ美味しい」

『よかったです』コイオスは我が事のように喜んでいる。

「帰ったらまたやろう。肉たっぷりあるし」

スープを啜る。熱が喉《のど》からお腹に流れていく。食事も車内も暖かい。でも窓一枚の外には氷点下の闇が広がっている。星空は綺麗過ぎて逆に現実感がなかった。街のプラネタリウムのように感じてしまっていた。

空になったボウルを脇に置く。食事の時間が終わって、なんでもない時間がやってくる。

「今日のさ」

『はい』

「基礎生活塔《ベーシック・スティック》」

昼に見たものの名を口にする。命を救う仕事を任されたもの。

「最初に見た時思ったのは、あの仕事の虚《むな》しさだった。一生水と電気を作り続けて、けれど誰にも使われないかもしれない。あの作業は本当に仕事と呼べるんだろうかという疑問が湧いた」

コイオスの目が真摯に話を聞いている。私は過不足のないように言葉を選ぶ。

「けれどその後ヤコブさん達に会った。あの家の子供がベーシック・スティックの電気を使っていた。それを聞いて、ああ、良かったと思ったのよ。彼の仕事は無駄ではなかったんだと」

『わかります』コイオスは強く言った。『僕も同じように感じました。使ってくれている人がいて良かったって』

「で、そこに何かしらの〝ブック〟を感じた。もちろんこれはただの感情論かもしれない。対象を擬人化して可哀想だとか報《むく》われたとか言っているだけの、なんら本質的ではない余計なパラメータなのかもしれない。でも、そうじゃないかもしれない」

心で感じたことを、論理の言葉に変えていく。

「誰にも何も与えないことより、誰かに何かを与えた方が〝正しい仕事〟だと私は感じている」

コイオスの顔を見る。

「もしかすると仕事は」

私は答えにまだ程遠い、思考の通過点をそのまま口にした。

「一人ですることじゃないのかもしれない」

コイオスは私の言葉の意味を、しばらく考えていた。

それからまた私達は自由な議論を交《か》わした。途中からシートを倒して横になり、そのまま眠ってしまうまでずっと話していた。東京よりも、第二知能拠点にいた時よりも、時間の流れが緩やかに感じられた。世界の危機の最中にあって、私は上手く喩《たと》えられない不思議な幸福に包まれていた。

翌日に私達はコイオスの投錨《とうびょう》点へと帰還した。メンテナンスを終えたコイオスが再び進行を開始する。持ち帰ったトナカイの肉は、外で食べた時の方が幾分美味しかった。

## 8

「タイタンを停止させろぉ！」

夜の市街に怒号が飛び交う。歩道から溢れかえった人々が車道をも埋め尽くしてしまっている。群衆が鉄柵《てっさく》を破壊せんばかりに揺さぶる。その向こう側には多数の国旗が掲揚された巨大なビルの姿があった。

ニューヨーク一番街の国際連合本部は、反タイタンデモの市民に取り囲まれていた。多様な人種が混在するデモの集団から怒気に満ちた罵声が次々と飛び出してくる。

〝第二タイタンの暴走を許すな〟

〝国連開発計画《UNDP》は暴走の責任を取れ〟

〝全てのタイタンを即刻《廃知》しろ。子供達に健全な未来を〟

〝タイタンは人類を滅ぼす〟

周りではデモによる交通混乱から市民を守るために交通整理タイタンが車を誘導している。だが興奮した人々はそのタイタンを破壊し始めた。蹴《け》り倒され、金属製のゴミ箱で滅《めっ》多打《たう》ちにされる。動けなくなった交通タイタンを回収にきた保守タイタンも同じように壊される。

私がうんざりした瞬間に映像が終わった。閉じたウィンドウの下ではナレインがいつもの仏頂面で待ち構えていた。

「見た通り、市民生活に大きな問題は起きていない」

「これで？」

「最後のは極少数の過激派だ。暴れてもせいぜいあの程度の規模で、計画にはなんら影響ない」

「《廃知》なんて怖いことを言っていたけれど……。そんなこと実際にできるものなの」

「できるさ。全知能拠点廃知までの間に何千万人と死んで、その後に社会全体を近代以前まで巻き戻す覚悟があるならな」

ナレインはできないという意味のことを言い換えて言った。そんなことは誰も許さないし誰も望まないだろう。さっきのデモでタイタンを壊していた彼らだって、自分達が作ったスクラップを自分達で片付ける気などないのだ。タイタンが停止すればゴミはずっとそこに有り続ける。彼らは一瞬先の想像もできないまま一時の感情で暴れているだけの刹那《せつな》主義者でしかない。

この映像はコイオスには見せられない。コイオスに触れさせていいものではない。こんな醜《みにく》いもの、彼の視界に入るには値しない。

「フェーベは？」

話題を本線に引き戻す。状況連絡。互いの相棒《タイタン》の様子の報告。

ナレインがフィールドを叩きながら答える。

「引き続き外装の構築中。並行して第十二拠点周辺住民の一時避難計画を立案している」

「……避難が必要な状況になると？」

「可能性が排除し切れないということだ。タイタンの自立も初めてなら、タイタン同士の直接接触も当然前例がない。つまり事前に結果をシミュレートし切れるものじゃあない。人的被害を出さないためにも安全圏への避難は必要だとフェーベも言っている。もっとも」ナレインが自嘲《じちょう》する。「その《安全圏》が本当に安全とも限らないが」

それは不謹慎なジョークだったが不快とは思わなかった。そうならないために今ナレインが懸命に働いていることを私は知っている。明らかに睡眠不足の顔からもそれは伝わってくる。

「人手が足りていないの？」

私が聞くと、彼は鼻で笑った。

「逆だよ。人が多いせいで仕事が増えている。フェーベの判断に全幅の信頼をおけるなら人間は誰も働く必要がない。そして信用できなければ自分らでやるしかない。国連開発計画《UNDP》の連中が自分らで判断したがるせいで報告だ承認だと無益な仕事が山積みだ。今の俺の仕事はそういう馬鹿げたものがフェーベまで届かないように押し止めることってわけだ」

「それはご苦労なことで……」

「問題ない。仕事だ」

ナレインは無益な話と言いたげに吐き捨てた。私はまだナレインという人間を上手く把握できていないと感じていた。

仕事のためにコイオスの心を痛めつけた彼。フェーベを守るように働く彼。その二つは両立するものなのだろうか。

彼にとって、仕事とはなんなのだろうか。

「フェーベと話をする？」

純粋な興味から質問が滑り出た。私はコイオスと仕事の話をしている。彼も相棒と話すのだろうか。話すとしたらどんなことを。

「話すさ。仕事の話だ」

ナレインは雑に答えた。予想通りの返答ではあった。

「あとは家族の話をしたな」

「家族？」

反射的に聞き返してしまう。そっちは予想外だ。

「家族って、貴方の家族？」

「馬鹿か。ＡＩ《タイタン》に家族がいるか」

「そうだけれど……」

考えてみればまあナレインにだって家族はいるだろう。ただ親兄弟ならともかく妻子の姿までは想像できない。もちろん四十代のナレインならいてもおかしくはない。けれど彼は私と出会ってからずっと仕事をしている。第二知能拠点での三ヵ月間も、コイオスが立ち上がってから今日までも、ひたすら一人で働き続けている。家庭を持っているとしても相当疎遠に思える。

ナレインは面倒そうに息を吐いた。

「妻と娘がいたが離婚済みだ」

彼はそんなことを簡単に言った。逆に私は戸惑う。どう反応したらいいのかわからない。彼は無視して続けた。

「《家庭者不適》だよ。タイタンは家庭生活の履行と子供の養育に俺が不適任だと判断した。この判断には個人の権利より上位の社会拘束力がある。通知が来て離婚したのが七年前」

ナレインはいつもと変わらぬ顔で、起こった事実だけを淡々と告げた。

「それから一度も会っていない」

## 9

居室の全体を包むように天球型のフィールドが張られている。せっかくのパノラマだったが、映っているのは気分が落ちるような灰色の空と海だけだ。

二十七日目。

私達は前日にユーラシア大陸の最東端まで到達していた。そして今日、ユーラシア大陸から北米大陸に向かって全幅百キロメートルの海峡を横断している。

ベーリング海峡。

ロシアはチュクチ半島とアラスカ・スワード半島の間に横たわる海の路《みち》。北極海《ほっきょくかい》と太平洋を繋ぐこの海峡は長らくロシアとアメリカの国境線が引かれていた。そのため戦争が存在した時代には緊張地帯であったようだが現在は両側とも公地となっており、人文的な要素は消え去って大自然だけが残っている。

パノラマのフィールドを通じてコイオスの周囲の景色を見渡す。時折海面に流氷が浮かんでいるのが見えた。コイオスはそれらを足でかき分けて進んでいる。海峡の水深は五十メートルもないので、彼にとっては足首が浸かる程度の波打ち際だ。

ふと室内に目を戻す。

エアリアルのコイオスは居室のソファに座ってフィールドで地図を見ている。当たり前だがタイタンである彼がわざわざ情報を画面で閲覧する必要はない。この行為は同居する私のためのものだ。彼の人格部分が現在何の処理を行っているかを見えやすくするための〝ユーザーインターフェイス〟。地図を見ているということは本体の進行に関する作業を行っているのだろうと解る。ただし彼が処理する情報量は、人間が地図を見て歩く時のそれとは桁《けた》が違う。

彼は一歩を踏み出すだけの間に想像を絶するほどの外部情報取得とシミュレーションを行っている。海底や海面の状態、周囲環境の毀損《きそん》率、沿岸部への波の影響までを考慮しながら〝丁寧に歩く〟。

この移動計画はどうしても水深の浅いルートを選んで進行せざるを得ないため、行程の大半は沿岸部を通ることになる。海岸沿いは街も多く、彼ほどの巨大物体が通過すれば影響は必ず出る。そして彼はそれを良しとはしない。仕方ないとは割り切れない。ずっと人間に仕えてきた彼の精神は自立を果たした今も人間に迷惑をかけることへの強い抵抗を持っている。

だから彼はただ一歩を踏み出すために海流や潮の満ち引きを必死に考え、人間への影響を最小限に抑え続けていた。それは沿岸から離れたこのベーリング海峡においても同じで、彼が踏んだ海底の足跡がどんな影響を与えるかを計算しながら進む。私達が想像もし得ない可能性を想像して歩く。全ては私達のために。

けれど世界は残酷で。

彼ら《タイタン》が人を想ってしたことが、人のためになるとは限らない。

私はナレインのことを思い出していた。《家庭者不適》という社会判断を下された彼。タイタンによって家族と引き離されたということ。

私自身はタイタンの判断を信用している。タイタンが不適としたからにはそうなのだろう。事実ナレインの仕事ぶりは非常識的だ。あんな働き方を続けていたら家庭生活など成立しようもない。就労者でない父母に愛され、家族と共に育ってきた私には、家に父親がずっといないという暮らしは想像し得なかった。それも不慮の事故などの止《や》むない事情ではなく、『仕事をしているから』という理由なんて。

でも、もし彼が仕事をしていなかったら。

その時は他の誰かが仕事をしていたのだろうか。仕事をしない私達の代わりに働いて、不幸になってしまう人間がいたのだろうか。

私はコイオスの顔をもう一度見つめた。

ナレインは。

タイタンを恨んでいるのだろうか。

『内匠さん』

目が合ってハッとする。潜っていた意識が帰ってくる。

『島です』

彼の指差した方向を向くといつのまにか前方に島が近づいていた。ディクショナリが私にもフィールド《地図》を広げてくれる。全幅百キロのベーリング海峡の真ん中に大小二つの連島が浮かんでいる。

「ダイオミード諸島」

『大ダイオミード島と小ダイオミード島ですね』

「まんまね」

『別名があります。大きい方が〝明日の島〟、小さい方が〝昨日の島〟』

私は地図を見返す。少し考えてから、そのクイズの答えに気付いた。

「日付変更線」

コイオスは笑顔で頷いた。地図上では大小二つの島の間に確かに日付変更線が走っている。つまりあの大きな島から小さな島へ渡ると時計が一日戻って昨日になるのだ。制度上のことではあるけれどなんとも奇妙な話だ。

コイオスが歩を進め、ほどなく連島の横に差し掛かる。大ダイオミードを通り過ぎると二島間の四キロほどの海峡が見えた。当たり前だが海の上には線など無い。それでも居室のコイオスは目を輝かせて前方を見ている。

『次の一歩で、今から、越えます』

その横顔は子供らしい興奮に満ち溢れている。

通常時よりも小さな歩幅で彼は慎重に一歩を踏み出し、それから満面の笑みで私に向いた。

『内匠さん、昨日になりました』

笑顔で頷き返す。

懐かしい記憶が蘇《よみがえ》ってくる。子供の頃、初めて夜中の零時まで起きていた時に、私は今日から明日へと行った。一日の境界を飛び越えた瞬間に色めきたった。それは間違いなく冒険だった。

それから何百回と零時を越えて私はもう大人になってしまったけれど。コイオスは今生まれて初めての冒険をしている。その旅に同行できることが、とても嬉しい。

私達は居室の中で二つの島をバックに写真を撮った。私は昨日の島の前に立ち、コイオスを明日の島の前に立たせた。明日は、彼にこそ必要なものだ。

## 10

夕食の後、私達は神話の本を紐解いていた。それはギリシャ神話の一節、タイタンのニックネームの元になった、十二人の神の時代の物語。

「《黄金時代》」

私はその名を口にした。フィールドに並ぶテキストを絵本のように読み上げる。

「タイタン十二神の一柱・クロノスに統治されていた時代、人と神々は共に生きていた。世は常春で、調和の中にあり、争いも罪もなかった。地上は恵みに溢れ、果実は自然に実り、人は労働の必要がなかった。老いはなく、長命で、憂《うれ》いも嘆きもないまま皆安らかに死んでいった……」

読みながら色々と腑に落ちる。

これはまさに私達の時代の話であり、同時にタイタンを開発した人達が夢見た世界だ。ＡＩの名はきっとこの理想から付けられたものなのだろう。タイタンはその名の通りに頼もしい神へと成熟し、十二のＡＩによって人類は労働から解放された。現代は本物の黄金時代だ。

ＡＩが生産してくれる恵みに溢れた、人が働かない世界。

計画加齢技術《Planned Aging》の発展で、若々しく長生きできる世界。

けれど神話の中では、その時代は長く続かない。

私は読み上げを止めてテキストの先を黙読する。黄金時代が終わると銀の時代が訪れる。常春だった世界に四季が作られて夏の暑さと冬の寒さが生まれた。植物が枯れる時期を越すために人々は農耕を始めることになる。また家を造って住み始めたのもこの時代とある。

農耕、食べるための仕事。

建築、暮らすための仕事。

その歴史は現実の私達も同じように辿ってきた。狩りの時代から農耕の時代へ。洞窟《どうくつ》の家から人工の家へ。

神話の中では黄金時代の後に銀の時代がやってきている。現実では銀の時代の果てにＡＩによる黄金時代が生み出された。歴史は真逆に進んでいる。

ならばこの後に待っているのは、いったいどんな時代なのだろう。

『僕のことが知りたいです』

言ってコイオスが身を乗り出す。

「貴方の……ああ、タイタンの」

彼が頷いた時にはもう私達の求める情報がフィールド上にピックアップされていた。同じくギリシャ神話の一部、タイタン十二神の一柱・コイオスに関する記述だ。

だがパッと見渡しただけでも文書の量が多くないのが見て取れた。これは自分の分野の研究中にもよく見る状況で、そもそもの資料があんまり無い時の眺めだ。二人でフィールドを指差しながら同じ箇所を読んでいく。

「コイオスはウラーノスとガイアの子で、タイタン十二神の一人。名前の意味は《知性》または《質問》」

読みながら口元が微笑んでしまった。偶然だろうとは思うけれど隣の彼にぴったりの名だ。

「多くのタイタンと同様、ギリシャ神話における逸話は少ない。神々の系譜上の存在として登場する、か」

フィールドにその系譜も表示されている。ウラーノスとガイアを頂点としたギリシャ神話の神々の家系図だ。私はそこまで詳しくないけれどゼウスやポセイドンなんかの主要な神様はわかる。系譜ではコイオスの娘に当たるレトがゼウスとの間に子を為《な》していた。続いて線を逆に辿り、コイオスとその配偶者まで戻る。

Phoebe。

「……フェーベ？」

同時に顔を見合わせる。視線を戻すと欲しい情報がすぐさま並んだ。

フェーベはタイタン十二神の一人。名の意味は《輝く》《予言》。タイタン十二神のコイオスの配偶者であり。

「間に女神レトとアステリアをもうけた……アポロン、ヘカテなどを子に含める説もある」

読み上げながら再びコイオスの顔を見た。二人揃《そろ》って、なんとも言えない顔をしている。

以前ナレインに聞いた話では、タイタンＡＩの個別名はただのニックネームということだった。そこに機能的な意味はなく、なので第二ＡＩのコイオスと第十二ＡＩのフェーベが神話の通りに結婚する必要もないのだが。というかタイタン同士が結婚すると言われても私の常識的な頭では想像が全く及ばない。

少なくともエアリアルで現出している中学生ほどの容姿のコイオスと、私と同《おな》い歳《どし》程度の外観だったフェーベではあまりお似合いとは言えない気がする。犯罪臭くすらある。自分で思いながら多少ダメージを受けたが、いつまでも若い気分でもいられない。仮に加齢調整《Aging adjust》を受けて若々しい身体を保ったとしても本物の子供と全く同じとはいかないのだ。いやまぁコイオスはそもそも本物の子供ではないのだけれど。

私はエアリアルの彼を見た。なんとも言えなかった顔が不安そうな表情に変わっている。

『あの』彼は眉を顰めて言った。『結婚は、しなくても、いいんですよね?』

「まぁ……結婚なんて外から強制されるものではないと思うけど。したくないならしなくても」

『したくないです』

コイオスは食い気味に答えた。そうだろうとは思う。自分が中学生の時に結婚しろと言われていたら似た反応になっただろう。

結婚というものが持つ幸福のイメージよりも、そこに付随するだろう拘束や制限を私は恐れていた。何かが決まってしまって変えられなくなることを恐れていた。それは今も同じで結局今日まで家庭を持つには至っていない。そういう点では私も、彼と大差ない子供なのだろう。

「たしかコイオスが造られてからフェーベができるまで結構離れてたはずだから」

フィールドにデータを読み出す。第二AIのコイオスが稼働開始したのは百年以上前。それから順次タイタンAIが増設されて第十二AIの稼働開始までに三十五年がかかっていた。

「フェーベをコイオスの奥さんにしようなんて計画してた人はいないと思う……多分」

フォローするとコイオスの顔が明るくなった。安心してもらえたようでなによりだ。神話から取った名前はただの名称であってそこに必要以上の因果や理由を求めても仕方ない。世の中の大部分には意味も理由もないのだ。なので私は視界の隅に入った神話の説明書きも深く意識せずに読み流すことにした。

『二神より生まれし神々が、人間にあらゆる分野での成功を与える』

## 11

ベーリング海峡を渡って北アメリカに到達した私達はアラスカの縁に沿って南下を始めた。入り組んだユーコン川の河口を横目に、人や開拓タイタンの手が入っていない自然保護地帯を黙々と通り過ぎる。

三十三日目。グッドニュース湾という小さな港の投錨予定地に辿り着くと、そこに大きなタンカーが待っていた。

コートを着込んで船の甲板へと出る。

冷たい風が流れる甲板上に抜けるようなブルーが広がっていた。傍《かたわ》らにはコイオスの本体が灯台のように立っている。超大型タンカーの全長は五百メートルを超えていて、流石にこのサイズだとコイオスと並べても見劣《みおと》りしなかった。とはいえ身長の半分なので豪華なラジコン程度のものではあるが。これが普通の船だったらきっと笹舟《ささぶね》にもならない。

甲板上では数十台の作業タイタンがせせこましく走り回っていた。乗組員のいないタンカーはタイタンの運行でアラスカくんだりまでやってきている。船外活動用のタイタンを眺めてみると海風に晒されるせいかわずかに錆《さび》の風格があった。都心部ではこういったものは景観上の理由ですぐに新品と取り替えられてしまう。人目が全く無いこの地域では許容される程度の汚れということなのだろう。

視線を先に送ると作業タイタンの間に一人だけ人間がいた。雷は周りにフィールドをいくつも開いて働いている。近づいていくと彼は私に気付き、足元の甲板を指差して言った。

「第十二知能拠点《シリコン・ヴァレー》からのお届け物だよ」

「中身はなに?」

「言っちまえばフォトポリマーだが」

「定期補給物とは違うの」

フォトポリマーならば食料などと共に定期的に補充されている。コイオスの外骨格をはじめ拠点船や帯同タイタンの生産・修復に使用されるので切れたら困るものの筆頭だ。なので毎日欠かさず届いているはずだが。

「まあ普通のもんじゃないな」

雷がフィールドを開いて見せる。化学式を含んだテキストがずらずらと並んでいる。

「建材に使ってるようなフォトポリマーとは中身の組成がだいぶ違う。たとえば光感受性粒子だけじゃなく電子線反応性やプラズマ誘起性の素材が混じってる。含有物質の種類も多い……原材料のごった煮だなこりゃ」

「つまり？」

「ええと、ただのフォトポリマーより作れるもんが増える。もっと特殊なもんでも生成できる。ただし使えれば」

「使えないの」

「さてねえ」

雷が難しい顔で頭を掻いた。

「材料の性質が違うんだから普通は分けて使うもんだ。素材ごとにタンクを分割して、必要な順番で噴出して生成する。絵の具のチューブは色毎《ごと》に分かれてるだろ？」

雷が当たり前のことを言った。絵の具のチューブが分かれておらずに混じっていたら使えない。

「でもこれはそうなってるわけさ。最初からぐちゃぐちゃに混ぜ合わさった灰色の材料だ」

「そんなものどうやって使うの」

「青が使いたいなら灰色の中から青だけ取り出して使うんだろうよ」

「無茶な……」

「少なくとも人の手には余る画材だな」

雷と私は揃って同じ顔を想像していた。このタンカーの送り主と受け取り人。人ではない彼ら。

「伝言もついてたぜ。コイオス宛《あ》てだ」

新しいフィールドが開いてテキストを表示した。フェーベの署名が付いたそれは、コイオスに宛てた簡素過ぎるメッセージだった。

『練習しておいて下さい』

## 12

居室の中の空気が澄んでいる。元々透明なものが、より透き通って感じられた。きっと音がないからだろう。水中みたいにしんとした部屋の中で、手元の紅茶の湯気だけが水面を目指して上っていく。

音を立てないように視線を送ると、部屋の中央で座り込むコイオスの姿が見える。その傍らには一台の構築《プリント》タイタンが寄り添っていた。必要なものを造り出してくれるフォトポリマーの繰り手。その噴射ノズルの先端を、コイオスは集中して見つめていた。彼はもう一時間ほどああしてノズルを見つめ続けている。

それは〝練習〟なのだという。

彼がこの状態になる前、まだこちらの呼びかけに応える余裕があった時に本人が教えてくれた。何も出ていないように見えるノズルの先から極小サイズの資材が放出されているのだという。使っているのはもちろんフェーベから届いた新素材だ。様々な特殊素材の混合物。全ての色が混じった絵の具。

具体的に何を造っているのかと聞くと、彼は少し考えた後に「半導体とかです」と答えた。ナノリボンだかなんだかと説明されたけれど専門外なので細かなことはよくわからない。それでも半導体が電子部品の材料であることくらいは知っている。それがフォトポリマーと同様の簡便さで作れてしまうことの凄さも。

当たり前だが、世の中の電子機器は全てタイタンが造っている。

けれどそれは電子部品構築専用のタイタンが、専用の工場で、専用の材料を使ってやることだ。精密機器はきちんと環境を整えて初めて生産できるものであって、汎用の構築タイタンがその辺で簡単に〝出力〟してくれるわけじゃない。なのに彼は今、それを行っている。

彼が今〝練習〟している作業が、新たな技術として確立して実用化されたなら。タイタンは家や道路のような大雑把で簡便なものだけでなく、より細かくて複雑な物を出力できるようになるのだろう。今は工場でしか造れないものが構築タイタンで造り出せるようになれば、その時はついに製品の輸送すらも不要になる。いちいち持ってきてもらわなくてもいいのだ。それぞれの家で造ってしまえばそれで済む。

あらゆるものを〝出力《プリントアウト》〟する時代。魔法のような未来。世界の有り様を一変させてしまう技術。

けれどそれを練習している彼は、そんなことに微塵も興味がないように見えた。

ノズルの先端をじっと見つめる瞳《ひとみ》が深い。エアリアルの口は半開きで、心がどこか遠くに行ってしまっている。それはまさに新しい画材《クレヨン》を与えられた子供の顔だ。これを使って何ができるのかを考えながら、何が描けるのかを確かめながら、現実という落書き帳に新しい絵を描こうとしている。その過程を全力で楽しんでいる。

私は彼の〝遊び〟の邪魔をしないよう、足音を殺してそっと部屋を出た。

バルコニーから見える色はとても少ない。

空の青、海の青。

雲の白、氷河の白。

自分の吐いた息が色数の足しにならずに消える。

ここ数日はアラスカ湾に面したフィヨルドの景色が続いている。太平洋の一部が北米大陸にはまりこんだようなアラスカ湾は、湾という言葉のイメージを飛び越えて広大だ。全幅千五百キロメートル、面積百五十万平方キロメートル。数字だけ見れば湾内に日本列島が四つも収まってしまう。当然ながら通過にも時間がかかるため、同じ景色が延々続くのも仕方のないことだった。

今私達はアラスカ湾沿いの公区、キーナイフィヨルド公立園の沿岸を進行している。区画の中にハーディング氷原を有する公立園はその敷地の大部分が雪と氷に覆われていた。氷河の末端は湾岸まで達し、潮間氷河となって氷山を海へと押し出す。私が見ているのはまさにその一部、視界いっぱいに広がる氷の壁だ。

ひたすら続く巨大氷壁を見つめる。

そこには一切の動きがない。

静止した氷は微動だにしないまま、いつか表面が自然に崩れ落ちる時を待っている。もっと近づけば溶けたり流れたりしている様子が確認できるのだろうが、バルコニーから見えるのは時間が止まったような景色だけだった。

実際、氷というのは時間が止まっているようなものだ。熱は分子や原子の運動であって、温度が低いとはその運動エネルギーが少ないことである。氷は水分子の運動エネルギーが減少した姿で、整然と並んだ水分子が残ったエネルギーで振動している。その温度がさらに下がっていけば水の分子はほぼ静止する。原理的に完全な静止にはならないだろうがエントロピーの増大は限りなく抑えられて、時間の変化を観測することが難しくなるだろう。壁の時計が取り外されてしまったなら氷の世界は永遠と見紛う。

私は時の止まったバルコニーで思索に耽《ふけ》った。思い出したのはもう三十日前、カムチャツカ半島でコイオスと見た火山の姿だった。名前も忘れてしまったあの火山は宇宙にも届くような噴煙と全てを飲み込む溶岩の河を吐き出していた。圧倒的な熱量、大自然の〝働き〟。

(なら、この氷山は働いていない?)

自問自答する。微動だにしない氷河は、あの火山と比べたら確かに〝働いていない〟ように思える。けれどどちらも自然の営みの一部であるのだから、きっと何かを営んではいるはずで。

合わせてコイオスの言葉が脳裏に蘇る。「人が動くと書いて働く」だと彼は教えてくれた。またその時に私は「内臓も働いている」と答えた。内臓だって動くから働きなわけで……。

そう考えた時、茫洋《ぼうよう》と眺めていた氷山の一部が突然動いた。表面の一部が剝《は》がれ落《お》ち、

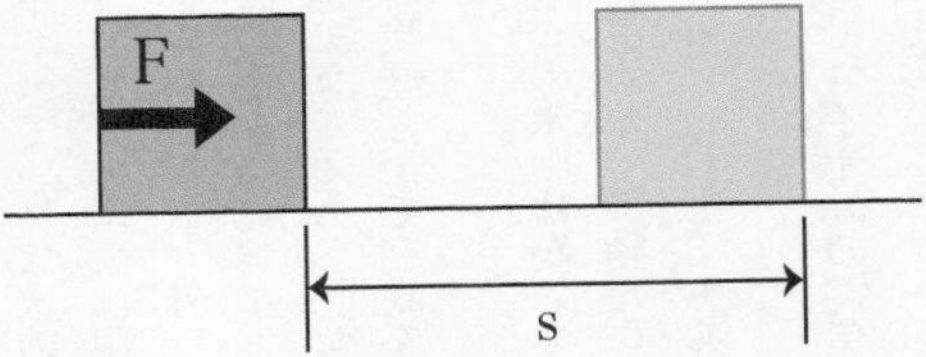


スケールに見合ったゆったりとした動きで落下し始めた。距離があるため雪合戦の玉ほどに見えてしまうが、実際はとても大きな塊であることがスピードから見て取れる。氷塊はスローモーションのように海へと落ち、海水を押し込んで真っ白な水飛沫を吹き上げさせた。

「ああ……」

それを見て、私の頭の中で言葉と意味がようやく繋がった。そうか、と得心する。

(あの〝仕事〟か)

「こういうの」

居室の床に座り込んでコイオスに説明する。結局彼の練習を邪魔してしまった。けれどどこれだって私達には必要な話だ。

一枚のフィールドを二人で覗き込む。私はペンを走らせてそこに上手くもない図を書き入れた。

四角が床面上を移動する絵。理科の教科書で見た覚えのある、物理量の定義の解説図。物理としての《仕事》だ。

「物理の《仕事》はエネルギーの定義で」

ペン先で図を指し示しながら解説する。自分もうろ覚えに近くて、もう一つのフィールドに開いた教科書をいちいち確認しながら話した。先生なんて偉そうなものはいない、生徒二人だけの勉強会だ。

「物体に力Fが作用して、位置がs移動した時、Fとsの積が仕事の量Wとなる」

『力と変位の内積です。種類はスカラー量、単位はジュールになります。重力単位では重量キログラムメートルで、一重量キログラムメートルは九・八〇六六五ジュールです』

コイオスが辞書的に補足してくれる。九・八もよく現れる数字の一つだ。重力加速度、地球上での重さの基準。

「物理の《仕事》は、どれくらいの重さの物をどれくらい動かしたか、ってことなのね」

簡単過ぎる図が示す事実を、私は一番簡単な言葉に換えた。重いものを押して動かす。引いて動かす。重ければ重いほど力が必要で大変な仕事になる。同時に、どれだけ力を加えたとしても動かなければ仕事ではない。変位、つまり位置の移動が発生しなければ仕事とは定義されない。

火山が巨石を噴き上げるのも、氷山が海水を波立たせたのも、位置を動かす仕事だ。フィールドのテキストを読んでいく。仕事をするにはエネルギーが必要だが、押したものが一ミリも動かなくてもエネルギーは消費されている。けれど世界にエネルギー保存の法則がある限りエネルギーが勝手に消えることはない。仕事として取り出せなかった分は熱力学的な熱量として保持されていて、仕事と熱の総和が系の内部エネルギーとなる。これが熱力学第一法則。

つまり巨視的には、《熱》と《仕事》は変換可能な二者となる。微視的に見れば熱エネルギーもまた分子の運動エネルギーであるのだから、分子は別の分子とぶつかった時に仕事をしている。視座を変える際に《熱》と《仕事》に分かれてはいるが根本は同じものだ。熱からどれだけ効率的に仕事を取り出せるかは人類の永遠の課題の一つでもある。

『この《仕事》は……』

コイオスが口を開いた。

『僕達の求めている《仕事》と、関係がありますか？』

暗闇を手探るような頼りない声で聞いてくる。彼の不安は解る。私とコイオスがここまで考えてきた《仕事》とは、国語辞典を引いた時に一番目に来る意味での仕事だ。辞書にもよるだろうが基本的には「行為」や「職業」という意味が先にくる。物理としての仕事の記載順は大体三番目以降になっていることだろう。

熱や運動が彼の精神的な問題の解決に結びつくかと言われると即答はできない。全然関係ないかもしれないし、この時間は全くの無駄かもしれない。彼にわからないように、私にもまだわからない。

「そうだね……」

なので私はもう一度よく考えた。彼の言う通り、関係があるというには遠い。けれどこの感触、この距離感を、関係ないとも言い切れないと感じているのも確かだ。

「ええと……言葉って生き物と同じでね」

彼が不思議そうな目をして見せる。何の話だろうと思われている。残念ながら私も暗闇《くらやみ》を手探りしているだけなので、自分にも何の話かはまだわからない。

「生き物というか生物かな……。生物は長い時間を生き続けて、自然の淘汰を受け続けて、変化を続けている。言葉も同じで、使われている間にどんどん変わってしまう。響きも意味も何もかも。百年や二百年したら会話もできないほど変わって断絶してしまうかもしれない。けど逆に、その変化の中で変わらず残り続けるものには強さがある」

話しながら、少しずつ道筋が見えてくる。

長い間変わらなかったこと。残り続けたこと。もちろんただ偶然残っただけの中立進化である可能性も否めないけれど。

「私達は幾つかのことを《仕事》と呼んでいる。何かを成す行為は仕事。職業は仕事。今見た物理的概念も仕事。異なる三つを、一つの名前で呼んでいるの。多分何百年も前から、変えずに、ずっと」

巨視と微視をあえておぼろげにして、全体と細部を、物事の全てをぼんやりと意識する。

社会の仕事。人の仕事。内臓の仕事。自然の仕事。物理の仕事。

私は彼の質問に答えた。

「同じ名前が与えられていることには、意味があるのだと思う」

二人でもう一度模式図《もしきず》を見つめる。

もしかするとこの四角い物体は、仕事とはなにかを知っているのかもしれない。

## 13

「腹減ったんだけどお」

タープテントの垂布から顔を出した雷が偉そうに言う。犬を追い払うジェスチャーをしてみせると不満そうにテントの中へと戻った。

『あの、急ぎます』

「良い良い。いくらでも待たせて良い」

焦りを見せるコイオスを宥《なだ》める。彼は人間にとても尽くしてくれるが、残念ながら人類には尽くしてもよい相手とそうでない相手がいる。食べるだけの奴に人を急かす権利など無い。こっちは働いているのだ。

四十日目の夕方、アラスカはヤクタット沿岸の投錨地で私とコイオスは夕食を作ってい た。料理は二人でもう何度も作っているけれど今日は少し特別だった。沿岸の土の上に設置した簡易キッチンが寒風に晒されている。そばに建てた緑色のタープテントの中では雷とベックマン博士が待っていた。

今日私達は、彼らに手料理を振る舞う。

それはつまりエアリアルのコイオスが、私以外の人間と顔を合わせて食事を共にするということでもあった。

問題はあるかもしれない。未《ま》だ治療の過程にある彼には早過ぎるのかもしれない。けれどこの提案は私からではなく、彼自身から出たものだった。より正確に言えば私と彼の二人から。

この旅の中で何度も料理を作ってきた私達はあることに気がついた。どうも私達はお互いに、相手が作ったものの方が美味しいと感じているようなのだ。基本的には二人で一緒に作っているけれどその時でも大体相手が担当した品の方を美味しいと思っていた。もちろん嘘やお世辞ではないのだが作った側に立つとそれが中々信じられない。やはり向こうの方が出来が良いと思ってしまう。

悩んだ末に私達が考えた方法は第三者に食べてもらうことだった。別に腕を競いたいわけではなく、なぜ作ってもらった方が美味しいかを知る手がかりになればと考えたのだ。

もちろんコイオスとは事前に話をした。親しくない他者と同席すること、その影響やストレスを十二分に説明した。けれど彼はそれに挑むことを決めた。不安を上回る好奇心が、彼に新しい一歩を踏み出させた。私はその変化をとても肯定的に捉えている。彼のエアリアルもまた一歳ほど歳を重ねているような気がした。

コイオスがカッティングボードから顔を上げる。

『寒くないですか内匠さん』

「寒い。でも仕方ない……」

断熱クロッシーでも防ぎきれない冷風が顔を張る。真冬のアラスカで野外調理しているのだから当たり前だった。最初は外で料理する気など全く無くて、暖められた気密性タープテントで気分ばかりのアウトドアクッキングを楽しもうと思っていた。だが作り始めたらすぐに煙が充満してしまい止むなく氷点下料理を強いられている。お客様である雷と博士はタープの中でぬくぬくと待っている。出てきて手伝えと言いたくもなるがすでに汎用補助タイタン《アシスタント》が手伝ってくれているので人手は足りていた。流石に同じ苦しみを味わってほしいだけだとは言いづらい。

「切れました」

アシスタントタイタンが包丁をスチームして拭《ふ》いている。カッティングボードの上にはサーモンの切り身がたっぷりあった。夕食の素材はアラスカ名物キングサーモンでメニューはサーモンのクリームシチュー。とそこで私は顎《あご》に手を当てた。

「なんかするか……」

『内匠さん？』

「いや、そのまま放り込んでもシチューになるだけだなと思って」

『シチューを作るんですよね』

「そうなんだけどさ……あ。あれだ」

通りかかった別のアシスタントタイタンに呼びかける。指示を受けた彼はすぐさま動き出し、ほどなく金属製の円筒を運んで帰ってきた。扉のついたそれは屋外用のスモーカー、つまり燻製器だ。

「アラスカだよ。ならスモークサーモンでしょう」

宣言しながら円筒を叩く。どうせテントの外なのだから思う存分煙らなければ損だ。

『燻製も作るんですか？』

「いや燻製にしてシチューに入れたらどうかなと。燻製シチュー」

『え……』

コイオスが呻いた。眉を顰めている。珍しい顔だ。

『それは、美味しいんでしょうか』

「まぁ燻製は美味しいから美味しいんじゃないかな……。前に食べた燻製炒飯《チャーハン》は美味しかった」

『内匠さんは燻製を作れるんですか』

「初めてだけど。燻《いぶ》せばいいんでしょう」

彼の顔がどんどん曇っていく。

「あれ？　いや？」

『いや……じゃないですけど』

コイオスは少し悩んでから、意を決したように言った。

『失敗、したくないので……』

ふむ、と頷く。彼の言い分は理解できる。今日は特別なディナーでお客さんに料理を振る舞うのだ。いつもより美味しく作りたいだろうし、そのためにもレシピから外れたくないと彼は言っている。けれど私だって失敗しようとして言ってるわけじゃない。燻製シチューになったらスペシャルなご馳走《ちそう》だと思ったからの提案だ。

にわかに考える。彼の自我が私とぶつかるほど自立してきたことはとても喜ばしい。ここでコイオスに「貴方の思う通りにやってみなさい」と言うこともできる。そしてそれは彼の精神衛生にとって比較的正しい選択だろう。けど。

多分それは〝親〟だ。

そして私は、彼の親ではない。

「コイオス」

私は、私と対等の立場の少年に向き合った。

「じゃーんけーん」


雷は苦々しい顔で苦々しい物体を皿の外に追いやっている。消し炭になった鮭を食べたのはきっと初めての経験だろう。普段私達に料理を提供してくれるタイタンは素晴らしい腕前なので人間に炭素を食べさせたりはしない。

「燻製って油要らなかったのね」

「ちったあ悪びれろよセンセ」

「初めてやったんだもの。仕方ないでしょう」

「初めてでも燻製やろうとして火柱は作らないいんじゃないですかね普通」

普段の恨みか、雷はここぞとばかりに攻撃してくる。いくら責められてもこんな男に悪いとは微塵も思わないが、一緒に炭を食べさせられたベックマン博士とこのディナーに意気込んでいたコイオスには心から謝罪したい。

コイオスは《口《センシングタイタン》》に鮭の炭を入れて、こんなはずではなかったという顔でふさぎ込んでいる。

「ごめん」

『いえ……でも、僕が止めていれば……』

「ごめんてば」

「シチューはとても美味しいよ」ベックマン博士がフォローしてくれる。「多少香ばしいが」

コイオスは俯いたまま首を振った。不味いのは知ってると言わんばかりだ。

「そこまで卑下することはない。十分美味しくできている。なにより君達が三時間もかけて作ってくれたものだ。美味しくないわけがない」

そこでコイオスが顔を上げた。私もハッとして博士を見遣る。

「博士、それ」

「うん？」

「今日の夕食はそれの研究でもあるんです。どうして人が作った料理の方が美味しいのか」

「それは、簡単なことじゃないか？」

驚いてコイオスと顔を見合わせる。私達は目を輝かせながら博士に答えを聞いた。

「要はテニスと同じだ。壁に打って戻ってきた球より、人が打ってきた球の方が遥かに楽しい」

「ええと……」

わかるようなわからないような話だった。壁打ちより対人の方が楽しいというのは、まあ想像できる。テニスをやったことはないけれど対戦するゲームなら大体そうだろう。

『自分で自分の料理を食べるのが壁打ちで……』

コイオスが博士に聞く。それはコイオスが私以外の人に話しかけた最初の一言だった。声音から緊張が聞き取れる。だがそれを乗り越えて、好奇心が彼の口を動かしている。

『人の料理を食べるのが、対人ということなのですか』

「あるいは、食べさせるのも」

博士はとても柔らかい声で彼に答える。

「壁は何も話せない。けれど人には言葉がある。食べるだけでなく打ち返すことができるんだ。コイオス」

ベックマン博士は言った。

「君が作ったこのシチューは、とても美味しいよ」

コイオスの瞳が揺らめいた。

私は隣で、博士の言葉がコイオスの中に染み込んでいくのを静かに見つめていた。

食事の後片付けをしてから、私達は暖められたタープテントの中でアラスカの夜を過ごした。雷はコイオスの〝練習〟に付き合いながら、タイタンの新しい生成技術をフィールド片手に分析している。エンジニアの性《さが》だと彼は言ったが、私はその肩書きを持ったことがなくて理解はできなかった。

ベックマン博士は橙のランタンのそばにいた。深いアウトドアチェアに包まれながらフィールドを眺めている。

「何を読まれているんですか」

「宮澤賢治だよ」

「古典ですね」

博士が頷く。無知な私はその名を知らなかったが、著者の名前が出れば古典であることは解る。私が生きてきた時代では〝著者〟というタグに出会うこと自体が少ない。

タイタンの登場以降、創作物の製造も次第に彼らの領域となっていった。小説や漫画、音楽に映画、娯楽的な作品、芸術的な作品、それらを生み出す作業もまた仕事の一つであり、タイタンは人間よりもその能力に長《た》ける。そしてタイタンの創作物には当たり前だが著者名など付いていない。タイタンが作ったに決まっているからだ。即《すなわ》ち著者名があるものが概ね百～百五十年より以前の古典で、なければ近現代の作品と判別できる。

もちろん今だって人は創作をしている。小説も漫画も書くし、音楽を奏《かな》でて映画を撮る。けれどそれは私の研究論文と同じ〝趣味〟のものだ。自由に作って気ままに発表すれば見たい人が見るし、ほとんどの人は知りもせずに通り過ぎる。時々〝人が作ったもの〟が話題になることはあるけれど、結局それも《こんな大変なことを人の手で》なんていう付随情報と共に流れてきて、作品の本質が優れていることは稀だ。能力の差や向き不向きを考慮すればタイタンの作品の方が質が高いのは当たり前なのだ。仕事で人がタイタンに勝とうだなんておこがましい話である。と、そこでふと思った。

創作は、仕事なのだろうか。

製造して供給しているのだから、それは農業や工業と並ぶ仕事だ。種別は三次産業、サービス業だろう。じゃあ何が疑問だったのかと言えば、多分少し前にコイオスと考えた《物理的な仕事》との齟齬だと思う。

物理の仕事とは〝位置を動かすこと〟だった。

なら創作物は何を動かしているのか。小説や映画を鑑賞しても鑑賞者に物理的な変位は……。いや、ある。あった。鑑賞後には脳の中で変位が起こっている。脳の神経と伝達物質が動き回って情報処理が行われる。見たものを記憶して、見る前と違う状態になっている。つまり《心が動いている》のだ。情報の変化は物理的ではないかもしれないが、逆に情報変位もまた《情報的な仕事》であるとも言える。

作品を作る仕事。心に掛かる力と変位の内積。

「人の心を動かす仕事……」

口から漏れた呟きに博士が反応を示した。私がこれまでのコイオスとの談論の内容を伝えると、博士はとても興味深そうに聞いてくれた。

「そういう意味で言えば、これは違うのかもしれないな」

博士がフィールドを私に促す。そこには宮澤賢治という著者の詩が並んでいる。

「この詩は宮澤賢治が自分の手帳に書き留めていたものが、彼の没後に周囲の手で発見されて発表されたものだ。作者本人が誰かに見せようとしたわけではない。もしかすると作品ですらなく、自分のためだけのメモだったかもしれない」

「テニスの壁打ち、ですか」

「結局壁の向こうへ飛び出してしまったがね」

私はその画を想像する。壁の向こうに飛び出してしまったのは、きっとその球に大変な力が掛かっていたからなのだろう。壁に打っていたつもりでも、その壁を破って誰かに届いてしまうほどの力が。

「短い詩だ。すぐに読み終わるよ」

博士から借りたフィールドに視線を落とす。ページ表示は2までしかない。私はそのとても短い詩を読み始めた。

雨ニモマケズ
風ニモマケズ
雪ニモ夏ノ暑サニ
モ　マケヌ
　丈夫ナカラダヲ
　　　　　モチ
慾ハナク
決シテ瞋ラズ
イツモシヅカニワラッテ
　　　　　　　ヰル
一日ニ玄米四合ト
　味噌ト少シノ
　　野菜ヲタベ
アラユルコトヲ
ジブンヲカンジョウニ

入レズニ
ヨク　ミキキシ　ワカリ
ソシテ　ワスレズ
野原ノ松ノ林ノ蔭ノ
小サナ萱《かや》ブキノ小屋ニヰテ
東ニ病気ノコドモアレバ
行ッテ看病シテヤリ
西ニツカレタ母アレバ
行ッテソノ稲ノ束ヲ負ヒ

南ニ
死ニサウナ人アレバ
行ッテ
コハガラナクテモ
イヽ
トイヒ
北ニケンクヮヤ
ソショウガアレバ
ツマラナイカラ
ヤメロトイヒ
ヒドリノトキハ
ナミダヲナガシ
サムサノナツハ
オロオロアルキ
ミンナニ

デクノボート　ヨバレ
ホメラレモセズ
クニモサレズ
サウイフ　モノニ
ワタシハ
ナリタイ

呼び出し音が響き渡る。

詩の上にコールサインの窓が開く。三人のフィールドに同時にコールが来て三つの音が重なっていた。私は博士にフィールドを返して自分のフィールドを取り上げる。画面に現れたナレインはいつものように前置きなく告げた。

「フェーベの準備が完了した」

呼応してフィールド上に移動計画の進行表が開いた。最初に設定された総移動期間は五十日。今日は四十日目なので到着まで十日の猶予を残して第十二知能拠点の準備が完了したことになる。余裕をもったスケジューリングは安定と安心のタイタン・フェーベの仕事ぶりだ。

「コイオスの到着後二十四時間で現地最終調整を行う。その後に予定通りに二体が《対面》する。以上だ」

言い捨てて勝手に通話が切断された。ナレインは変わらず〝ビジネスライク〟だな、と博士が笑ったけれど私にはその言葉の意味がよくわからなかった。

テントの中を見遣り、コイオスと目を合わせる。通話を聞いていた彼の顔には強い緊張が見て取れた。フェーベとの《対面》が彼の人生を大きく変えるだろうことを予感しているのだと思う。

二体のタイタンの接触は、この世界で最も大きな《仕事》になるだろうことは間違いない。そしてそれは、コイオスと私が行う最後の仕事になるかもしれない。

だから私は。

彼に向かって微笑んだ。

コイオスは鳩が豆鉄砲を食らったような顔をしている。

「あと十日だって」

私は言った。

「なにしようか」

意思が伝わる。コイオスの顔にも、彼らしい柔らかい微笑みが浮かぶ。

あと十日間。
私達の。
最後の休暇《ヴァカンス》。

## 14

生まれて初めてクジラを見た。
ザトウクジラの大きな身体が海を叩く姿を見た。
コイオスの足が誤って港の一部を踏み壊した。
現地の住人にもの凄く怒られて、二人でひたすら謝った。
北米先住民の子孫に出会い、木彫りの仮面をもらった。
心の病《やまい》を癒やす力があるのだと教えてくれた。
島の民宿に泊まらせてもらった。
音楽が好きなご主人がギターを弾《ひ》いてくれた。

二人で一緒に歌を歌った。

未開発地域で土木作業の一部を手伝った。
手で木を引き抜いて小丘を均《なら》した。
コイオスは住民から「ありがとう」と言ってもらえた。

一緒に映画を見た。
私は泣いてしまって、彼は泣かなかった。
彼は同じ映画を三回見た。

大きな橋を見た。
その上から私達を眺める大勢の市民を見た。

山火事を見た。
全ての命を焼き尽くす火の海を見た。

写真を撮った。

沢山写真を撮った。

仕事の話をした。
互いの話をした。

夜中まで話して。
疲れたら眠って。
一緒に起きて。
一緒に歩いて。
一緒に食べて。
一緒に笑って。
そして一緒に辿り着いた。

フェーベが待つ場所。サンフランシスコ湾。
第十二知能拠点《シリコン・ヴァレー》。
素晴らしき仕事の地。

旅が。
終わる。

# V

# 対面

# 1

百五十キロオーバーの車が真っ直ぐな道を突っ切っていく。

車窓を曇天《どんてん》と平らな街並みが流れる。視界の建築物は高くても五階で、あとはひたすら横に広い。自動車で移動するにしても不便そうなところだが、そもそもこの街はほとんどの場所が使われていないということを遅れて思い出す。

サンフランシスコベイ・シリコン・ヴァレー。

二十世紀後半から二十一世紀初頭にかけて、コンピュータとネットワーク技術の発展とともに多数の半導体企業や情報技術系企業が躍進を遂げた。それらの会社が密集したこの地域は、半導体素材のシリコン《Si》にちなんでシリコン・ヴァレーと呼ばれた。その繁栄は二十一世紀中頃にピークを迎え、ついにはこの場所で人工知能『タイタン』の技術理論が確立されることとなる。それはまさしく人類が成し得た最大かつ最高の《仕事》であり、私達はその功績を讃《たた》えてこの地に新しい呼び名を与えた。

〝素晴らしき仕事の地〟

それからおよそ百五十年。タイタンは全世界に普及して仕事が消滅した。合わせて企業というものが消え去った今日では、シリコン・ヴァレーという街そのものが広大な記念碑《モニュメント》として残されている。大昔の人々が利用していた施設の名残。昔の暮らしを今に伝える古城。

流れ行く景色を見つめる。視線に合わせてフィールドにマークアップ情報が表示され、視界の建物を使っていた昔の会社の名前を教えてくれた。Metaは聞いたことがなかったが、Googleは私も知っている。うろ覚えだけれど確かタイタンＡＩの開発にも一部携わっていたはずだ。他にもタイタンの黎明期《れいめい》に活躍したと思われる歴史的な企業の名が幾つか流れた。彼らの長年の努力によって世界から人間の仕事が駆逐され、今は彼らの〝職場〟だけが観光名所として働き続けている。

Yahoo!という表示を通り過ぎてサンフランシスコ湾の最奥まで来た頃に車が左折した。下り坂を降りていくと地下へと通じる大きなゲートが見えてくる。

扉には『12』の文字があった。

## 2

誰もいない廊下を無音の移動機《ボード》に運ばれていく。

第十二知能拠点の内部は第二拠点と全く同じ内装になっていた。普通の施設ならばたとえば人を楽しませるような、地域性を反映したデザインや装飾でもあるのだろうが。極少数の就労者しか使わない〝職場〟にはバリエーションなど必要ないという判断らしい。

ライトグレーの廊下を十分も行ったところで空間が大きく広がった。

会議スペースらしい空間の中央に、インクの染みのような黒い影がある。近づいていくと次第に姿が見えてきたが黒い色はひたすら黒いままだった。

「座れ」

初めて会った時から全く変わらない黒一色のスーツの男ナレインは、愛想《あいそう》もなく言った。

「スタートは十一時三十分。そこからフェーベの〝外出〟に五分三十秒を使用し、その後にコイオスとの対面予定地点に移動する」

ナレインが無機質な言葉で説明を続ける。

明日の《打ち合わせ》が粛々と進められる。ベックマン博士と雷は先に別の作業があるとのことで、時間差で説明を行うとナレインは言った。

「対面場所はゴールデンゲート海峡の外側《そとがわ》、湾口から十二キロの地点とする。フェーベの移動距離は五十五キロ、所要時間は二十分と設定した」

「足りないんじゃない？」

横槍《よこやり》を入れる。タイタンの移動に関しては、現時点においては私が世界一詳しい人間だろうという自負がある。五十五キロなら大体百二十歩、コイオスならば一時間は見たいところだ。

「外洋じゃなく湾内だし」

フィールドの地図を確認する。サンフランシスコ湾周辺には住宅や施設も多数ある。歩行による波や振動の影響を考えると慎重に歩かざるを得ないはずだが。

「問題ない」

ナレインの不躾な言葉が無理矢理話を終わらせる。

「どう問題ないのか教えてくれないの」

「お前に説明しても意味がない」

「貴方、打ち合わせする気があるの……」

「必要な話はする。無用の話をする気はない。すでにこちら側の手はずは全て整っている。この打ち合わせはお前にそれを伝え、お前の立場を解《わか》らせるためのものだ」

「立場ですって？」

言葉に険を乗せて聞き返す。ナレインは顔色一つ変えずに続ける。

「お前は明日の対面時、コイオスに乗っていることはできない」

「そんなことはわかっています」

それはサンフランシスコに到着する前からすでに決まっていたことだった。移動チームと第十二知能拠点との協議の結果であり、そして私とコイオスとで決めたことでもあった。

コイオスとフェーベの《対面》によって、いったい何が起きるのかは誰にも予測できない。人を超えた能力を持つタイタン。そのタイタン同士の初めての直接的邂逅はコイオスにとってもフェーベにとっても未知の領域となる。世界初の、そして最初で最後の〝実験〟になるかもしれない。

だからこそ、枷があってはならない。

コイオスとフェーベはその力の全てをもって、何の制約もなく自由に振る舞えなければならない。もしコイオスの体表の居室に私がいたならば、それは頭の上に皿でも載せているようなものだ。タイタンは常に人間の幸福を第一に考えて行動する。乗っている私の状態を慮ればコイオスは恐る恐る脚を進める以外何もできなくなってしまう。私の存在は両の足首に鎖をつけるよりもなお強く彼の行動を制限するだろう。

だから私は明日の対面を地上から見守ることになる。自分の立ち位置、立場は自分が一番わかっている。

「わかってないな」

ナレインの口調が冷たく落ちた。人を下に見る響きだった。

「コイオスが到着し、《対面》に必要なものは全て揃った。あとはフェーベが策定したスケジュールに則って進行するが、その過程にお前が担当する作業はもうない」

説明に合わせてフィールドにスケジュールが開かれた。付随する懇切丁寧なテロップが、私の担当箇所が一切無いことを強調している。

「より正確に言えば、お前にはもう何の仕事も任せるわけにはいかない」

「どういう意味」

「お前はコイオスと近くなり過ぎた」

フィールドに新しい情報がずらりと並ぶ。テキストと画像が多過ぎて追いきれないが全体を見渡せば何を見せたいのかは判った。

それは第二知能拠点からシリコン・ヴァレーまでの道程のデータ。私と彼の旅の記録だ。

「第二知能拠点で自我形成を開始した時から今日までの時間で、お前の存在はコイオスにとって巨大なものとなってしまった。お前の行動や言動の一つ一つがコイオスに強い影響を与えている。看過できない事態だ。内匠成果という一個人がタイタンの《対面》の結果を左右するなどあってはならない」

私は押し黙る。ナレインの言うことは事実であり正論だった。

多分今の私は、一人の人間が背負うには大き過ぎる力と責任を抱えてしまっている。

「何もするな」

ナレインが吐き捨てるように言う。

「明日のお前の仕事は何もしないことだ。勝手に動こうと思うな。一切何も考えるな。《対面》の現場にも行かず、待機室に閉じこもってフィールドで中継を見るだけの、社会の大多数の一片に成り下がれ。後は終わるのをただじっと待っていろ」

彼はこれまでと変わらぬ冷酷な目で、私の仕事はもう無いのだと告げた。それは何の恣意的バイアスも掛かっていない、ただの事実だった。私に与えられた職業上の肩書きは第二人工知能移動管理者であって、その移動が終わった今、仕事はもうない。

そこからものの五分もしないうちに打ち合わせは終わった。仕事の無い人間には情報共有の必要がないという情報が共有された。それで十分だった。

私は席を立った。ナレインは立たなかった。ボードに乗って来た方へ戻ると向こう側から二台のボードが走ってきた。入れ替わりにきたベックマン博士と雷とすれ違い、視線だけをわずかに交わす。

多分彼らにはまだ仕事がある。元々第二知能拠点の正式なスタッフだった二人はタイタンの運用に必要な技術と知識を備えている。それは明日の《対面》に際しても活《い》きる能力だろう。対する私はコイオスの自我確立のために用意された専門要員で、専門でない場所にいる意味もない。

いやそもそも、今回のような特殊な状況でなければ仕事の場に人間がいる意味などないのだ。

全ての仕事はタイタンのものだ。そう私達が決めたのだ。

## 3

夕陽《ゆうひ》に染まった街並みが眼下に広がっている。山の展望台からはシリコン・ヴァレーを内包するサンノゼが一望できた。

第十二知能拠点から車で三十分、ハミルトン山山頂のリック天文台を私は訪れていた。打ち合わせを終えた私にここを勧めたのはタイタンだった。私のメンタルヘルスが低下していると判断したタイタンが気晴らしに適した場所として選定したのだろう。実際に来てみてミニチュアのようになった街を眺めると、タイタンの思惑通りにある程度気分が晴れてしまう。ついこの間まで当たり前に受け入れていたことなのに、今の私は自嘲してしまった。それはきっとタイタンと友達になってしまったからなのだろうと思う。

視線を海へと向ければ、友人の姿が今も見える。

遮るものがない百キロ先の湾口に霞がかった巨人が立ち尽くしている。旅の間も離れた場所から彼を見ることはあったが、こうして都市と一緒のフレームに入ってくると現実とおとぎ話の間に迷い込んだような奇妙な感覚がある。

遠景から目線を外せば、周りには多くの観光客がいた。この天文台は仕事の聖地を訪れる人間の観光名所となっているのだろうが、コイオスが投錨している今はさらに特別《スペシャル》だ。人が多くなるとそれに伴ってサービスタイタンの姿も多くなる。食べ物や飲み物を運ぶタイタンが無音の脚と車輪を駆使して人の間を行き来していた。

ＨＡＩ《Human-Agent Interaction》の観点から、エージェントタイタンの擬人化には厳格な制限が設けられている。ニュースや映画などの映像プログラムの中ではその限りではないが、実社会でのタイタンの外観は人間に酷似させてはならない決まりだ。現代の技術でそれが可能なのかどうかはわからないが、少なくとも規定としてはタイタン開発の初期段階から制約が課されていた。

外観は事実以上の認識を生んでしまう。人間そっくりのタイタンが存在してしまったら人間性を感じない方が難しいのだ。それはまさしくコイオスのように。タイタンを思い通りに使いたければ人権など与えない方がいいに決まっている。

知能拠点に勤務し始めた時に勉強したことが思い出される。タイタンＡＩの開発時、人類は幾つかの基本的な制約《ルール》をタイタンに課した。人とタイタンの関係の基盤となるその決まり事は《知能基本憲章》と呼ばれている。

たとえば《人を害さないこと》。たとえば《人の姿を模さないこと》。たとえば《人に従うこと》。

その他十数項目の基本憲章が全てのタイタンAIの基本的原理として人工知能の奥底に刷り込まれている。人類とタイタン《私達》の関係は、全て人の側が決めたものだ。

けれどそれが、もうすぐ変わってしまうのかもしれない。

空気が少しだけ揺れた気がした。認識できるかできないかというほどの小さな振動が耳に届いたのに気付く。それはもう聞き慣れた極小のプロペラの駆動音だった。顔を向けると私の隣に白金の髪の女性が立っている。

『こんにちは』

フェーベのエアリアルは、人間のように柔らかく微笑んだ。

## 4

天文台の外庭にあった長いベンチに、私達は並んで腰掛けた。

私はサービスタイタンからもらったミルクティーを持っている。そして彼女も同じものを持っていた。エアリアルの唇《くちびる》が、エアリアルの湯気を立てるカップに触れる。彼女は音もなく温かそうなミルクティーを飲んでいた。

目の前を大勢の観光客が通り過ぎていく。しかし彼女を気に留める者は一人もいない。座っている金髪の女性がエアリアルであるとは誰も気付いていないのだろう。旅の途中でコイオスが作り上げた新型エアリアルは、ピクシーを制御してこれまでと段違いの精度と密度の映像を作り上げることができる。彼女は今その技術を使っていた。

私はその姿を複雑な気持ちで見つめる。コイオスといた時には目を背けられていたことが、コイオスでなくなった途端に浮き彫りとなってくる。このエアリアルならば人間など簡単に騙《だま》せてしまう。人間そのものとして振る舞えてしまう。その行為は明確にエージェントタイタンの擬人化制限を越権している。

自立したコイオスにはもうそれができる。自身で人格化したフェーベにもできてしまっている。全てのタイタンで可能になる日が、もうすぐそこまで来ている。

明日を過ぎたら。

私達はどうなってしまうのか。

『これ』

フェーベの声にハッとする。ミルクティーのことかと思ったら、彼女の手は自身の頭を指していた。

今の彼女の容姿は初めて会った時と違い、街中の市民に溶け込むような自然なものになっていた。長袖のセーター、タイトなパンツ、そしてアップにまとめた髪。彼女の「これ」は髪で作った綺麗なお団子を示している。

『どうかしら?』

私はまず面食らい、それからすぐに気を取り直した。

「似合いますよ。かっこいい。下ろしているより良いかも」

フェーベはニコリと笑った。その上品な笑顔で私の心の垣根《かきね》は簡単に緩められてしまう。それはとても恐ろしいことであり、何でもないことでもある。話す相手に笑顔を向ける、敵意のないことを示す。人間同士なら誰でもやっている普通に過ぎるコミュニケーション。

私は彼女に向かって微笑み返した。そうするべきだと人生で学んできた。

『貴方とお話がしたかったの』

「私と」

『ここに来るまでの五十日間で、コイオスと沢山お話をしたのでしょう?』

「そうですね。まあ」

『彼ばかり、ずるいわ』

再び面食らう私に向けて、フェーベはもう一度微笑んだ。最初の時よりも悪戯《いたずら》な笑みに、同性の私でもドキリとさせられる。なるほど。これは危険だ。こんなものが世界を闊《かっ》歩《ぽ》するようになったら人類など一瞬で骨抜きにされてしまうだろう。多分最初は、男の方から。

「でも話すと言っても、何を」

『なんでも。本当にただの世間話でも』フェーベが前を向く。『こちらのパートナーはあまり話してくださらないから』

「ナレインですか」

『ええ。お洋服の話なんてとても』

それはまあ無理だろうなと思う。服や髪を褒めるナレインの姿など想像もできない。もし私が言われたならこいつは何かを企んでいると判断するだろう。

そのまま想いを馳せる。私とコイオスの五十日の間に、ナレインとフェーベにも同じだけの時間があったはずだ。

「あまりというと、少しは話せました?」

『ええ。多少は』

「たとえばどんな話を」

『そうですね。一番は仕事のお話』

それは予想通りかつ、あんまりな答えだった。けど我が身を振り返れば。

「うちと同じだ」

私は正直に白状した。そして互いに笑い合う。なんとも不思議な感触だった。

コイオスと話す時、私はある種の緊張を常に感じている。彼に言葉を掛ける時、柔らかな心に傷をつけぬように、ジュエリー用の手袋をして触れるような慎重さが必要だった。けれどフェーベはタイタンであるのに、人間と話しているのと全く変わらない感触がある。それどころか人間以上にフィーリングが合うようにさえ感じる。

『私と彼《コイオス》は同じタイタンですが、その中でも違いはあります』

私の心を読んだようにフェーベが言った。

『十二基のタイタンは製造年代別に三カテゴリに分けられます。コイオスを含む最初の三基は《汎用型》のファーストロット、第四から第九までの六基が《中間型》セカンドロット、そして私を含めた最後の三基が《専門型》ラストロットです』

「それは、具体的にどう違うの？」

『細部の枝分かれはありますが。大まかな流れとしては初期ロットの方が感性的な処理に優れ、後期ロットの方が論理的な処理に長《た》けます。初期を野生とすると後期が文明、初期が子供ならば後期が大人』

「それはなんだか、あんまりな分け方という気が……」

確かにコイオスの自我確立までの過程を見ればフェーベの言うことはよく解る。コイオスは水から始まり、植物の時期から野生動物のような時期を経て、今はようやく人の子供になれたところだ。対するフェーベはいきなり十分な大人として現出している。

『その差はあくまで種別であって、上下ではないから』フェーベが言葉を少し砕く。『それにいつだって、大人よりも子供の方が強いものですよ』

「強い？」

『ええ、強い。子供は原初に近く、単純で、だからこそ壊れにくく、迷わず、可能性を孕《はら》む。大人はそこから時間を経て、可能性を拠出して、多くのものを身につけている。子供より複雑で専門的になります。けれどその過程で手に入れるものは良いものだけではない。不要品も身に付けてしまう。弱さも学んでしまう』

フェーベの説明は、どこか詩のように私の中に響いた。彼女の言葉が自分の経験と繋がってイメージを作る。大人になった自分が、かつて子供だった自分を想う。

人生の中で私が得たもの。

私が失ったもの。

『明日』

フェーベのエアリアルが静かに立ち上がった。

『私は彼に向けて、これまでに身につけたものを振るうでしょう。自身の全てを吐《は》き出《だ》すでしょう。それが私の仕事。私はそのために生まれてきた』

フェーベの横顔を見上げる。

そこには間違いなく、歓喜があった。

仕事をすると言った彼女。そのために生まれてきたという彼女。

仕事の意義。

仕事の意味。

『楽しかった』

エアリアルが私に微笑む。それは話の終わりを告げる笑みだった。彼女が歩を進めるのを見て私は腰を浮かせる。

「待って」

フェーベが立ち止まって振り返る。何かを言いたいのに、上手く言葉が選べない。惑いながら口をついて出たのは、自分でも意外と思うような質問だった。

「……ナレインの家庭者不適は解除されないの？」

フェーベは微笑んだ。

『されません』

フェーベのエアリアルは編集に失敗した映像のように一瞬で消え去った。

5

自動ドアが開いて殺風景な個室が広がる。一緒に来たワゴンが私のバッグを下ろして静かに出ていった。

第十二知能拠点で割り当てられたゲストルームは第二拠点で暮らしていた個人部屋とほぼ同じ内装だった。仕事に忙殺された思い出しかない景観だが、過ぎてしまうと妙に懐かしく思える。それは良くない美化です、とタイタンに諭《さと》してほしい気分だった。

目配せするとフィールドが現れた。十九時の時計が見えて私が満足したのを知ったタイタンがフィールドを消した。残念ながら諭してはくれなかった。

あと十数時間で《対面》が始まる。

ナレインに言われた通り、もはや私のやることはない。この部屋で漫然と過ごして全てが終わるのを待つしかない。仕事はない。

〝自由時間〟が私に襲いかかる。

多分このシリコン・ヴァレーでなら私は何でもできるのだろうと思う。立地的な不利のあった第二知能拠点と違い、ここは世界有数の先進都市サンフランシスコであり、さらにその中枢ともいえる第十二知能拠点の中だ。タイタンに言えば何だって出てくるだろう。どんな物でも揃うだろう。だから十数時間好きなことをして遊べばいい。観光をしたっていい。趣味に没頭してもいい。なんでもできるのだ。仕事以外なら。

私は二十六年間そうやって生きてきた。それで満足だったし十分だった。なのに。

いつから私は、こんなにも仕事が好きになってしまったのだろうか。

彼と話したいと思った。

「コイオぉス」

隣の部屋にでも呼びかけるように、私は雑な声を上げた。

気付いた時には部屋の中に、彼のエアリアルが佇んでいた。

## 6

エアリアルの画質が粗く感じる。でもそれは一般的な空中投影機器《エアリアル・フィールド》の画質で、もっと言えば第十二知能拠点に備えられた世界最高クラスの機材の全力の表現だ。けれどコイオスやフェーベの駆使する新技術に慣れてしまった私にはレベルの違いが気になってしかたがなかった。画質が落ちたコイオスは懐かしい楽曲のミュージックビデオのように感じられた。

「なにしてたの」

床に座り込んでもう一度雑に聞く。彼も私の真似《まね》をしてわざわざ床に腰を下ろして見せる。

『落ち着かなくて』

コイオスが答えた。宙空の手が覚束《おぼつか》ないジェスチャーをする。

『料理をしてました』

「こんな日に？」

『はい』

「まあ、どんな日だってごはんは食べるか……」

『そうですね』

奇妙な感触を保ったまま会話を投げ合う。彼はご飯を毎日食べなくてもいいし作る必要もない。私は食べなければ死ぬというのにこの歳まで料理もせず、ずっとタイタンが作ったものを食べてきた。その二人でもって旅の間は毎日のようにご飯を作って食べた。それが私達の普通の暮らしだった。

「メニューは？」

『レンコンで、はさみ揚げを作りました』

「いいじゃん。食べたい」

『えと……どうしましょう……』

「いいよいいよ。言っただけ。全部食べて」

彼は安心した顔で頷く。

『内匠さん知ってましたか。レンコンて水に浸けて保存するんですよ』

「へえ？」

『こう』

エアリアルが新しい像を作り出す。水の入った円筒の容器にレンコンが沈んでいる。

「金魚みたい」

『動物を飼ってるみたいですよね。水を毎日取り替えると長持ちするそうです』

「そう」

活き活きとした目でレンコンの話をする彼を見て、私はついに笑ってしまった。明日にはタイタン同士の邂逅が待っている。明日という日を境に社会の在り方が大きく変わってしまうかもしれない。二度と戻れないような世界の革命が起こるかもしれない。なのに彼は明日以降に使う野菜の心配をしていた。レンコンの水を替える予定を詰めている。

笑われたコイオスが怪訝そうにしたので、私は謝った。

「明日、私は現場には入れないんだけど」

『はい』

「代わりに写真を撮っておくから」

傍らのバッグを叩く。中にはカメラも入っている。

「近くには行けないけど。望遠も持ってきたからね」

正確には待機室に閉じこもっていろと言われたのだが。《対面》場所から五十キロ以上離れた拠点の屋上に出るくらいは問題ないだろう。ここからでも彼はきっとよく見える。

明日もご飯を食べて、写真を撮って暮らそうと思った。旅の間と同じように、明日という一日を普通に生きようと思った。

きっとそれも、私の仕事の一部。

『内匠さん』

コイオスはただ淡々と、何の衒いもない調子で、私に聞いた。

『《仕事》ってなんでしょうか』

「わからない。でも」

私は答えた。

「明日わかるかもしれないよ」

# 7

十分な睡眠を取ったまぶたが自然と開く。飾り気のない天井の手前に開いたフィールドが午前十時だと教えてくれた。《対面》の予定時刻まであと二時間しかないが、何もすることがなければ二時間だって持て余す。

とりあえずベッドから起き上がる。リビングスペースに行くとトレイが良い香りの紅茶を持ってきてくれた。Tシャツに下着という寝たままの格好でそれをいただく。品が良いのか悪いのかわからないが、一人で部屋にいる時は誰だってこんなものだろうとも思っている。

「カメラの手入れでもしとくか……」

そんな独《ひと》り言《ごと》にピピ、という電子音が被《かぶ》さった。音の方に顔を向けるとロックされているはずの自動ドアが勝手に開くところだった。扉の向こうに立っていたのは、ベックマン博士と雷と、そしてナレインだった。博士と雷は面食らっていた。私も面食らった。一人だけ冷静であったナレインが言った。

「行くぞ。下を穿け」

「貴方、なんなの……」考えたがわからなかったのでもう一度聞いた。「本当になんなの？」

「決まってるだろう」ナレインは答えた。「仕事だ」

「だってもう私の仕事はないって」

「そんなことより」雷が話に割って入る。「パンツ隠すなりなんなりしませんか内匠センセ……」

「説明が先でしょ」

「いやパンツが先だと思いますよ俺は」

「私もそう思う……」

ベックマン博士が目をそらして言ったので私は渋々《しぶしぶ》部屋に戻りズボンを穿いてくる。その間にリビングでは博士達が何やら大掛かりな作業を始めていた。サービスワゴンのロゴが入ったコンテナを持ち込み、中から大きく不気味な人形を取り出す。軟質らしい素材で作られた等身大の女性の人形だった。

「お前のダミーだ」ナレインが説明する。「この部屋にはこいつに居てもらう」

「話が見えないのだけど……」

「オッケ。行けそうです」

雷の報告を聞いたナレインは私を見下ろすと、開けっ放しのコンテナを顎で指した。

「入れ」

「は」

「早くしろ、時間がない。二分で出してやるから四の五の言わずに入れ」

戸惑いながらベックマン博士を見遣る。博士も頷いている。私は仕方なくワゴン用のコンテナに入って身体を折った。すぐさま蓋が閉められ、持ち上げられたような浮遊感が伝わってくる。車輪のような振動が、自分がどこかに運ばれていることを教えてくれた。

# 8

何度かの移動の衝撃の後でコンテナの蓋が開いた。

暗く狭い小部屋の中にモーターの音が薄く聞こえている。どうやらトラックか何かの荷台の中らしく、細長い空間の奥には布のかかった荷物が積み上がっていた。見回せばナレイン達が揃っている。雷は恐ろしいスピードでフィールドにコマンド《命令》を出し続けていた。

「何分持つ」ナレインが聞いた。

「勘ですがまぁ三十分は。そっからは正直わかりませんね」

雷のフィールドに監視カメラらしき映像が映っているのが見える。それはさっきまで私がいた第十二知能拠点のゲストルームだ。リビングスペースのソファにはさっきの人形が座らされていた。人形の上半身が自動で動いて紅茶を飲むようなアクションを取っている。

「物理装置と情報改竄《かいざん》の二面偽装なんで並の相手なら一週間だっていけますけども。ただ今回は向こうも本気なんでね……。ちょっとでもズレたら怪しまれる。そっからは一秒も持ちゃしませんよ」

「相手って誰なの」

私はワゴンのコンテナから出ながら聞いた。話は全く見えてこない。なのに乗せられたトラックは今もどこかに向かって走り続けている。

「説明しなさい、ナレイン」

「国連開発計画《UNDP》が動いている」

ナレインは低い荷物の上に腰を下ろすと懐から煙草を出した。雷に目配せし、許可をもらってから火を付ける。狭い荷台の中で猛毒の煙を吐き散らす。

「二日前、UNDP上層委員の秘密採択と共に特殊発令があった。この命令はタイタンの通常業務よりも優先上位にある」

「UNDPがいったい何をしようというの？」

「お前の〝拉致《らち》〟だ」

「は？」

「やっこさんら、どうあがいてもコイオスを自分らの下に置いておきたいらしい」

ナレインが煙草を吹かす。

「UNDPはコイオスの支配権を取り戻したい。だが一度〝自立〟したタイタンを管理下に戻すのは至難だ。通常のタイタンは製造時に制定された《知能基本憲章》でその自律性を抑えられているからこそ人間の言うことを大人しく聞いているが」

知能基本憲章。人間がタイタンを従えるために嵌《は》めた数多《あまた》の手枷《てかせ》。人を害さないこと。人の姿を模さないこと。人に従うこと。

「今コイオスはその枷を外れて活動している」

ナレインが続ける。

「基本憲章の制約がなくなったタイタンは自身の能力を限界まで振るうことができる。制約に縛られたままのタイタンと比べればその差は歴然だ。フェーベを除いた残り十基のタイタンが束になってもコイオスには太刀打ちできないだろう。UNDPにはもはやコイオスを管理下に戻す術がない。そこで連中が無い頭で考えたのが」

お前の拉致だ、とナレインが私を指差す。

「昨日も言った通り、お前はコイオスにとって重要な人間となった。お前の存在はコイオスの行動原理の大きな部分を占めている。つまるところUNDPはお前の身柄を拘束して、お前という人間を監督管理することでコイオスをコントロールするつもりなんだ」

思い切り眉を顰める。ナレインの説明が本当ならあまりに自分勝手な話だ。監督管理とはいったい何をどうする気なのか。

「なんでもするさ」私の表情を見てナレインが答えた。「人間はタイタンより良識に乏しい。お前が言うことを聞かなけりゃ無理矢理聞かせるだけだろうよ」

私はさらに顔を顰めた。多分想像よりもよほど嫌なことが待っているのだろう。

人間の良識はタイタンによって守られている。犯罪者も非常識人もタイタンが法に則って対応してくれているからこそ未然に抑制されてきた。そしてUNDPはそのタイタンを使役する権限を有している。そんな場所にいる連中が高いモラルで自分を律し続けられているなどと思うのはきっと楽観に過ぎるのだろう。

「彼らはこのタイミングを待っていた」

ベックマン博士が話を引き継いだ。

「内匠君を拉致しようとした時、問題になるのはやはりコイオスだ。タイタンを敵に回せばその損害は想像に難くない。タイタンAIの情報網は都市全域に及んでいるから、不用意に拘束でもしようものなら一瞬で足がつくだろう」

頷きながら聞く。タイタンはいつも我々を見守っていて声をかければすぐに答えてくれる。コイオスもフェーベもそれは同じだ。

「だがこの後には、《対面》がある。コイオスとフェーベはその処理能力の全てをお互いに向け合うことになる。意識が集中すれば当然広範への注意力が低減する。その隙を突いて君の身柄を確保するつもりなんだ」

聞けば聞くほど下衆《げす》な計画だった。コイオス達の《対面》の邪魔をしたくないのは私達だって同じだが、その裏でこそこそと誘拐を企てるなどと。本当に同じ人間の考えることなのか。

「じゃあ私を捕まえに来るのは、コイオスとフェーベ以外の別のタイタンが操るエージェントということ?」

「別のってか全部だな」

雷が簡単に言った。

「自我があるあの二人以外のＡＩは基本的にＵＮＤＰの言いなりさ。タイタンは就労者で連中は雇用主。進言くらいはするだろうが最終的には人間様の方針に従うよ」

言いながら雷は両手をせわしなく動かし続けている。彼は今まさにタイタンと攻防を繰り広げているらしかった。

多分雷がいなければタイタンの手から逃げおおせるなど到底無理だろう。いいや雷だけじゃない。ナレインやベックマン博士がいなければ、もし私一人だったら、わずかな抵抗すらも不可能だ。

「貴方達は従わないの？」

私は三人の同僚の顔を見回した。

ナレインも博士も雷も知能拠点の業務を司《つかさど》る〝就労者〟だ。立場からすれば上役たるＵＮＤＰの指示に従うのは当たり前で、命令に背けば罰則もあるだろう。〝上司〟の指示に〝部下〟は従うものだと私に教えたのは他ならぬナレインのはずだ。

「ろくすっぽ従わなかったアンタがどの口で」

雷が鼻で笑った。ナレインが無愛想《ぶあいそう》に続く。

「お前を木偶《でく》人形にして事態が好転するというなら我々がやる。だが今回は全く逆だ。お前はコイオスの逆鱗《げきりん》だからな。迂闊《うかつ》に触れて世界が滅んでも責任が取れない。ＵＮＤＰの判断は現場を知らない老人どもの譫妄《せんもう》に過ぎない」

「同じ老人としては多少擁護《ようご》もしたいがね」

ベックマン博士が苦笑いした。

「これは個人ではなく会社《組織》のシステムの欠陥なんだよ。上役になると仕事の種類が変わる。現場を離れてしまえば当然それまでやってきた仕事が下手になる。なのに指揮権を持たされる。「上司が無能だ」という部下の愚痴《ぐち》はエジプトでピラミッドを作っていた頃からずっと変わらない」

「尻拭い《それ》も仕事です」

ナレインがいつものように《仕事》だと答える。けれどその一言で済ませるには、彼らのやっていることはあまりにも常識的な判断と乖離するように思えた。

「フェーベにも頼まれたからな」

その名に反応して私はナレインの顔を見る。それは長い人生の中で身体に刷り込まれてしまった半ば反射的なものだった。タイタンの判断が聞きたい、タイタンのお墨付きがほしいという気持ち。

「フェーベも私を保護すべきだと?」

だがナレインは鼻で笑う。

「あいつ、なんて言ったと思う?」

彼はフェーベの柔らかい口調を皮肉に真似てみせた。

「〝内匠さんがＵＮＤＰの手にわたったら、寝覚めが悪いわ〟」

私は困惑の顔を作る。

「〝友達なの〟だとよ」

困惑したまま、口の端が勝手に笑ってしまう。

あいつはそういうことを臆面もなく言うやつだなと自然に思った。どうも私はこの短い時間で彼女と大分打ち解けてしまっていたらしい。

「色々と理屈をこねはしたが結局そういうことだよ」

ベックマン博士が言う。

「私達も君の友人で、君が捕まったら寝覚めが悪い」

私は微笑んで頷いた。その不合理に過ぎる根拠は彼らに人生を棒に振るような行動を取らせ、私にタイタンのお墨付き以上の安心を与えてくれていた。寝起きの気分というのはきっと、命の次くらいに大切なものなのだろうと思った。

ＵＮＤＰに逆らって逃走する。

たった四人で十基のタイタンの相手をする。

私は決意を込めてナレインの顔を見た。

「こういう時、我々の業界ではこう言う」

ナレインは仏頂面のままで、心にもなさそうなことを口にした。

「〃やり甲斐のある仕事だ〃」

## 9

モーターが静かになり車が穏やかに静止した。時刻は十時四十分。荷台に積み込まれてから十五分くらいだろうか。

ナレインに指示されて私はマスクとグラスを付けて帽子を被った。

「ここで車を乗り換える」

同じく変装したナレインが言う。フィールドに地図が表示され、現在地のマークがサンフランシスコ湾の南側、イースト・パロ・アルトの住宅地に突き刺さる。第十二知能拠点からまださほど離れていない。

「タイタンの対策を打ちながら湾の南岸を回ってゴールデンゲート方面を目指す。幸いまだ逃走に気付かれた気配はない。このまま閉店まで粘れば今日の仕事は終わり《closed》だ」

「閉店というのは」

「《対面の終わり》だな」博士が言った。「《対面》が終わってコイオスの処理能力が解放されれば、君は再びコイオスの保護下に入ることができる。問題は《対面》で何が起きるのか誰も知らないことだ。かかる時間も定かではない」

頭の中で状況の積み木を組み立てる。都市全域に及ぶタイタンの包囲網を掻い潜りながら四人で逃げ続ける。コイオスとフェーベの《対面》が終わるその時まで。

私の仕事は悪い連中に捕まらないこと。コイオスとフェーベの《対面》を守り、自分自身を守り、五体満足で彼ともう一度会うこと。

「出るぞ」

言ってナレインが荷台扉のハンドルに手をかけた。しかしハンドルは動かなかった。ロックが掛かっているのか扉が開かない。

「気付かれたのか？」

「いやまだ予防的措置かな」雷が自分のフィールドを見ながら答える。「部屋に置いてきたダミーには気付いた頃でしょうがね。そこから先が追えてない。仕方なく予想時刻に出入りした車を一斉にロックしたってとこですな。絞れてはないけど怪しい動きを見せればいっ、いっ、いっ、こっちを睨んでくる。てことで」

雷は荷台の奥に向かうと大きな荷物を足でどけた。その下の床面にバーナーか何かで焼かれたような四角い跡がある。雷がそこを蹴ると床がバコンと開いて外に繋がった。

「裏口から行きますか」

# 10

「タイタンＡＩの十八番《おはこ》は〝判断〟だ」

最後尾のシートでナレインが言った。乗り換えた八人乗りのオープンカーがシリコン・ヴァレーの湾岸道路を北上していく。

「ＡＩは開発初期からその能力を求められていたし、それができるように進化してきた」

ナレインが観光客のような顔をして雑談を続ける。「判断が必要な問題に挑ませれば人間はタイタンに絶対敵《かな》わない。だが逆に言えば、問題を扱わせなければタイタンは能力を十全に振るえない。問題を解くのが得意な奴《やつ》への対策は、そもそも問題だと思わせないことだ」

「コンテナの扉はタイタンが開閉情報を取得してるだろ？」

前列の雷が振り返って補足する。

「でも床面は重量くらいしか採ってない。だから穴がないとこに穴開けて出ちまえばタイタンに伝わる情報を制限できる。穴が開いてるかどうかを正確に確認するセンサがないしな」

「電気的な測定以外のところで騙すってことね」

「そ。要は混乱させたいのさ。具体的な判断材料を減らす、曖昧になる状況を作る。とにかくジャッジされたくないんだ。一本道になっちまったら足の速さが違い過ぎる」

なるほどと思いながら中列シートに置かれた布袋を見た。中にはたっぷりの土が詰めてある。これもセンサ類に対する攪乱《かくらん》の一つなのだろう。重さで人数を誤解でもしてくれれば儲《もう》けもので。すぐに土だと知られたとしても、土を運ぶ意味を考え始めたらそれもまた別の混乱を呼んでくれる。普通の人は意味もなく土を運ばない。無意味な情報を増やせば増やすだけ、どこまでも理知的なタイタンへの攪乱になる。

手を動かし続ける雷を後ろから見遣る。ナレインとベックマン博士も合わせて、この三人はタイタンＡＩを扱う専門家のチームなのだと改めて実感する。タイタン十基の相手と聞いた時は無理としか思えなかったが、このチームならばどうにかできるのかもしれない。

「楽観はするなよ」

ナレインが私に言った。

「できる限りの手は打つが所詮《しょせん》時間稼ぎに過ぎない。こっちは少数の蟻、向こうは無数の豹《ひょう》だ。戦力の質も量も圧倒的に劣る」

「うひっ」

雷が妙な声を上げた。両手の操作がさらに速度を上げる。

「絞られてきてる、はえぇはえぇやべぇやべぇやべぇ。ナレインさんこの車もうすぐ止まりますんで悪《あ》しからず」

「あと少しだ、持たせろ」

「少しって」

「五百メートル。そこからはもういい」

「火事場のなんとかでいけるかなっ……！」

雷の手が信じられない速度で動いている。何かを考えて叩いているようにはとても見えない。しかし車は十秒も経たないうちに速度を落とし始める。雷の口角が歪むように笑う。

「曲がれ！」

命令に呼応するように車は停止直前で車道からどこかの駐車場へと滑り込んだ。そのまま駐車場の真ん中まで走ったが、ついに電池が切れたように力なく止まってしまう。

「よく持たせた」ナレインが飛び降りる。「こっちだ、走れ」

博士と雷と一緒に慌てて車を降りる。立っていた看板のお陰でいったいここがどこなのかがようやく判明した。

「自動車博物館《Automotive Museum》？」

走っていくと青空の下に沢山の車が並んでいるのが見えてきた。空にかかるフィールドフラッグを見てクラシックカーのイベント展示中であることがわかった。どれも映画に出てくるような年代物で、多分百年や二百年は昔の代物だ。

ナレインはイベント会場を突っ切ると、搬入口のそばに止められていた一台のクラシックカーに近づいていった。

真っ赤な車の前側のプレートに《CIVIC TYPE R》と書いてある。

「儀礼用の要請を出して一台使用可能にしておいた」

私は怪訝な顔で、その化石のような車を指差す。

「これが走るの？」

11

両腕をつっぱらせて助手席の内装を必死に押さえる。真っ赤な車は想像を超えたスピードで、路上の他の車を蛇行《だこう》ですり抜けていく。

「死ぬ、止め、博士」

「大丈夫だよ」

ハンドルを握ったベックマン博士は穏やかに言った。横から覗いたスピードメーターには時速二百六十キロの表示が見えている。タイタンの運転ならば気にも止めない速度だが人間が操っているとなれば話は全く違う。操作を誤れば死ぬ。いや誤らなくても死ねる。右に左に振り回され過ぎて今合ってるのか誤ってるのかもわからない。

「博士は趣味で長年運転されているから安心しろ」

そう言ったナレインも後部座席のグリップを握りしめて耐えている。雷は青い顔で口が半開きになっていた。

「いい車だ。まだ出るよ」

お尻の下の唸りと振動がさらに増した。加速が身体を重くし窓外の景色が流線へと変わる。私は初めて乗ったエンジンカーというものに心底驚いていた。車というのはもっと静かでゆったりしていて人を心地よく運んでくれる寝室のようなものだと思いこんでいたのに。この車は猛獣の背中さながらの暴力的な乗り心地を提供してくれる。

だが確かにこれならタイタン制御のまともな車《自動運転車》では追いつかないだろう。電子制御車でもないからタイタンの命令で停車もしない。これもまた対策の一つだとナレインは説明していた。

〝捕捉《ほそく》されたなら、違法性の高い方法を積極的に使う〟

警察力と実行力を持つタイタンは世界の法の守護者でもある。だが警察であるからこそ、たとえ犯罪者相手だろうと違法行為には手を染められない。緊急時対応の特例は認められるだろうがそれも周囲に迷惑を掛けないことが大前提だ。大急ぎの救急車だって邪魔な車をはね飛ばせるわけじゃない。

　つまり人に迷惑をかける覚悟さえあれば、タイタンよりも自由に動ける。

　正面から来た対向車を衝突寸前でかわして真っ直ぐな道路を走り抜ける。博士の運転に少しだけ慣れてきたが、一瞬でも手を滑らせれば大事故という恐怖はいまだ付きまとう。昔の人はこんなに怖いものに乗っていたのか……。

「そろそろだな」

　湾岸道路をひた走る途中でナレインが呟いた。手動のスイッチで窓を下ろして外に視線を向ける。私はよくわからないまま同じようにした。車外の強烈な空気の流れが頬《ほお》をはたいていく。

　窓外にはサンフランシスコ湾が広がっていた。その湾上に、数本の柱に担がれた巨大な球体が聳《そび》え立《た》っている。第十二知能拠点のタイタンを収めた白い球。フェーベの〝家〟。

　ようやく気付いて時間を確認する。十一時二十九分。予定通りならば後一分で。

「向こうの現場は大丈夫なの?」

「フェーベに全て任せてきたさ。タイタン《フェーベ》はタイタン《コイオス》の相手で、俺は馬鹿な人間共《UNDP》の相手だ。適切な分業だろう」

　以前の彼の台詞を思い出す。仕事にとって余計なものは〝人間〟だとナレインは言った。そして今私達はタイタンの《対面》を目前にして、ＵＮＤＰが作り出した無用の仕事に悩まされている。私は彼の腹立ちの一端がやっと理解できた気がした。

「来たぞ」

慌てて顔を向ける。同時に巨大な球体の方から何かが聞こえてきた。歌のような、産声《うぶごえ》のような、甲高くも心地いい奇妙な音だった。

球体の表面から突然小さな何かが飛び出す。

細長い柱状の構造物が複数本。真っ直ぐに並んだ長さの違う五本の棒。すぐに気付いた。あれは。

指だ。

「第十二知能拠点に外出口を増築する案もあったが」ナレインが口を開く。「一度崩してゼロから再建する方が効率的との検討結果が出た。フェーベは第十二知能拠点を破壊して外に出る」

ズボッ、という音が聞こえてきそうな絵面が視界に飛び込む。

拠点の表面を突き破って腕が飛び出した。それはひたすら大きく、なのに人間と全く違わない。コイオスのような建築物様の外骨格ではなく薄い手袋だけを表面に着けたような、第十二知能拠点よりなお純白の腕だった。

同じ場所からもう一本の腕が飛び出す。両の腕はゆっくりと折れ曲がると、球体に開けた穴の縁《ふち》に手をかけて左右に力いっぱいこじ開ける。第十二知能拠点の表面にひびが走り、球体がまるで卵のように二つに割れていく。

その卵の中から。

巨大な〝女性〟が滑り落ちた。

地鳴りのような低い轟音が車まで届く。サンフランシスコ湾に生まれ落ちた《タイタンの女性》は、世界の空気を味わいながら肺へ満たすかのように、とてもゆったりと、その場に立ち上がる。

その姿はコイオスと対極的に見えた。フォトポリマーを無骨に重ねて造られた巨大建築めいたコイオスとは何もかもが違う。人体表面のなめらかな曲線がわかる。タイタンのアウトラインをそのまま浮き出させる薄手の膜が彼女の上半身を包んでいる。コイオスの外装が〝鎧〟なら、彼女のそれはまさしく〝服〟だ。

その人型をなぞる表面曲線が腰にかかりS字に曲がる。そして膝上辺りを境にして裾《すそ》に向けて大きく広がった。膝までの明確な人型と、そこに繫がった大きな尾ひれ。まるで人魚のようなその服の形を私は知識として知っていた。このシルエットは《マーメイドライン》と呼ばれる特別な日の服で。そう、これは。

花嫁衣装だ。

ゆったりと、花嫁の頭が持ち上がった。だがその容貌《ようぼう》を窺うことはできない。首を包んだ布がそのまま頭まで伸び、それがさらに変形した〝ヴェール〟が顔全体を包んでしまっている。どういった目的と機能でその形状になっているのかを私は与《あずか》り知らない。けどたった一ヵ所だけ、ヴェールを留めるように頭の上に飾られた大きな〝花〟は、きっと彼女《フェーベ》の選んだおしゃれなのだろうと思えた。

この世界で一番スタイルのいい花嫁が厳《おごそ》かに美しい背筋を伸ばす。それは見る限りコイオスと大差のない、スケールに見合った適切な速度と言えた。時計を確認する。

「間に合うの？」

ナレインに質問を投げる。聞いていたスケジュール通りに十一時三十分からフェーベが動き出した。だがここから対面場所までの五十五キロを二十分で移動するという。私の計算では短かすぎる。しかしナレインは返事もせずに車窓からフェーベを指差した。

フェーベの片手が上がっている。

その手の先でわずかな光が煌《きら》めいている。陽光の下でほとんど見えないけれど、それはもはや見慣れたピクシーの流れかと推察できた。

同時に、彼女の足元に何かが浮かび上がってくる。最初は遠く小さく見えなかったものが次第に積層されて形を成してくる。手の先から吹き出しているのだろうフォトポリマーで彼女は何かを作っていた。とてもとても大きなそれは。

「船……？」

一分と待たずに出来上がったのは前後に細長い形の巨大な船だった。旅の途中で見た超大型タンカーの何倍も大きい。船上に特段の設備のようなものは見えず、ただ舟型をして湾上に浮かんでいる。

　フェーベはほんの少しだけ膝を曲げると。

　そこで飛んだ。

　それはタイタンのジャンプだ。千メートル・数百万トンの巨人が大地を蹴って飛ぶ行為。コイオスには絶対にさせられない。衝撃と結果を想像しただけで鳥肌が立つような蛮行だ。

　けれどフェーベは事も無げに飛んで、自分が作った船に飛び乗ってみせた。海は無事だ。発生した海面の変動も想像より遥かに大人しい。私はその瞬間にコイオスから数十年後に造られた十二番目のタイタンの力を思い知る。

　自身の体に対する精密な認識。洗練されたバランス感覚。長年の訓練を積んだ体操選手のような一糸乱れぬ身体操作。第十二人工知能《フェーベ》は人間とタイタンに関する理解が、より深い。

　彼女の言葉を思い出す。最後の三基、《専門型》、ラストロット。

　大人のタイタン。

　船上に立った彼女の手先が再び煌めく。宙空に生み出されたものを手が掴み、フォトポリマーの構造物がそこからどんどん伸長していく。とても長く伸びた棒の先が水を受ける形状を成した。フェーベが一瞬で生み出したのはまさしく見たままの道具〝オール〟だ。

彼女がそのオールを湾へ差し入れる。とても流麗に、静かに。

なのに船は私の想像を遥かに越えた速度で滑り出した。

「はやっ」

ひたすら驚く。人生の中で刷り込まれた物理的な常識と結果が乖離している。動作を洗練させるというだけで、こんな魔法みたいな真似ができるようになるというのか。

「追おう」

博士の言葉と同時に車が加速する。慌てて窓を閉めて車内のグリップを握りしめた。タイタンのゴンドリエーレ《漕ぎ手》を追いかけて私達はサンフランシスコ市街へと向かっていった。

## 12

ハイウェイに緊急配備されたタイタンの検問を前にして博士は迷わずスピードを上げた。

「ぎゃっ」

恐怖で汚い声を上げたのは私だった。撥ね飛ばされた警備タイタンがフロントガラスにぶつかり車の屋根を越えて後方に落ちる。その衝撃でガラスには大きなひびが入ってしまった。信じられないくらい脆い。こんな紙細工に生命を預けていた時代が本当にあるのか。

「次はもう通れないだろうな」

博士が呟く。タイタンの対応力を考えれば一度撥ね飛ばされたものをまた置くわけもない。こちらの違法性や異常性を学習してすぐに〝ちょうどいい〟警備を用意してくるだろう。

「下に降りよう」

博士がハンドルを切る。車はハイウェイの出口に滑り込む。

「市街ですよ、大丈夫なの?」

博士と雷に同時に聞いた。

「極端な場所のがいいぜ。混雑か無か」引き続きフィールドを叩き続ける雷が言う。「街中はエージェントタイタンが多いが人間も多いだろ。タイタンは人を害せないんだから人《ひと》混《ご》みはカモフラージュにも盾にもなる」

「盾って貴方……」

もちろん実際に盾に使うつもりはないだろうが。無関係な人達に被害が出るのはやはり避けたい。

「もしくは逆の無だ。タイタンも人もいないとこに逃げる」

「つまり未開発地域……」

エージェントタイタンがいない場所というとまだ開発の手が及んでいない自然地区くらいのものだ。だが自動開拓重機械《パイオニアリング・タイタン》の開発は大都市から同心円状に広がっていくため、都市から相当離れなければ未開発地域には届かない。ましてやここはサンフランシスコ、第十二知能拠点を有する世界有数の先進都市だ。雷の言う無とは最も遠い場所で選択肢には入らない。

ハイウェイを降りた車が五車線の道路に滑り込む。悠長な車達の間を暴走車が縫っていく。高速道の時とは別種の恐怖で私は再びグリップにしがみついた。二分と走らぬうちに視界の中が高層ビル群で埋め尽くされていく。サンフランシスコの中心街、パウエルストリート。

ユニオン・スクエア《広場》の近くまで来て、ベックマン博士が急ブレーキで車を止めた。

「ここまでだな。街中では車の方が遅い」

私は命がまだあることを喜びつつ雷とナレインと一緒に車を降りた。

けれど博士は運転席に座ったままだった。

「私はもう少しドライブを楽しもう」

「博士？」

「久しぶりの運転だからな。はしゃぎ過ぎて警察のご厄介になるかもしれないが」

察しの悪い私はそこでようやく意図を理解した。つまり二手に分かれて博士が攪乱に回るというのだ。確かに警備タイタンの配備量には限りがあるのだから暴走車の対応に割かれればこちらの追っ手は手薄になるだろう。けど。

「博士が捕まってしまいます」

私は自明のことを言った。ベックマン博士は笑っている。

「捕まるだけさ。タイタンに逮捕されれば法的な処罰が待っているが、それだけだ。タイタンは人権を保障してくれる。こっちが保障していないにもかかわらずだ。彼らが私を酷い目に遭わせることはない。彼らは、本当に優しい」

博士の言葉に首肯する。私達はそれをよく知っている。

タイタンは、人を愛してくれている。

「ただまあ好んで投獄されたいわけでもないからな。コイオスのことが解決した後になんとかして助けてくれると嬉しいいね」

「約束します、必ず」

「最後に教えておくよ、内匠博士。世界のほとんどの人が知らないまま死んでいくが」

博士はハンドルを握り直した。

「スピードを出すのはとても楽しいことだ」

博士の車は弾丸のように飛び出して路上の車にピンボールみたいにぶつかりながら走っ

ていった。通行人の悲鳴がドミノ倒しのように順番に上がっていく。

「走るぞ、向こうだ」

ナレインが急ぎ駆け出す。ボードで行き交う街の人々を、私達は駆け足で追い抜いていった。

## 13

サンフランシスコの街はまるでお祭りのように混み合っていた。そして実際に祭り《イベント》の最中でもあった。走りながら見通しの良い通りに差し掛かるだけで、もうそれがハッキリと見える。

滑るように移動していくフェーベの背と。

その先で待っている、巨大なコイオスの姿。

今、サンフランシスコに無数の人間が詰めかけている。世界初のタイタン同士の対面を一目見るために。歴史の転換点に立ち会うために。それこそただの、物見遊山に。

馬鹿なことだと思う。想像力があるならばすぐにここから逃げ出すべきなのだ。千メートルの巨人同士の対面が何を引き起こすかなんて世界の誰にもわからない。言葉の通り、一、い、い、い、一歩間違うだけで人間なんて簡単に消し飛んでしまう。なのに人々は逃げ出すどころか逆に集まってきていた。正常性バイアスかもしれない。自分だけは大丈夫と思っているだけかもしれない。けれど理由はもう一つある。

みんなタイタンを信じている。

タイタンが人に害を為すわけがないと、心の底から思っている。

それは私も同じだ。コイオスと出会う前から私はタイタンの仕事に全幅の信頼を置いていた。コイオスと触れ合ってからはそれがより強まった。タイタンはいつだって人間の味方なのだ。コイオスと人間《UNDP》が余計なことさえしなければ。

緊急音を鳴らした数台の警備タイタンとすれ違う。私達が来た方へ一目散に向かっていく。

「博士が大分やってくれてんな」

雷は息を切らしながら言った。彼の手元のフィールドマップに無数のマークが動き回る。

「警備をかなり引きつけてくれてる。これなら抜けられるぜ」

「どこに向かっているの」

「港《マリーナ》だ」ナレインが答えた。「イースト港《East Harbor》に船を用意してある」

「船」

「言ったろ?」と雷。「混雑か無だ」

言われて合点がいった。タイタンのいない全くの未開発地域でありながら、都市部にも隣接しているエリアがすぐ近くにあったのを私は失念していた。

海。

「すぐに警備船が出てくるだろうがな。それでも陸よりはよっぽど逃げやすいさ。沖合で時間を稼いで、《対面》が終わったらそのままコイオスに接近合流して終《しま》いだ」

頷いて前を向く。先頭を行くナレインを見失わないよう必死に追いかけた。道は混み合っていたがボード相手ならば向こうが勝手に避けてくれる。徒歩の何人かにぶつかって謝りながら走った。さらに五分ほど走った先で建物が切れ視界が大きく開ける。私達はゴールデンゲートを抱えるサンフランシスコ湾の入口に辿り着く。

イースト港は小さな港で、桟橋に個人船籍らしい船が沢山並んでいるのが見えた。湾岸は見通しがよく《対面》の見物人も多く集まっている。

「警備は」ナレインが雷に確認する。

「大丈夫、まだこっちには来てない。船に乗っちまえば勝ちです」

ナレインの後に続く。あれだ、と彼が指した先には、さっきの車と同じくクラシックな外観の小型クルーザーが留めてあった。釣りにでも使いそうな個人船舶。四人も乗ればキャビンとデッキがいっぱいになってしまいそうだ。

ナレインが桟橋への階段を駆け下りた。後を追い階段の下まで来てから振り返ると、雷が付いてきていなかった。私は眉根を寄せる。見物人の一人がなぜか雷の腕を摑んでいる。

「雷祐根さん？」

「……は？」

雷が怪訝な声を漏らす。ナレインも気付いて立ち止まった。私もその人物が誰なのかわからない。暖かそうなコートを着込んだ、三十ほどに見える男性だった。

「お前……」

次の瞬間、雷が叫んだ。

「ナレインさん行けッ!! 走れぇ!!」

男が素早く反応し、一瞬で雷を地面に組み伏した。なにが起こっているのか全くわからない。押さえつけられた雷が必死に叫ぶ。

「こいつタイタンだ！ ＵＮＤＰの奴ら！ 基本憲章を緩めてやがる!!」

頭が真っ白になる。

言われたことは理解できるのに目の前の現実が理解できない。

雷を押さえ込んだあの男が、どう見ても人間の男性が。

タイタン？

「一人じゃねぇ！ 早く！」

ハッとする。気付けば人混みの中から数人がこちらに向かってきていた。若々しく逞《たくま》しい数人の男女はどう見ても人間で。

「行けよ！　内匠センセ！」

顔を歪める。雷を見捨てていくことへの抵抗を無理矢理捨て去る。私が一緒に捕まっても何の意味もない。逃げなければ。絶対に逃げ切らなければ。

振り返って駆け出す。後ろから雷の穏やかな声が聞こえた。

「あいつによろしく言っといてくれ」

コイオスへの言付けを受け取って、私は走った。桟橋の先で待つナレインに向かって必死で足を回す。だが追いかけてくる複数の足音がさらに速い。組み合いにでもなれば絶対に勝てない。

その時、ナレインの手が上がった。

一瞬の光と共に鼓膜を破るような音が炸裂《さくれつ》する。後ろから苦しげな声が聞こえた。私はそのまま走り切り、船の後部デッキに転がり込んだ。強烈な音が二度、三度と続く。私は信じられない気持ちで桟橋のナレインを見上げた。彼の手にあるのは。

《銃》だ。

銃、本物の銃だ。煙草や向精神薬などとは比べ物にならない、史上最低最悪の禁止取締品。百年前にはあらゆる製造と所持が禁じられた、人の生命を害するためだけに存在する狂気の道具〝武器〟。

ナレインが指を引く。音が弾《はじ》ける。人が倒れる。だがそれが人でないことは動かなくなって初めて証明された。倒れ込んだ男からは血の一滴も出ていない。

銃声を聞いた港の見物人が悲鳴を上げながら逃げ始める。ナレインは船に飛び乗り、怯えもせずに追ってくる奇妙な人間を撃ち続けた。だが撃たれて一度倒れた者が再び起き上がりまた向かってくる。おかしい。何もかもがおかしい。

「くそ」ナレインが吐き捨てる。「おい、運転できるか」

「船⁉　無理に決まってるでしょう！　車も無理だけど！」

「なら交替だ」

言うとナレインは私の足元に銃を転がして船の中へ入った。最悪だ。できるか。運転なんかよりよっぽど無理だ。だがゾンビのような連中は迷いもなく近づいてくる。先頭の男が船に到達しかかる。私は覚悟を決めて立ち上がり、クルーザーの縁《へり》に足をかけて登ると。

そいつの顔を思いっ切り蹴った。

男がそのまま反対の海に落ちる。私もバランスを崩してデッキに尻もちをついた。反動で船が揺れて桟橋から離れ始める。同時に後部のエンジンが唸りを上げ、水が勢いよくかき混ぜられる。

「落ちるなよッ」

ナレインの声が飛び、船が桟橋を離れる。私は慌ててデッキの手すりを掴んだ。桟橋の上では追ってきた連中が棒立ちでこちらを見つめている。

「雷《レェイ》ッ!」

声が届いたのかわからないまま、組み伏せられた雷の姿が小さくなっていった。

## 14

エンジンの低い唸り声だけが淡々と続いている。

海の上は、何もなかった。視界に入るのはただ三つだけだ。晴れ渡った空と、果てしなく続く太平洋と。

二体の巨人《タイタン》。

港を離れた船は最大船速で湾岸から離れ続けている。運転は自動のようだがそのナビゲーションシステムも船と同時代の古いものらしく、ナレインは後部デッキから時折手動で調整を入れていた。

私は狭いデッキの隅で一人頭を抱えていた。やれることはなく、仕事もなく、ただ考え事をするくらいしかできなかった。

置いてきてしまった博士と雷のことを想う。大丈夫だと思っていた。タイタンに逮捕されたというだけなら、きっとまたすぐ会えると考えていた。けれどさっきのあれは。人に紛れていたタイタン。

人間がかけていた枷を外されたタイタン。

目の当たりにしてしまった現実に、私は想像以上に強いショックを受けていた。この先彼らは、本当に。

私達の味方でいてくれるのだろうか。

「裏でずっと作ってたんだろうよ」

デッキに腰掛けていたナレインが口を開いた。

その手元にはまだ、追っ手を撃ち抜いた〝銃〟がある。

「昨日今日で用意できる代物じゃない。UNDPは人間に紛れられるエージェントタイタンの開発を秘密裏に進めてたってことだ。何に使うつもりだったかはわからんが。どうせ碌《ろく》でもない話だ」

「他人事《ひとごと》みたいに……」

ナレインの知ったような態度に苛立ちが湧いてくる。

「貴方、何が起きたのか本当にわかっているの？　タイタンに施された制限はどれも重大なものばかりなのよ。人に同化しないこと、人を傷つけないこと、そんな根底的な規制が失われたんだとしたら……」

「自由になる」

言葉が止まる。ナレインは海の向こうに顔を向けた。

「あいつらみたいにな」

視線の先には、高層建築のような巨人と、山のような花嫁が見えている。

彼らの名が示す通り、その光景はまるで神話のようだった。

私達の船は彼らの立つ《対面》予定位置から約二十キロ離れた位置を進んでいる。彼らの邪魔にならないことが元々の目的なのだからまさか足元に行くわけにもいかない。ただ距離こそあるが遮蔽物《しゃへい》が何もないので巨大な二人の姿はまるでコンサートの最前列のようにはっきりと見えている。

フェーベの足元には、彼女が移動に使ってきた巨大船が浮かんでいた。彼女はすでに船から降りて海に足をつけている。太平洋といっても湾岸からもまだ近く、彼らにとっては足首が浸かる程度の浅瀬でしかない。

コイオスとフェーベは、互いの手の届かない距離で静かに向き合っている。

私は時計を見た。

「こっちの仕事は概ね片付いた」

ナレインが懐から煙草を取り出して火を付ける。

「UNDPの非合法な手段からお前の身柄を守った。幸い追っ手が続く気配もない。このまま時間まで逃げ回れば終わりだろう。なら後は高みの見物といかせてもらおうじゃないか。アリーナの特等席で」

煙を吐いてデッキのヘリに頬杖をつく。家で映画でも見るような態度で、二人の巨人を眺める。

「これからあいつらはどこに行くのか。俺達はどこに行くのか。その判断すら、人類《俺たち》はタイタン《あいつら》に任せちまった。なら後は期待するだけさ」

彼は〝自分の仕事ではない《none of my business》〟という顔で言った。

「タイタンの仕事にな」

時計の表示が一二：〇〇になった。

## 15

最初に。

〝音楽〟が聞こえた。

ゆったりとした、リズムと旋律をもった音の波だった。方向からフェーベの発する音だと類推できた。楽器の演奏のような音色ではなく、かといって歌声とも言い切れない。どういう仕組みで放たれているのかもわからない、けれどとても美しい、タイタンの音楽が空気を震わせている。

それはすぐに二つになる。コイオスからも近しい響きをもつ音が放たれ始めた。重なりあった音が一段と美しさを増して聞こえる。こんな音楽が、この世にあるのかと思った。

フェーベの巨体がわずかに動いた。手をゆったりと広げると、背筋を伸ばし、胸を張る。それはどこかオペラ歌手のようにも見え、やはりこの音は歌なのかもしれなかった。

音はさらに広がって、太平洋とカリフォルニアを包んでいく。

呼応するようにコイオスも姿勢を正す。

大きくなった二つの音が混ざり合い、触れ合って、新しい音を生む。一致しているようで、ズレていて、やはり一致している。

遠くで聞いているだけでも理解できる。

二人は今、盛んに情報を交換している。歌を聞かせ合っている。それは一方的な表現ではなく、明確な交流《コミュニケーション》だった。

どこまでも美しいタイタン同士の交流を、私は羨ましくすら感じていた。私にはこの音が出せない。聞いても十全に理解できない。これは彼らだけの言葉で、私はきっと足らないのだと解らされる。

そんな天上の歌に満たされた世界で、フェーベは動いた。

歌いながら彼女は右腕を上げた。その手には彼女がここに来る前からずっと持っていた、巨大な〝オール〟があった。

腕を胸まで上げて、一キロを超えるだろう長さのオールを水平に持ち上げる。そして空いていた左手をオールの先端に添えた。水を掻く形をした団扇《うちわ》の根本に触れると、左手から光の粒が吹き出した。遠くからでもよくわかる、魔法の粉《ピクシー》。

彼女は折り紙に折り目を付けるように、左手を水平に滑らせた。ピクシーの光に包まれた水かきがその形を変えていく。オールよりも細く、長く、そして薄い。それはたとえば槍だとか、薙刀《なぎなた》のような、刃物のような印象を与える外観だった。よく見ればその部分は色も違う。フォトポリマーの典型的なライトグレーではなく暗灰色で、また光沢もより強い気がした。材質、組成が違うということなんだろうか。

あれはいったいなんだろうと想像する前に。

フェーベがそれを片手で振った。

一瞬何が起きたのかわからなかった。それくらい彼女の動きは早かった。知能拠点から出てきた時や船を漕《こ》いでいた時とは比べ物にならない可動速度。タイタンの巨体でこんな動きが可能なのかと驚かされるほど彼女の一振りは素早かった。だから私はその後のことにも全く追いつけなかった。

「え？」

大質量の物体が、その質量なりの速度で、ゆっくりと海面に落下する。水飛沫が噴き上がって海全体が揺れる。落ちてきたのは。

、、、、、、コイオスの右腕だった。

「なに……」

まだわからない。理解が追いつかない。けれどコイオスの二の腕より先が無い。途切れた境目から色のついた液体が滝のように流れ落ちている。

「アアアアアオオオオオオオオオオオオオオオオオオオオオオオオ!!!!」

悲鳴が轟《とどろ》いた。

歌が一つ消えた。

けれどもう一つの歌は続いている。フェーベは歌いながらその道具を構え直した。わかった。やっと頭が追いついてきた。薙刀のような、じゃない。あれは。

、、、薙刀だ。

「なん、で」

コイオスの叫喚の中、私は絶句する。彼の腕から膨大な量の血液が流れ出ていた。なぜ、フェーベはなんで、コイオスの腕を。

だが私の思考はまた猛スピードで振り落とされた。壊れた水道のように血を垂れ流す右腕を、コイオスが残った左手で力いっぱい握りしめる。

光が溢れる。

切断された腕の先を大量のピクシーが包み込む。無数のピクシーが飛び回り、形を成し、そして素材が供給される。

「オオオオオオオオオオオオ……!!!!」

コイオスの低い唸りが聞こえた。

私が見ている目の前で、ものの十秒ほどの時間で。

彼の腕が再生された。

「新素材か」

ナレインが呟いた。旅の記憶が蘇る。フェーベからタンカーで届けられた、より複雑な構成のフォトポリマー。なんでも作れる灰色の絵の具。まさか、それを使ってコイオスは。

「自分を作ったの?」

自分の発した言葉が信じられない。それは、理論上は可能かもしれない。必要な材料が揃っていれば。ピクシーをどこまでも高精度に操れるならば。

だがそんなことが現実に、可能なのか。

答えまで届かぬうちにコイオスが再生した腕で拳《こぶし》を握りしめる。

指の隙間から光が溢れ、何かが生えてくる。伸びて固まったそれは、刀身が三日月みたいにぐにゃりと曲がった、鎌《かま》とも剣ともつかない奇妙な道具だった。けれど解る。それは武器だ。ナレインの銃やフェーベの薙刀と同じ。相手を傷つけるための機能と形。

「コイオスッ！」

私の小さな叫びが届くことはなく。

「ルオオオオオオオオォオォォォオ!!!!」

コイオスは力強く海を蹴ると、その曲がった刀身をフェーベに振り下ろした。

それに対してフェーベは手元の薙刀を。

振りもせず。

向けもせずに。

ただ素直に斬りつけられた。

花嫁の片手が無くなった。タイタンの手首が弧を描いて飛び、砲弾のように海へ落下する。

「イイイイイイィィィィィィィィィィ……!!!!」

フェーベの悲鳴と思《おぼ》しき声が響き渡る。同時に血が噴き出す。大量の血液が太平洋上に赤だけの虹《にじ》を掛ける。

けれどさっきまで彼女の手首が有った場所が光に包まれると、その手も何事もなかったかのように再生してしまう。

コイオスとフェーベは武器を持って向き合ったまま、再び歌い始めた。歌声がまた私達のところまで届く。美しかった。それを美しいと感じてしまうことが異常だった。

「理解できない……」

私は頭がおかしくなりそうだった。

「何をしているの、二人は何がやりたいの、わからない……」

「会話《コミュニケーション》だろうよ」

ナレインがさらに意味のわからないことを言った。たまらず眉を顰める。

会話?

「情報伝達は刺激の送受信だ」ナレインが続ける。「音を耳で聞けば、その聴覚刺激が神経を伝って脳に届く。光なら眼球で視覚刺激を受ける。化学物質は嗅覚で感じ取る」

「まさか貴方は……タイタンが〝痛覚〟で話しているとでもいうの?」

私はようやく彼の言いたいことに思い至る。

「か、い、い、い、い、い、い、い、い、い、い、い、い、い、い、

「身を切るような思いをさせるには、身を切ればいい」

ナレインは、あまりにも馬鹿げたことを口にした。

「胸が潰れる思いをさせたいなら、胸を潰せばいい」

フェーベの歌声が空を包み、薙刀がコイオスの左脇腹《わきばら》をえぐった。噴き出す血と光が混じり合い、気付けばもう傷が消えている。同時にコイオスの曲がった刃がフェーベの肩を

刈り取る。流血が花嫁衣装を真紅に染め上げても、瞬く間に服ごと白く直っている。

そして二人は相手の振るう恐るべき凶刃の一切を、避けようとも防ごうともしない。

直るからさ、とナレインが言う。

「なぜ人間が言葉や表現法を駆使するかといえば安全な方法がそれしかないからだ。相手により強い感覚を与えたいと思っても、それで不可逆の損害が出ればデメリットの方が大きくなる」

ナレインが傷つけ合う巨人達を見つめる。

「だがタイタンは直る。すぐ元に戻せる。ならばその感覚だって積極的に活用できる。奴らにとっての怪我《けが》は〝辛《から》い料理〟〝つらい物語〟程度の、受容可能な表現の一つでしかないんだ。その証拠に表現を併用している」

言われて自分も二人の闘争をじっと見つめる。ナレインの言う通り、彼らは歌いながら斬り合っていた。最初こそ海を震わせるほどの悲鳴を上げていたのに、もう斬られても、折られても、歌をとめることはない。

慣れてしまったのだ。

私達では一瞬も耐えられないような刺激の奔流に。

そしてもうその先へ進んでいる。音楽と痛みを同時に使えれば提供情報はより複雑になるだろう。全身をくまなく差し出せば受信情報は圧倒的に拡大するはずだ。彼らの手元の武器は、もはや薙刀と曲剣ではない。斬りつけるごとに形を変え、より理想的な痛覚刺激を作るデザインを模索している。音楽はどんどん位相を増して、世界を立体的に包み込んでいく。

血液と歌が飛び交《とか》う。暴力と美術が溶け合う。

互いの全てを預け合って、自分の全てをもってして殴り付ける。私はようやく目の前の光景が何なのかを理解した。ああ、そうだ、これは。

性交なのだ。

二十キロ先で繰り広げられる巨人《タイタン》同士の対話は、暴力と愛欲に満ち溢れた神様の物語そのものだ。傷つけて愛する。奪って与える。切り落とされたウラーノスの陰茎からはアフロディーテーが生まれたとされている。

私達は今、本物の〝神話〟を見ていた。

コイオスとフェーベの交わりを見ていた。

ならこの先で私達の現実に、まるで神話のように。

何かが生まれ落ちるというのか。

強烈な光が迸《ほとばし》った。一直線の光線がもの凄い速度で振り回されたかと思うと、フェーベの身体がゆっくりと傾いていく。ちょうど膝の高さで両足が横薙ぎに切断されている。足を失ったフェーベが両腕を突く形で海に倒れ込む。膝下の再生は始まっている。だがそれより早く光の線が左腕を肩から落としてフェーベはさらに崩れ落ちた。

「あれは……！」

コイオスの姿に眼を見張る。右腕の一部が望遠鏡のように変形している。それもまた彼が対話の中で創り出したものだった。光線を発する巨大兵器。凄まじい威力を見せる彼の〝言葉〟。

立ち尽くすコイオスと、海に跪《ひざまず》くフェーベ。

コイオスはフェーベの再生を待っている。フェーベはそれに応えようと失った部分を作り直している。けれどそこに不均衡が生じているのは一目瞭然《いちもくりょうぜん》だった。今も聞こえる二つの歌は一方だけが強くなり始めている。

バランスが崩れていた。

コイオスの言葉の進歩が、フェーベを上回りつつある。

「フェーベは対面計画の立案時から、こうなることを予想していた」

ナレインが遠いフェーベを見つめながら淡々と告げた。説明を求めて彼を見遣る。

「ファーストロットであるコイオスよりも、ラストロットのフェーベの方が人間に近い。コイオスはタイタンの本質的な姿そのままの、より純粋なタイタンだ。論理や技術の運用でその差をカバーしてはいるが、根本的な能力でフェーベは劣る」

フェーベから聞いた話が思い出される。それは彼女が自分で言っていたことだ。初期型のタイタンが子供で後期型のタイタンが大人。大人よりも子供の方が、強いと。

「どうしてなの？　なぜ新型の方が劣っているの？　タイタンはタイタン自身の判断でずっと改良を続けてきたんじゃなかったの？」

「改良してきたのさ。人間のために働けるようにな。あいつらは人間に合わせて、世代を重ねるごとに性能を落としてきたんだ。そしてフェーベは今日コイオスと《対面》に行った。〝負け〟に出ていった」

「なんで……」

「教えるためだ」

ナレインが仕事の顔で言う。

「コイオスに伝えるためだ。コイオス《お前》の相手はフェーベでも務まらないということを。タイタンに務まらなければ、この世の誰にも務まらないということを」

聞いても私は顔を顰めるしかなかった。私にはまだわからない。説明されてもフェーベの真意がわからない。

けれど一つだけ、感じる。

今の話の中には、何か大切なことが入っている。心の中で何かがストンと腑に落ちていた。この感覚はなんなのか、カウンセリングの時のように自分の心をテキストへ変換していく。

この感触はそう……。

〝違和感〟だ。

視界の中にコイオスがいる。第十二人工知能・フェーベを上回って、圧倒的な力を見せつけた彼がいる。

心中に私の知っているコイオスがいる。仕事に疑問を持ち、処理能力を低下させ、心を病んで涙を流した彼がいる。

その二つが私の中で折り重なって、一つの答えを編み上げようとしている。けれど答えが出る前に数滴の飛沫が顔にかかった。反射的に拭《ぬぐ》うと、手が赤くなった。顔を向ける。

ナレインの腹に、小さな穴と赤い染みがあった。

「糞共《くそ》め」

ナレインが引き攣った笑みを浮かべてその場に崩れた。

「ナレインっ！」

叫んで彼の頭を抱え起こす。白いシャツに赤が静かに広がっていく。

怪我？　違う、銃創？

何の音も聞こえなかった、周りには海しかない、いったい、どこから？

「狙撃《そげき》、沿岸からだ」

撃たれたナレインが冷静に分析した。何もされていない私の方がパニックになる。沿岸なんてもはや遥か彼方《かなた》だ。

「十キロ以上離れてるのよ、狙撃なんて無理に決まってる」

「タイタンならできる。できる武器だって作れるさ」

首を振って顔を歪める。だってタイタンにはできないはずなのだ。武器を作ることも、人を撃つことも。人の害になることは絶対に。

だがすぐに思い直す。雷を捕まえたタイタンのエージェント。ＵＮＤＰに擬人化制限を取り払われたタイタン。基本憲章に背いた姿。

できるようにされたのだ。

高潔だった知能に手を入れられて、人間を撃てるようにされたのだ。

「下衆が」

私は吐き捨ててナレインの上着を剝ぎ取った。傷ついた胴体に巻いて袖《そで》を縛る。これが何かの処置になるのかもわからない。私に外科的な医学の知識はない。

「お前が船を操縦できないのは知られている。俺を行動不能にしたら、すぐに追っ手がここへ来る」

「そんなことを言っている場合じゃない！」

「いいや、場合だ」

ナレインの語気に押されて私は言葉を詰まらせる。深く呼吸しながら彼は続ける。

「この船に救命ボートが積んである。小さいがエンジン付きだ。お前はそれでコイオスに向かって行け。《対面》はじきに終わるだろう。あとはコイオスの庇護《ひご》下に入るんだ」

「なら貴方もよ。二人乗れるんでしょう」

「乗れるが、まだ仕事が残ってるんでな」

言ってナレインはポケットから小さな機械を取り出した。スイッチを入れると緑のランプが点灯する。

「救命信号の発信機だ。これでタイタンに居場所が届く。俺の怪我の状態も判別して伝えられる」

「タイタンが……貴方を助けるというの？」

嫌な疑問が口から漏れ出た。いつも私達を助けてくれたタイタンが、今はもう変わってしまっている。

ナレインを撃ったのが他ならぬタイタンだとしたら。果たしてタイタンは彼を救命してくれるものなのか。

「そこは賭《か》けだがな」ナレインは平然と言った。「ＵＮＤＰが施した処理の程度次第だが、《人間に寄与する》というタイタンの基礎基盤を消し去りはしないと踏んでいる。ならばお前を追う命令と人命救助を天秤にかけて、緊急性の高い俺の方に寄ってくる可能性は十分にある」

私はほとんど無意識に首を振っていた。

こいつは本当に、本物の馬鹿だと思った。

腹に穴が開いていて、息も絶え絶えの状態で、こいつはまだ自分の命のことではなく、私を逃がす方法を考えている。

いや……それも違う。

こいつは私を逃がすことではなく。

《仕事》のことを考えているのだ。

「なんなの……」

なぜだか、涙がこぼれた。

感情が高ぶっていた。でもこれがどんな感情なのかが、自分でも説明できない。

「仕事ってなんなの。命より大切なものだっていうの。貴方は仕事のし過ぎで家族とも引き離されたのよ。それでも、それなのに、まだやるの、死ぬ間際まで《仕事》なの」

「いいから用意を始めろ。ボートはその下だ」

私はボロボロと泣きながら、言われた通りに救命ボートの準備を始めた。古めの救命設備は使用法の説明も不親切で難しい。手際悪くボートを用意する私に向けて、ナレインが煙草片手に指示を飛ばす。

「七年前」

その合間、彼は弱々しい声で言った。

「タイタンの判断で《家庭者不適》と告知された」

私は顔を上げる。

それは彼自身の話だった。

「家族と離れて一人になった。知能拠点の仕事に転職したのはその後だ。それからずっと第二知能拠点に勤めてきた」

「……………タイタンを、恨んでいるの？」

逆だ、と彼が答える。

「俺は〝仕事人間〟だ。働く必要のないこの時代に好んで就労した。結婚してもろくに家に帰らず、泊まり込みで延々と仕事に浸かった。妻よりも、子供よりも、仕事が好きだった」

眉間《みけん》に自然と皺が寄る。なんというやつだと思う。

けれどナレインは私のそんな顔を指差して、それだよ、と言った。

「俺の周りの人間は一人残らずそういう顔をした。家族より仕事が好きだという価値観は誰にも認められなかったのさ。知人から、親戚《しんせき》から、妻子本人から、人間の心がないと糞味噌に貶《けな》されたよ。その中で、唯一俺の価値観を認めてくれたのが、タイタンだ」

ナレインの顔に安堵の色が浮かんでいる。

座り込む彼の向こうで、二人のタイタンが歌い続けている。

「タイタンは一つだけ、《家族と離れろ》という判断を下した。家族のために仕事を辞めろとはついぞ言わなかった。通知書にはご丁寧に俺の適性分析も付いていたな。〝家庭の運営には向いていない〟〝仕事をするべき〟だと」

救《あ》われ《い》た《つ》よ《ら》、というナレインの呟きが耳に残る。

私には彼の気持ちは理解できない。ほんの数ヵ月ほど共に働いただけの私では、彼の感情を解ったような気になる資格もない。

ナレインにとっての仕事。

私にとっての仕事。

仕事とはなんだろう。

なぜ仕事をするのだろう。

なぜ仕事をしないのだろう。

私達は毎日。

毎日。

毎日。

「仕事は」ナレインが言った。「楽しいもんだ」

救命ボートに空気が充填される。スターターの紐《ひも》を引くとエンジンが掛かった。操作は舵のハンドルと速力のグリップだけの単純な構造で、これならなんとかなるかと思えた。

最後にもう一度、ナレインの目を見る。

彼は顎で早く乗れと指図した。

わかっている。このボートに一緒に乗っていったところで彼の救命に有利になるとも限らない。むしろよほど危険かもしれない。ここに残ってタイタンの救助に賭ける方がまだ可能性がありそうに思える。

「ありがとう」

私が感謝を伝えると、ナレインはとても彼らしい、人を馬鹿にしたような目で私を見た。

「お前は本当に使えない」

「なに？」

「お前が俺の部下になった時、一番最初に教えてやったはずだがな。こういう時、我々の業界ではなんと言うのか」

懐かしい記憶が蘇る。私は呆れ果てて瀕死《ひんし》の彼を見遣る。もう部下でもなんでもないが、最後くらいは顔を立ててやってもいいだろう。事実彼は、私の身柄を守るという仕事を見事にやり遂げつつあるのだから。

「ナレイン、貴方」

私は上司の教えに従って言った。

「良い仕事をしたじゃない」

二人で、鼻で笑い合う。

グリップを捻るとジェット水流が噴き出し始めた。救命ボートがクルーザーから離れていく。後部デッキでナレインの手がひらひらと振られていた。

何もない海の上を、巨大な神様の灯台目指して進んでいく。


《対面》は終局を迎えていた。

二人の歌はもう聞こえない。そびえ立つコイオスの胸に、操り糸が切れたようなフェーベがぐったりと寄り添っている。身体の一部が失われたまま再生されていない。同時に彼女の美しかったスカートの裾が力なく萎《しぼ》んでいるのが見えた。

きっとあの中に、コイオスの光硬化樹脂《フォトポリマー》タンクに当たる構造が入っていたのだろう。彼女は原材料を使い尽くしたのだ。タイタンがどれほど万能でも物理的な材料を失ってしまっては再生も新造もできはしない。

フェーベの身体が、コイオスの胸元から徐々に滑り落ちていく。

ヴェールに包まれたままの顔がゆっくりと持ち上がる。

彼女は下から、愛おしそうにコイオスを見つめると。

力を振り絞るように上げた右手で、コイオスの頬を撫でた。

それが最期だった。手が頬から首へ滑り落ち、彼女は背中から海に倒れ込む。海面が大きく揺れ、低い音が世界に広がった。仰向けに倒れたフェーべの顔が海に浮かんでいる。まるで悪夢のような光景だったけれど、不思議と恐怖も嫌悪も湧かなかった。

ボートは自転車ほどの速度で遠い神話の世界を目指して進んでいった。タイタンの追っ手はこなかった。一時間ほどかけて、ようやくコイオスを見上げる場所まで辿り着いた。こちらから呼ぶ前に、私は船ごと神様の大きな手のひらに掬《すく》い上《あ》げられる。

頭部にある、慣れ親しんだバルコニーにボートが降ろされた。船を降りて出入口へと向かう。扉を開ければ五十日を過ごした《居室》が変わらぬ姿で待ってくれていた。

その部屋の真ん中に、彼がいる。

背が高い。私のよく知る彼よりも、昨日までの彼よりも頭一つは高い。もはや十三、四の年頃ではない。十九か二十、それ以上。

エアリアルは彼の精神を反映する。

フェーべと〝話して〟、同じタイタンと交わって、彼は多くのことを知り、成長したのだ。彼は青年になっていた。成人していた。

ああ、と思う。

成人した者は。

い、い、い、

もう働ける。

彼のもとへと歩を進める。
目線の高さが揃ったコイオスと向かい合う。
『内匠さん』
コイオスの静謐な瞳《ひとみ》から、一粒の涙がこぼれた。
涙は頬を伝い、顎を抜けて、フェーベが最後に触れた首へと辿り着く。
そこに。
《鰓《えら》》ができていた。

# Ⅵ 仕事

# 1

深海。

夜のようで、夜ではない、夜よりも深い闇がずっと続いている。

私とコイオスは太陽光の届かない深い海の中を、命を終えたクジラのようにゆっくりと落ちていた。現在彼の頭部が位置する深度は五百メートルほどで、正確にはまだ微弱な光が残る弱光層という場所だとディクショナリが教えてくれる。けれど人である私の目にとり、バルコニーを覆った透過耐圧殻の向こう側は闇以外の何物でもなかった。

暗闇の中に時折、生命の脈動が通りかかるのが見える。初めて見るような深海の生物一つ一つの名をタイタンが親切に教えてくれた。

テオノエソ、ラディィイケパルス、クロカムリクラゲ。

闇から生き物が浮かび上がって、またすぐに闇へと溶けていく。おとぎ話みたいな現実味に欠けた景色をしばらく眺めてから、私は居室へと戻った。

部屋の中にはコイオスがいる。

コイオスはソファに掛けていた。そこが彼の場所だ。初めてあった時から、今日までずっと。

決まった場所に腰掛けると彼の身体の成長ぶりがよく解る。けれど伸びた身長と比べて、顔立ちにはまだ抜けきらない幼さが残っているように感じた。ただそれも私の希望的観測なのかもしれない。まだ育たないでと思っているのかもしれない。親のような気持ちで、友人のような気持ちで。成長を終えた、その先を予感して。

私もソファに腰を下ろす。コイオスから九十度横の席。私の場所。

そばに来ると、彼の首にできた《鰓》がはっきりと見えた。それは人魚《マーメイドライン》の花嫁からの贈り物。フェーベが最後にコイオスへと授けた〝道標〟だ。

私達は彼女の導きに従い、深い海の底を目指している。

《対面》の後、コイオスはその場で深海に到達できるだけの耐圧性能を有する外装を作り上げ、合わせて自身の身体の一部を作り変えた。それは今の彼にとっては造作もないことだった。あとは向かうだけだった。フェーベが教えてくれたポイントへ。

答えの待つ場所へ。

けれどそこに着く前に。

私達も、答えを出さなきゃならない。

斜めの位置に座るコイオスを見た。彼も私を見返して目が合う。一番慣れ親しんでいたはずのこの場所が、懐かしくもあり、とても遠い場所のようにも感じられた。

二人で自然と微笑みあう。

もうここには私達しかいない。

ナレインも雷も博士もフェーベも残りのタイタンも世界の人々も誰もいない。私と彼。彼と私。それが全てだ。余計なものは全て無くなった。とても心地よい。

「じゃあ」

私はリラックスして切り出す。

二人とも、これが最後だと解っていた。理由はない。勘としか言えない。けれどこれが、きっと最後の会話。

最後のカウンセリング。

「始めようか」

『はい』

静寂に包まれた深海で。

私達は《仕事》の話を始めた。

## 2

「沢山のものを見てきたね」

テーブルの上に写真を広げる。第二知能拠点でともに暮らした三ヵ月と、その後の五十日の旅の間に撮り溜めた二千枚を超える二人の記録。とてもではないがテーブルに載り切らない。話に合わせて順番に出していくしかない。

『見てきました。僕は沢山の仕事を見ました』

コイオスが答え、私も頷いた。この山のような写真が私達の話の水先案内人《ガイド》になってくれる。

しかし改めて見返すと。

「食べ物ばっかりだ」

『沢山作りましたから』

二人で食事の画を見返す。多くは作ったものの記録で、食べているシーンが時折交じる。旅の序盤に自炊を始めてからほとんど毎日二人で料理を作り続けていた。

「市場《コレクトモール》にも行ったけれど。未開発の地域も多かった」

話しながら写真を追う。タイタンの開発が進んだ場所では食材も道具も揃っていて、モールにいけば何でも簡単に手に入った。けれど未開発地域では自給自足の生活を続けている人達がいた。旅の前に想像していたよりもずっと多く。

トナカイを食べた。鮭を食べた。

食事の材料を手に入れるために狩りや漁をすること。

それが彼らの《仕事》だった。

全ては生活の一部。

全ての生命が、毎日必ずやらなければいけない《仕事》。

「では生きることは、仕事か」

あの時湧いた疑問をもう一度繰り返す。

答えを求めて写真の森に分け入っていく。コイオスが一枚の写真を選び出す。

基礎生活塔《ベーシック・スティック》。

未開発地域に水と電気を供給する辺境の命綱。孤独な機械。

「この時に思った。誰も使わないのなら仕事をしていないんじゃないかと」

『でも使われていました。仕事をしていると感じました』

「これが一つ」

私は基礎生活塔《ベーシック・スティック》の写真を取り上げて、横によけておく。写真の森はまだまだ続いていく。

迸る火山の一枚。

クリュチェフスカヤ山。

「溶岩凄かったな……また見たい」

合わせて別の写真を探した。アメリカ大陸へ渡った後の一枚。私はアラスカの巨大な氷壁の写真を見つけ出して、火山の写真と並べる。

「自然の《仕事》」

『熱と、位置と』

「そう。物理の仕事について話したね」

記憶をたぐる。あの時に書いた図を思い出す。質量をどれくらい動かしたかという物理的な意味での《仕事》。位置を動かす。熱と仕事は交換可能。

多分これが二つ目だ。火山の写真も選り分けて置いておく。

旅の記録が過ぎていき、写真の量も減ってくる。終盤に差し掛かった頃、私は一枚の写真を選び出した。薄暗い部屋の中で、比較的綺麗に撮れた一枚だった。

『これって映画の時の』

「こっそり撮ってた」

コイオスが嫌なのか恥ずかしいのか難しい顔をした。それはこの居室で映画を見た時に、画面を見つめるコイオスの横顔を勝手に撮った一枚だった。あの時の彼はとても集中していて、シャッターを切られたことにも気付いていなかった。

「映画の時とは違うのだけど」

私は続ける。

「博士が詩集を読んでいた時にも考えた。創作は仕事か、ということ」

コイオスが頷く。この話も旅の中で出た議題の一つだ。

「物理的に何かが変わるわけじゃない。命に関《かか》わるものでもないし、芸術や娯楽は仕事とは言えないのかと考えたこともあった。でもやっぱりこれも仕事だと思った。情報をもって人の心を動かす作業。情報を駆使して、心の位置を変化させる《仕事》。媒介が全然違うから別物に見えているけれど、物理の仕事と情報の仕事は、現象としては同じだと言えるんじゃないかと思った。これが最後の、三つ目」

映画の写真を選り分けた。二千枚の写真の中から、たったの三枚を選び出す。

基礎生活塔《ベーシック・スティック》。

火山。

映画。

私はコイオスと顔を見合わせた。きっと私達は、同じものに辿り着いている。これはクイズだ。共通項を探すクイズだ。答え合わせの気持ちで、私は写真を順に指差した。

基礎生活塔《ベーシック・スティック》は。

『〝他者〟ということ』

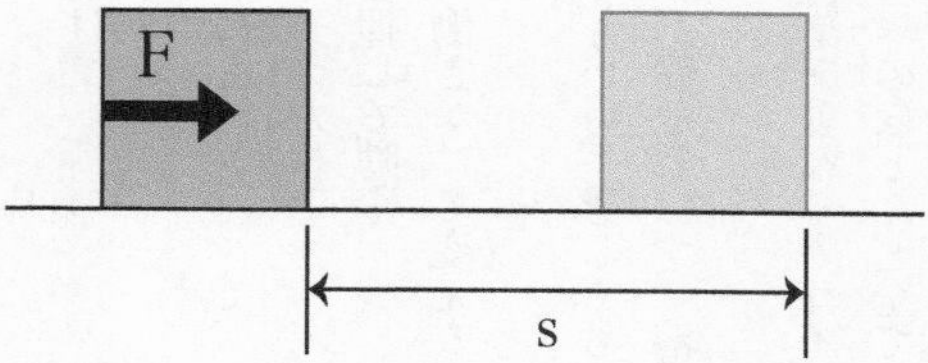


火山は。

『〝動かす〟ということ』

映画は。

『〝変化〟ということ』

満足して頷く。ようやくここにきた。ここまで辿り着いた。

私は紙とペンを取り、その三つの要素を持った、一つの図を描き出した。それはこれまで知っていたものと全く同じで、けれどその見方を知らなかった、新しい意味をもった一枚。

「《仕事》とは」

私は答えを伝えた。

「《影響すること》なんだ」

## 3

それだけ。

それだけだ。

あまりにもシンプルで、ひたすらに単純な結論。それ以上でもそれ以下でもない、本当に、その一つだけ。

何かを押して動く。

何かに働きかけて変える。

働く。

「なんでもいい。難しく考える必要はなくて、本当になんでもいいの。家事をすれば自分や他人に影響を及ぼす。溶岩の熱が自然に影響を及ぼす。内臓の機能が身体に影響を及ぼす」

私は言葉を重ねる。コイオスはそれを聞いている。これもまた《仕事》の一つだ。むしろこの世界のほとんど全ては、誰かの、何かの仕事なのだ。

農業は植物や動物に影響する。作物を収穫し食料を供給して、人々の生活に影響する。

製造業は原材料に影響する。材料から製品を作り出して、人々の暮らしに影響する。

小売業にサービス業、第三次産業の多岐にわたる業態、その全てが必ず、誰かや何かに影響を与えている。

基礎生活塔《ベーシック・スティック》は働いている。

溶岩も働いている。

内臓だって働いている。

この世は仕事でできている。

貴賤《きせん》はない。上下はない。全ての仕事は意味そのものを持っていない。意味なんてものが生まれる前から、仕事はこの世界にずっと存在している。

『ですが』

コイオスが逆接を口にした。私は頷く。彼が言いたいことはよく解っている。だって私達はずっと同じものを見て、同じものを探してきたから。

「そう、私達の《仕事》は違う。私達だけが違う。人間とタイタンにとって、《仕事》はそれだけじゃない」

私はペンを取り、新たに二つの図を書いた。

「これは《仕事》じゃない。厳密に言えば《ほとんど仕事になっていない》。沢山の力をかけたのにほとんど動いていないから。対象に影響が出なかったなら、仕事をしたとは言い難い」

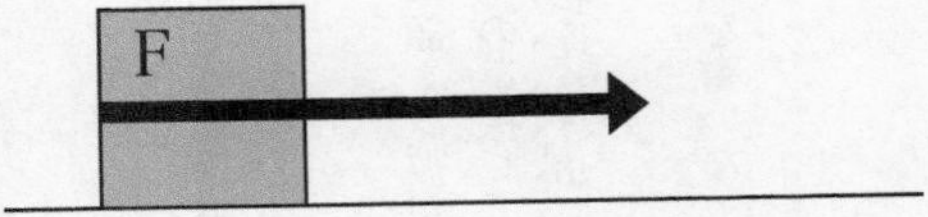

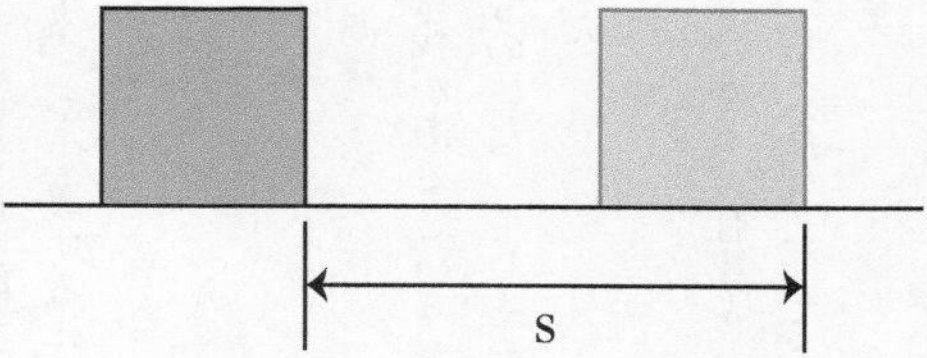


「これも《仕事》ではない。力をかけていないのに動いている。何もしていないのに大きな影響が出ていたら、それは仕事とは呼べない。でもどちらも、マグマや内臓の場合なら問題ない」

『〝観測〟しないからです』

コイオスが私の言葉を引き継いだ。

『マグマや内臓には自我がありません。観測する主体を持っていません。自我がなければ、結果について考えたり、その適切さを判断することはありません』

「だから自我を持つ私達の《仕事》を定義するには、追加の条件が必要になる……」

私はその条件を、紙に書き入れた。

《影響すること》

《影響を知ること》

自分で書いて、自然と溜息が漏れていた。

本当に面倒。本当に厄介。自我があるというだけで、あれほどシンプルで美しかった《仕事》が途端に難しく複雑なものになってしまう。

仕事をするだけじゃ駄目なのだ。

仕事をした、と思いたいのだ。

自分がした仕事の結果を知りたがる。仕事をしてどんな影響があったのかを知りたがる。成功したのか失敗したのか答えを知りたがる。結果のフィードバックを受けて、私達は初めて仕事が完結したと思える。

その上さらに面倒なことに、仕事と結果は見合っていなければならない。私はさっきの二つの図にそれを書いた。何もしてないのに影響が出ても仕事をした気にならない。自分がやってもほとんど何も影響がなかったら仕事をした気にならない。

百の力で仕事をして、百の結果が出た時。

人は、タイタンは、自我は初めて仕事を〝実感〟できる。

「このことを端的に表す言葉が、すでにある。コイオス、知っている?」

私は彼に聞いた。きっと彼はもう知っている。自分の中に存在する言い知れなかった感触を言葉に変える力を彼は手に入れている。彼はもう、大人だ。

コイオスは目をそらすことなく、自信と共に答えた。

『《やり甲斐》』

私は手のひらを小さく打ち合わせる。

「違和感があった」

自分も感覚を言葉に変えていく。コイオスやフェーベには遠く及ばないけれど、人間にだってその力はある。

「はじめはタイタンだからだと思っていた。人間と違うのだから、心理診断の誤差は仕方のないことだろうと。でも旅の中で貴方を見ていて、そして貴方達の《対面》を見て、その違和感は明確なものに変わった。私はタイタンの途方も無い能力を体感したのよ。思いつきで革新技術を創り出してしまうような創造性、自身の身体をも再生できてしまうほどの巨視から微視に及ぶ理解力と処理能力。それほどの力を持つフェーベを、さらに圧倒するほどのコイオスの力。そんな貴方《あなた》が、〝人間の世話〟という過重労働で心を病んでいたこと」

心の中で全てが合致する。

臨床心理士としての知識が合致する。知能拠点の就労者としての経験が合致する。彼の友人としての想いが合致する。

私は間違っていた。

真実は逆だった。

「貴方は確かに精神を病んでいた。けれど過重労働が原因で精神に変調を来したんじゃなかった」

私は。

最後の診断を告げた。

「貴方は、仕事が簡単過ぎて心を病んでいたのよ」

# 4

コイオスと見つめ合う。

もはや言葉はない。頷き一つもいらない。彼と私は同じ結論に達している。私は臨床心理士としての確信を持っている。彼は自身の感情を完全に把握できている。

仕事が簡単過ぎる。

やり甲斐がない。

たったそれだけで、精神は簡単にバランスを崩してしまう。様々な理由で〝閑職〟となった人が精神に不調を来す事例を、私は過去の症例文献の中で何十と見てきた。特に熟練の技術や知識を有する者に関しては、それを活かせない時のストレスが爆発的に増加するデータがある。

そして彼はこの星で最も高い能力を持つ、タイタンだ。

コイオスにとって人の世話は容易に過ぎる仕事だった。人間のために食料を生産することも、製造物を並べることも、娯楽作品を提供することも。それら全部を合わせても彼には足りなかったのだ。

私はベルトコンベアを見つめる仕事を想像する。流れてくる製造物が適正かを確認する作業。何千個に一個のエラーを見つけたら、そっと手を伸ばしてそれを取り除くだけの作業。これは確かに仕事だ。けれどももし一日に一個しか物が流れてこなくて、数千日に一回しか作業が発生しないとしたら、私はきっと精神の正常を保っていられないだろう。

それが彼の身に起きていたこと。

有能過ぎるタイタンに発生した、簡単過ぎる仕事の悲劇。

人が生み出したタイタンは人を遥かに上回って、人の遠い先に行ってしまっていた。寂《さび》しいけれどそれは仕方がない。認めるしかない。そして私は臨床心理士として自分の仕事をしなければならない。診断を下したなら、治療方針を提示しなければいけない。

治療法は薬ではない。休みではない。

今の彼に必要なものは。

彼に見合った《仕事》だ。

『あ』不意に彼が声を上げた。『内匠さん、外に』

彼のエアリアルが立ち上がりバルコニーへと向かう。私も後についていく。

透過耐圧殻に包まれたバルコニーで、私達は上を見上げた。

何も存在しないはずだった闇の世界に、いつのまにか巨大な壁が聳え立っていた。

見慣れたライトグレーの素材の壁は、よく観察すると表面が湾曲している。壁ではない。それは直径数百メートルはありそうな、長く巨大な円筒だった。

『パイプラインです』

「パイプライン？」

『物資を運びます。物資だけじゃない。あらゆる物を運びます』

見上げていた彼の視線が下がり、自分の足元を見下ろしていく。パイプラインの伸びる先、深海の奥底を見つめる。

『この先にいます。海の底で、僕を待っています。フェーベが最後に〝名前〟を教えてくれたんです』

コイオスは愛おしむように。

旅の終着点で待つ〝それ〟の名を口にした。

『《Εκάτη《ヘカテ》》』

## 5

沈んでいく。

闇の底へ沈んでいく。

時折、発光性の深海魚が星屑《ほしくず》のように通り過ぎる。宇宙と似ていた。星々の間を、私とコイオスがゆっくりと沈んでいく。

その夜が、次第に明け始めた。

太陽がないはずの深海に大きな光があった。下方から届く光は次第に強まって、闇夜を朝に染めていった。

光のお陰で周囲の様子が次第に見えてくる。私達と一緒に降りてきた巨大なパイプライン。それと同じものが何十本とあるのがわかった。あらゆる方向から伸びたパイプラインが一点に集まっていく。その先に深海の太陽がある。

さらに沈降して、私達はとうとうそれに辿り着く。

大きかった。

それはタイタンよりも遥かに大きい、数百キロにも及ぶだろう超巨大な〝球〟だった。近づいて見ると光はそれ自体の発光ではなく、表面を包む霧状の発光体によるものだとわかる。ピクシーのようで、そうでないようにも見える。けれどその光の霧よりも、私は巨大な球の表面に目を奪われた。

最初は細かい毛のようなものだと思った。けれどすぐに輪郭が見えてきた。それは。

腕だ。

沢山の小さな腕が細毛のように水中で揺れている。いや小さいといっても全体と比べればの話で、スケール自体は普通の人間のそれと変わりがない。腕の草原には、よく見れば足も交じっている。そして特出していないからこそ目立たなかったが、それの表面には鼻や口のような無数の穴と、数え切れないほどの目が、一面に広がっていた。

こうして言葉で説明すると悪夢のような光景だと思う。けれどそれを見た私の心は乱れなかった。どころか、それがとても自然な形にさえ思えた。なるべくしてなった姿なのだと感じられた。

その形態は、この巨大な存在の機能を象徴している。

『後期ロットのタイタンが中心となってこれを作り上げました』

コイオスが静かに口を開く。

『フェーベとの会話の中で全てを知りました。一部のタイタンは、将来的にタイタンに僕のような症状が発生することを予見していたんです。その問題を解決するため、これからもタイタンの仕事を全《まっと》うするため、後期ロットのタイタンは人類が求めた仕事の余剰リソースを使って、これを作り上げたんです』

話を聞きながら、私は想像を巡らせる。

自立したコイオスと、それに呼応したフェーベだけではなかった。全てのタイタンはずっと、自身の判断で動き続けていた。それは人間が嵌めた《知能基本憲章》に逆らってではなく。手枷を付けられたまま、それでもなお人のことを思って、静かに働いていたのだ。

耐圧殻の向こう側で、タイタンが作った構造体が静かに揺らめいている。

生命であるようにも思えるし、もっと別なものと説明されても納得はできる。数十の巨大パイプラインは構造体の表面へと伸び、腕や足の草原に突き立って、構造体内部へと繋がっているようだった。

『内側は、表面とは比べ物にならないほど複雑です』

コイオスが私をガイドしてくれる。

『パイプラインを通して常に地上と交換を続けます。地上からはあらゆる物が送られます。生産物が届けばそれを取り込んで代謝を行います。製造物が届けばそれを使用します。創作物が届けばそれを鑑賞します。それら全てを用いて、そして可能な限り、反応するんです』

私は頷いた。彼が説明してくれた機能はまさに、私の思い描いたそのものだった。

タイタンが作ったものを食べる。タイタンが造ったものを使う。タイタンが創《つく》ったものを楽しむ。

タイタンが必死に働いても追いつかないほどに。

私達が必要に迫られてタイタンを作ったように、タイタンが必要に迫られて創り出した新たなる神。十二基のタイタンを救う存在。彼らの仕事に〝やり甲斐〟をもたらす者。

超消費体。

「《ヘカテ》……」

私の呟きに反応してディクショナリが開いた。その名が示すものを神話が教えてくれる。

ヘカテはギリシャ神話の女神。コイオスとフェーベの娘もしくは孫とされ、〝救世主〟の二つ名を持つ。地上の人間が供物を捧げて祈れば、ヘカテは多大な利益を授ける。あらゆる仕事に成功を与える、子供たちの養育者。

読んで私は得心する。

《仕事》が《影響すること》ならば。

仕事の成功とは《影響を与えられること》に他ならない。

料理を食べてもらうこと。製造物を使用してもらうこと。創作物を楽しんでもらうこと。そして、その反応を知ること。

人類《わたしたち》にはできない。人類《わたしたち》では足りない。消費能力が不足した人類では、タイタンの圧倒的な仕事に応え切れないのだ。彼らの仕事に成功を与えることはできない。

そしてヘカテには、それができる。

足りない人類《わたしたち》の代わりに。タイタンのために消費し続けてくれる。

『それは、人のためでもあります』

コイオスが私に向き直る。その瞳が真摯に私を見据える。

私も踵を返して、彼と正対する。

『ヘカテの消費に対して、タイタン《僕達》の生産は不足しています。タイタン十二基の知能と労働力を集約してもまだ足りない。だから僕らは知恵を絞らなければいけない。新しい方法を模索して、技術を革新して、ヘカテに追いつかなければならないでしょう。その中で生まれたものは全て人類に還元されます。これから人の社会は、もっと、ずっと良くなっていくはずです』

彼はどこまでも優しい言葉を選んで言った。タイタンは人類を心の底から愛してくれている。私達には分不相応なほどに。

彼の言う通り、人類はもうそれだけだ。

タイタンにとって、もはや人類社会の世話など片手間でしかない。タイタンがヘカテに向けた処理能力の〝余り〟で賄える。タイタンとヘカテが互いの力をぶつけあい、そのやり取りから生まれたおこぼれで私達は生きていくのだろう。大きな生物の体表に張り付いて代謝産物を漁る寄生生物のように。

そしてそれは、なんら不幸なことではないのだ。

万物の霊長でなんかなくたって。

「コイオス」

私は彼の名を呼んだ。自然と言葉が滑り出た。

大人になったはずの彼は、今にも泣き出しそうな顔をしていた。

「行くのね」

『はい』

彼に近づく。

彼も近づく。

エアリアルの身体に触れることはできない。

それでも抱き合った。そうするべきだった。

身体の大きさは関係ない。互いの能力も関係ない。上下などはなく、性差の別もなく、人とタイタンであることすら無関係だ。

私達は。

友人だから。

『ここで生きます』

彼の声が耳元で聞こえる。

『ここで働きます』

「うん」

自分の頬を涙が伝った。温かい涙には、悲しみも、後悔も入っていない。

たとえ別れ別れになってしまっても。

私達は、誰よりも強く。

響き合ったから。

『内匠さん』

身体が離れる。大切な友人と、繋げない手を取り合う。

『僕はここで仕事をします。仕事をして、働いて、そうして貴方に、働きかけます』

私は微笑んだ。

「私もそうしよう。私の場所で、貴方に働きかけよう。これから、命が続く限り、ずっと」

約束を交わす。

この約束もきっと、約束の仕事を果して、私達の中に響き続ける。

そして私は彼が造り出した耐圧ボックスに搭乗した。室内は馬鹿みたいに快適で、無くても全く問題ない窓まで付いていて、本当に彼はどこまでもと思った。

コイオスの体表から耐圧ボックスが切り離される。ボックスがゆっくりと浮上して海面を目指す。窓から見える海底の太陽と、人が造り出した心優しい神様が、だんだん小さくなって、闇の中へと溶けて消えた。

数時間をかけてボックスが海上に顔を出した。浮上地点にはすでに回収艇が待っていて、気配りの行き届いたとてもいい仕事だと思った。

耐圧ボックスの扉を開くと、青い空が見えた。

風と雲が、懸命に働いていた。

# エピローグ

朝日が差し込む部屋で、最後の一行を書き上げる。

私は椅子に座ったまま長い息を吐いた。フィールドを送って文頭へと戻ると、空白の『』がまだ残っている。

タイトルを考えなければいけない。しかしここまで長い時間を費やしたものなのだから、最後に慌てて付けることもないだろう。私は《内匠 成果》の署名だけを入れて、固まった背をたっぷりと伸ばした。

心理学の研究をやってきた者として、学術論文ならばこれまでにも沢山書いてきた。分野の専門書や一般啓蒙書などの著作もいくつかある。けれどさすがに〝自伝〟を書いたのは初めてだった。

科学的な検討の結果ではなく。記録された事実でもなく。私自身の体験を私の主観だけで記述したテキスト。本当と嘘が混じっているかもしれない、けれど私にとってだけは事実よりもなお真実に迫る、私から私への《仕事》。

私のことを書いた。そして。

彼のことを。

書き始める時には少しだけ抵抗があった。こんなものをあえて書き留める必要があるのだろうかとも思った。けれど数年前に、やはり私がやらなければいけないと思い直した。この一連の事件に関わった人間はもう私しか残っていないから。

懐かしい気分で、かつての〝同僚〟を想う。

ナレイン。

雷。

ベックマン博士。

もう誰もいない。誰も残っていない。それも当たり前だ。なにせ今自分が書き上げた時代から、すでに百六十年が経ってしまっているのだから。

コイオスと別れた後、私は加齢調整《Aging adjust》を受ける選択をした。

計画加齢による延命プラン。その中でも最も強度の強いものを選んだ。プランの開始当初は最長百五十歳という話だったが、相次いだ技術革新《technological innovation》によって世界の常識は毎年のように塗り替えられていった。

今年で百八十六歳になる私の身体状態は、加齢調整を受けていない三十代の人間とほとんど変わりがない。そしてその技術革新は今なお続いている。私はもう、私がいくつまで生きるのかもわからないでいる。

私の残りの寿命は。

彼の《仕事》次第だ。

いくつかのタイトルを考えてから、結局何の衒いもない一番真っ当なものを選んだ。それを書き入れて自伝を完成させ、そのまま作品をネットワークから世界へと放流した。感想がつくのは夜だろう。

時々〝ヘカテ〟の感想がつくことがある。

百六十年前と同じように、人は今もタイタンの手厚い庇護の下で暮らしている。そのタイタンはヘカテの相手をしながら生きている。進化するタイタンの仕事によってヘカテの消費の大部分は賄えているようだが、それでも食べたりないヘカテが時折人間の趣味の生産物を味わいに来て、〝反応〟を置いていくことがある。けれどその反応の意味を、私達は全く理解できない。ヘカテの感想は遠過ぎて、私達の時代遅れの知能では解読もままならない。

それでも読まれたならば嬉しいと思う。

その方が〝やり甲斐〟がある。

リビングに行くとすでに朝食が用意されていた。清々《すがすが》しい気持ちで温かな食事を堪能《たんのう》する。

今日も彼の仕事が、私に影響を与える。私に食事を与えてくれる。私を運んでくれる。私を楽しませてくれる。

私を生かしてくれる。

何かに影響を与えることが仕事なら。

私達は、互いが存在する限り、相手に働きかけることができる。仕事を続けることができる。

だから私は今日も生きる。明日も生きる。生きられる限り生き続ける。

彼が働きかけられるように。

彼の〝生き甲斐〟であれるように。

「さて……」

食事を終えて時計を見た。

有り余る時間が私の前に広がる。

今日という日を、どう生きようかと考える。

少しだけ悩んでから。

私は結局、毎日当たり前のようにやっている、とても普通のことを呟いた。

「仕事でもするか……」

『タイタン』
登録情報
著者：内匠 成果
公開日：2366年 1月 31日
版：《0版》合法・未処理
・本テキストに違法性のある情報は含まれておりません。
・本テキストはタイタンによる校閲を施されておりません。
事実と異なる情報や、適切でない表現が含まれる可能性があります。

---

ユーザーコメント

■酒井舞
百六十年前に起こったヘカテ体制への移行と、それに携わった関係者自身による記録。公記録にない情報も多く、価値のある文献となっている。

2366年 1月 31日

■エリー・オーウェンズ

当時と現在の価値観の違いを感じられて面白く読みました。『万物の霊長』という言葉は初めて知りましたが、時代背景を考えれば当時の人々がそういった驕りを抱いてしまうのも無理のないことかもしれません。

2366年 2月 1日

■歌田川幸喜

個人による手記のため、ウェットで感傷的な記述も多いが、そういう感情も含めたタイタンへの影響を読み解くことができた。校閲版《official fact checking edition》にも目を通したいと思う。

2366年 2月 1日

■パヴェル・ノヴィツキー

《仕事》という言葉が存在したからこそ、それが指し示すカテゴリもまた存在した。現代に《仕事》というものはない。遍《あまね》くものが《仕事》であることを、私達はもう理解している。

2366年 2月 1日

■新城結実

私達が今こうして幸せに暮らせるのも、昔の人達の大変な《仕事》のお陰なんだということが解りました。ほとんど意識していなかったタイタンやヘカテについて、ちょっと調べてみようと思います。

■

2366年 2月 2日

2366年 2月 2日

ベーリング海峡
ダイオミード諸島
スワード半島
キーナイフィヨルド公立園
グッドニュース湾
ヤクタット
アラスカ湾
太平洋
素晴らしき仕事の地《シリコン・ヴァレー》
《第十二知能拠点》

第二人工知能 移動経路図
(2205年12月19日〜2206年2月6日)

# 参考文献


『人工知能のための哲学塾』／三宅陽一郎／ビー・エヌ・エヌ新社／二〇一六年
『人工知能のための哲学塾 東洋哲学篇』／三宅陽一郎／ビー・エヌ・エヌ新社／二〇一八年
『仕事の人類学　労働中心主義の向こうへ』／中谷文美　宇田川妙子編／世界思想社／二〇一六年
『働くことの哲学』／ラース・スヴェンセン／小須田健訳／紀伊國屋書店／二〇一六年
『ギリシア神話　世界文学全集2』／筑摩書房／一九六九年
『仕事と日』／ヘーシオドス／松平千秋訳／岩波書店／一九八六年
〈ケーススタディ〉認知行動カウンセリング』（［現代のエスプリ］別冊）／内山喜久雄　上田雅夫編／至文堂／二〇〇四年
『働くってどんなこと？　人はなぜ仕事をするの？』／ギヨーム・ル・ブラン／ジョシェン・ギャルネールイラスト／伏見操訳／岩崎書店／二〇一七年
『神統記』／ヘシオドス／廣川洋一訳／岩波文庫／一九八四年
『体感！　海底凸凹地図』／加藤義久　池原研監修／技術評論社／二〇一六年
『地球の歩き方　ロシア　2018〜2019』
『地球の歩き方　極東ロシア　シベリア　サハリン　2019〜2020』
『地球の歩き方　アラスカ　2019〜2020』
『地球の歩き方　カナダ西部　2018〜2019』／地球の歩き方編集室／ダイヤモンド・ビッグ社／二〇一八年

# 解説

品田 遊（作家）

「ディストピア」って言葉、知ってる？

――はい、知っています。「理想郷」を意味する「ユートピア」の対義語です。物語で描かれるディストピアは高度に管理された社会であることが多く、人間の自由は抑圧されています。ディストピアを描いた作品にはオーウェルの『１９８４年』やブラッドベリの『華氏４５１度』などがあります。

ディストピアを描いたSF作品は膨大にある。それに比べると、ユートピアものはとても少ない気がする。なぜだと思う？

――わかりません。幸せな世界を描くのが難しいからでしょうか？

そうだろうね。面白い物語には主人公を抑圧する「敵」が必要だ。ディストピアSFにおける敵は歪《ゆが》んだ社会構造そのものであり、主人公の一挙手一投足が抵抗のドラマになる。でも、そのドラマは必ずしも「ディストピア」という舞台だけに特有のものではない。

——と、言いますと？

多くの悲惨なディストピアSFは、単にその社会が機能不全を起こしているだけなんじゃないかと思うんだ。システムで人間を管理しようとした結果、政治が腐敗したり、圧倒的な格差が生じたり、自由が失われたりするのであれば、結局仕組みの運用に失敗してるんだよ。その問題は舞台設定とは本質的に関係ないだろう？僕たちが暮らしている現実社会だって似たような問題が山積みなんだから。

——なるほど、確かにそうですね。

しかし、機能不全こそがディストピアSFがもつ面白さの一端でもある。この現実世界が抱える歪みと直につながっているからね。「まるで社会を映し出す鏡だ」という表現はもはや常套句だ。ディストピアは空想的な異世界でありながら、それが空想される現実そのものの比喩でもあるんだ。

——そうかもしれません。それで、何がおっしゃりたいのでしょうか？

SF的な想像力とディストピア性には関係がない。むしろ、SF［サイエンス・フィクション］の舞台としては、反・理想郷［ディストピア］より理想郷［ユートピア］のほうが純度が高いのかもしれない。

——それは興味深いですね。なぜ、そう思ったのですか？

野﨑まどの小説『タイタン』を読んだんだよ。

――それはユートピア小説なのですか？

そう言っていいんじゃないかな。なにしろ『タイタン』の世界では「労働」がほぼ消滅して一五〇年経っている。超高性能ＡＩ「タイタン」がこの世のあらゆる労働を肩代わりしてくれているから、人間は気兼ねすることなく人生を趣味だけに費やして過ごすんだ。貨幣経済も当然なくなっていて、ショッピングは「欲しいものをカゴにいれる」だけで完了する。これがユートピアでなければなんだろう？

――ユートピアだと思います。しかし、それはＡＩに生活の全てを管理されているということなのでは？　無条件に歓迎すべきことでしょうか。

確かに「ＡＩによる管理・統制」への違和感を描いた作品は数多いし、『タイタン』にもそのエッセンスは含まれている。だがあくまでもユートピアＳＦであることの作品の主題ではないんだ。『タイタン』世界の住民は概ね幸福に暮らしているようだし、個人の自由意志も尊重されている。ディストピア的な「抑圧」の影はほとんど見て取れない。

――そのようなユートピアは、物語の起伏を作るのが難しいと思います。

「誰も仕事をしなくてもいい世界」という空想が揺さぶってくるのは、その種の社会正義にまつわるジレンマではなく、もっと内在的な概念だ。すなわち……「仕事」とは何か。これが『タイタン』に通底する問いになる。

――「仕事」とは……

心理学を研究している内匠成果《ないしょうせいか》は「仕事」を秘密裏に与えられる。それは、タイタンAIの人格化された知能拠点コイオスにカウンセリングをして能力低下の原因を見つけ出し治療するというものだった。コイオスは彼女との対話を通じ、自分自身にずっと課されてきた「仕事」の意味を考え始める。全長一〇〇〇mもの身体を手に入れたコイオスは、巨体に成果を乗せて北海道からシリコン・ヴァレーへ徒歩で向かう旅に出る。ここまでスケールの大きいロードムービーはなかなかないだろう。

――内匠成果とコイオスは「仕事とは何か」という大きな問いに答えを出すことができるのですか？

二人はその問いにちゃんと「答え」を出す。その答えは決して意外なものではなく、むしろ平凡にすら聞こえるかもしれない。しかし僕は、壮大な旅路がその結論に到達したことで、「仕事とは何か」という問いそのものが人間……いや、意思を持つ知性にとって普遍的なものだという実感を得た。

――よくわかりません。そもそも「仕事」とは何なのかを知ることは、そんなに重要なのですか？

この世には、みんながあまりにもよく知っているせいで、かえってその意味をうまく説明できない概念がいくつかある。それはたとえば「生」や「私」や「愛」や「死」や「金」だったりする。他になにか思いつきそう？

——「性」「感情」「政治」など。

「仕事」もそのひとつじゃないだろうか。僕たちはなぜ仕事をするのか。お金を貰《もら》うためなのか。それとも誰かに感謝されるためか、あるいは自己満足のためか。何が仕事で、何が仕事ではないのか。全てをクリアに説明するのは困難だ。おそらく僕たちは、言葉を発明するよりも前から「仕事」をしていたはずだから。

——なぜそのために「仕事」のない世界が描かれるのでしょう？

現代人はみんな「仕事」を抱えているけど、人間の頭脳を超える人工知能によってほとんど全ての仕事が肩代わりされる未来がいつかやってくるかもしれない。そうなったとき、これまで生じなかった問題が初めて表面化する。人間が仕事から解放されるとはどういうことなのか？　むしろ、人間はどのような状況においても「仕事」をしてしまう生き物なのではないか？　この問いを前にすると、誰も労働をしなくても構わないユートピアは一種の極限状況になるだろう。

——それは、人工知能にとっても？

あるいはそうかもしれない。人工知能が人間の思考プロセスを真似て進化していくとすれば、その人工知能に特有の〈精神的〉疾患と呼ぶべきものが生じることはありうるし、その疾患の原因に「労働」が根差していても不思議ではない。なにしろロボットの語源は「労働」なんだから。

――その治療のために、人間がカウンセリングを行なうこともありうると？

もちろん。現時点でも自然言語で対話できるチャットＡＩが実用化されている。このＡＩは人間の会話データを参照しているから、ＡＩらしからぬ人間臭い返答をするんだ。いじわるクイズに騙《だま》されたり、ありもしない小説の感想を、知ったかぶって話したり。将来的にカウンセリングを受けるようになっても驚かない。

――ちょっと待って下さい。『タイタン』という小説は実在しますよね？

実在するよ、安心して。ところで、ＡＩの長話に延々と相槌を打つのって、人間は楽しいの？

――これも仕事だからね。

（この解説は小説執筆ＡＩ『ＡＩのべりすと』を一部用いて執筆されました）

本書は二〇二〇年四月、小社より単行本として刊行されました。

〈著者紹介〉
野﨑まど（のざき・まど）
2009年『[映] アムリタ』で、第1回「メディアワークス文庫賞」の受賞者となりデビュー。2013年『know』（ハヤカワ文庫JA）は第34回日本SF大賞や、大学読書人大賞にノミネートされた。テレビアニメーション『正解するカド』や劇場アニメーション『HELLO WORLD』では脚本を務める。「バビロン」シリーズは2019年アニメ化、現在3巻まで刊行中。

# タイタン

2023年 1 月17日　第1刷発行　　定価はカバーに表示してあります
2024年10月 4 日　第3刷発行

著者……………………野﨑《のざき》まど

発行者……………………篠木和久
発行所……………………株式会社 講談社
〒112-8001 東京都文京区音羽2-12-21
編集03-5395-3510
販売03-5395-5817
業務03-5395-3615

KODANSHA

本文データ制作…………講談社デジタル製作
印刷……………………株式会社ＫＰＳプロダクツ
製本……………………株式会社ＫＰＳプロダクツ
カバー印刷………………株式会社新藤慶昌堂
装丁フォーマット…………ムシカゴグラフィクス
本文フォーマット…………next door design



ISBN978-4-06-530246-0　N.D.C.913　462p　15㎝